Clowndoktor auf Eis

Beziehungsweise Sommer

D1730354

ALDANO

Digital Publishing

Redaktion und Verlag:
Aldano Digital Publishing
Unterfeldstraße 29
82496 Oberau

mail@aldano.de
www.aldano.de

Umschlaggestaltung powered by Canva
www.canva.com

Veröffentlicht im ePub Format August 2021
Taschenbuchausgabe: Erstauflage September 2021
ISBN 979-8-476-27989-1

Prolog

Der Nordseewind kühlte angenehm seine sonnengestresste Haut. Blinkende Reflexionen der Nachmittagssonne tanzten auf den Wellen. Sie blendeten ihn durch die Sonnenbrille.

Die geblähten Segel ließen das Boot über die moderaten Wogen schießen.

Konzentriert saß er an der Pinne und hielt mit festem Griff die ‚Cassandra' auf Kurs. Der Einmaster zerschnitt elegant die Wellen der Elbmündung. Das Wetter war an diesem Sonntag zu perfekt, um nicht auszulaufen.

Im vorderen Teil des Cockpits sah er seinen Bruder Tom sitzen. Er hielt sein Gesicht der Sonne entgegen. Der heutige Törn war sein Training für die Aufnahmeprüfung in das deutsche Olympiateam am kommenden Samstag. Er würde sie mit Bravour meistern. Nichts anderes lag den Brüdern im Blut. Die Plätze waren begehrt in diesem Jahr. Das Abitur würde der Siebzehnjährige nachholen.

Die letzten Wochen hatte Tom das Bett gehütet. Jan sah seinen Augen die Strapazen des Infektes noch an. Die Hand um den Mund geschürzt rief er Tom zu: „Klar zum Wenden! "

Tom warf den Kopf in den Nacken. „Warum jetzt schon?"

„Morgen ist Abgabetermin für meine Semesterarbeit."

Tom grinste. „Der erste Arzt in unserer Familie."

Jan lächelte zurück. „Und der erste Olympia-Teilnehmer." Tom gab ihm einen Daumen nach oben. Jan lenkte das Boot in den Wind. „Die Tonne da vorne ist unsere", rief er.

„Aye, Skipper", antwortete Tom und legte den Zeigefinger an die Stirn.

Mit geübtem Griff löste er die Fockschot aus der Klemme. „Ist klar", meldete er.

„Ree!", erwiderte Jan und drückte die Pinne zum Segel hin. Die ‚Cassandra' drehte. „Fock back!", rief er.

Das Großsegel schwenkte zur anderen Seite.

„Scheiße", schrie Tom auf.

Jan wandte den Blick vom Segel ab. Alarmiert sah er seinen Bruder an. „Was ist los?"

Es geschah in Zeitlupe. Normalerweise wäre Tom elegant unter dem Großbaum hindurch auf die andere Seite gewechselt. Stattdessen umfasste er seinen Oberschenkel.

„Mein Bein krampft!", keuchte er.

Haltsuchend ruderte er mit dem Arm und verlor das Gleichgewicht. Statt in die Knie zu sinken, streckte es ihn nach oben. Dabei kam ihm der Großbaum durch das Wendemanöver entgegen. Die Wucht warf ihn um, wobei er fiel und mit dem Kopf auf die Bank des Cockpits aufschlug. Regungslos blieb er auf Deck liegen.

„Tom?" Sein Bruder antwortete nicht.

„Mensch, mach keinen Scheiß!", zischte Jan. Obwohl ihm bewusst war, dass Tom es nicht hören würde.

Mit geübten Griffen fixierte er das Großsegel und brachte das Boot auf Kurs Richtung Brunsbüttel. Er schickte ein Dankgebet zum Himmel, dass sie nicht gekentert waren. Und dass Tom bei dem Manöver nicht über Bord ging.

Abermals kletterte er zur Pinne und kontrollierte den genauen Kurs. Dabei zwang er sich, nicht auf den Verletzten zu sehen.

Als er sicher war, das Boot würde stabil bleiben, stürzte er zu Tom. Sein Bruder hatte sich keinen Zentimeter bewegt. Schwer atmend beugte er sich über den Verletzten.

„Tom?"

Er legte die Fingerspitzen an Toms Hals, fand einen Puls. Erleichtert stieß er die Luft aus. Dann tastete er nach Kopfverletzungen, entdeckte kein Blut.

Tom stöhnte.

„Tom? Kannst du mich hören?"

„Was ist passiert?", keuchte er heiser.

„Du bist umgeknickt. Der Großbaum hat dich getroffen."

Tom schüttelte den Kopf und blinzelte. Benommen setzte er sich auf.

Dann versuchte er aufzustehen, schaffte es nicht. Mit schmerzverzerrtem Gesicht krallte er die Finger in den Oberarm seines Bruders.

„Jan?", krächzte er mit weinerlicher Stimme. In seinen Augen stand das blanke Entsetzen.

„Scheiße, Mann. Ich kann meine Beine nicht mehr spüren."

1

„Vorsicht!"

Ein Schrei ertönte, gefolgt von lautem Scheppern zu Boden fallender Blechbehälter.

Reflexartig wich Dr. Jan Peter Eisenstein-Benz gegen die Wand des Klinikflurs zurück. Sein Herz hämmerte in Alarmbereitschaft. Pfeilschnell taxierte er seine Umgebung. Vor der Tür zum unreinen Arbeitsraum stand eine Pflegeschülerin, die mit hochroten Wangen eine Hand vor den Mund hielt. Er lief auf sie zu.

„Was ist passiert?", fragte er.

Sie deutete auf die am Boden verstreuten Bettpfannen. Erleichtert ließ er den Atem fließen.

„Gott sei Dank waren die leer", kommentierte sie kichernd ihr Missgeschick. Sie bückte sich, um die Pfannen aufzuheben.

Eisenstein knurrte abfällig. Seit er an diesem Montagmorgen nach drei Wochen Abwesenheit die Kinderstation der Selenius Privatklinik in Hamburg betreten hatte, begegnete ihm an jeder Ecke der unliebsame Hauch von Anarchie. Nicht der kitschigen Vögelchen und Papptierchen wegen, die an den grauen Türen klebten. Den Kampf gegen Schwester Ignazias Dekoorgien hatte er seit langem aufgegeben. Nein. Ein Duft von ausgelassenem Chaos waberte aus den Patientenzimmern und trieb Unmutsfalten in sein Gesicht.

Entschlossen, dem Schlendrian ein Ende zu bereiten, schritt er auf seinen maßgefertigten Oxfordschuhen den Gang hinunter in

Richtung Arztzimmer.

An Patientenraum 3.15 flog die Türe auf. Begleitet von glockenhellem Gelächter erschien das seltsamste Wesen, das ihm je in Schwesterntracht unter die Augen getreten war.

Sie drehte sich im Türrahmen um und präsentierte ihm ihre Kehrseite.

Sein Urteil fiel in Sekundenschnelle: Sie besaß die zierliche Figur einer Tänzerin. Das Schwesternhemd war zerknittert, ein Minuspunkt. Knallbunte Leggins modellierten ihre Beine, indiskutabel. Selbst, wenn diese der Klasse einer Botticelli-Venus entsprachen. Die froschgrünen Plastikclogs an ihren Füßen zierte ein Zoo von Tierbuttons. Ein absolutes No-Go.

„Und immer schön üben", flötete sie, drehte sich schwungvoll um und prallte gegen seinen Brustkorb, ehe er die Möglichkeit bekam, auszuweichen.

„Passen Sie doch auf!", blaffte er. Ein Duft von Maiglöckchen streifte seine Nase. Keuchend trat sie einen Schritt zurück und lachte ihn aus veilchenblauen Augen an.

‚Wunderschöne Augen in dem Gesicht eines Engels', schoss es ihm durch den Kopf. Ihre Nase war verdeckt durch einen tiefroten Schaumstoffball. Der zartgeschwungene Kussmund darunter war in sattem Rot geschminkt.

„Ich wüsste nicht, warum ich das tun sollte", entgegnete sie keck.

Der Klang ihrer Stimme generierte ein leises Kribbeln hinter seinem Solarplexus. Sie vibrierte in einem melodischen Alt. Eine Spur heiser. Fast verrucht, wie das Timbre einer Clubsägerin in den frühen Morgenstunden. Ihm fiel ein entzückender, kaum hörbarer englischer Akzent auf.

Sie stemmte eine Hand in die Hüfte und ließ den Blick über seine Gestalt gleiten. Unter der abschätzenden Musterung versteifte er sich. Ihre Augen blieben an seiner Brust hängen. Sie formte die Lippen zu einem O.

Ihr rechter Arm schoss nach oben. Eine bunte Papierblume erschien in seinem Blickfeld. Irritiert betrachtete er die Komposition aus Krepppapier. Die Clownschwester versank in einem theatralischen Hofknicks.

Verärgert zog Eisenstein die Luft ein und erschrak. Mit aller Macht bekämpfte er den Juckreiz, weitete die Nasenflügel, hob die Nasenspitze an, gab dem Druck nach und nieste kräftig in den Ärmel seines auf Hochglanz gebügelten Arztkittels.

„Erkältet?", fragte sie besorgt.

Er schüttelte den Kopf und untersuchte seine Armbeuge auf peinliche Überreste. Dabei entdeckte er einen roten Lippenstiftfleck über der Brusttasche des Kittels. Er bedachte die Schwester mit einem tödlichen Blick.

„Das ist Magic-Lippenfarbe. Die geht ganz leicht wieder raus", informierte sie ihn unnötigerweise.

Als kümmerte es ihn, ob sich Verunreinigungen aus Baumwolle rückstandslos entfernen ließen. Er musste den Kittel wechseln und das würde unnötig Zeit kosten.

Sie zog ein helles Tuch aus ihrem Ärmel hervor. Bei genauem Hinsehen erkannte er eine Stoffwindel. Sie trat auf ihn zu und rubbelte auf seiner Brust herum. Zu überrumpelt von ihrer Distanzlosigkeit, ließ er sie gewähren. Nach ein paar Sekunden senkte sie die Arme.

„Sehen Sie. Jetzt ist der Fleck weg", sagte sie.

Er warf einen prüfenden Blick auf die verunreinigte Stelle, die jetzt in makellosem Weiß schimmerte. Abermals juckte seine Nase. Er ignorierte den Reiz und trat einen Schritt zurück. Missmutig deutete er auf den Kopf der Schwester.

„Was haben Sie da in Ihren Haaren?", fragte er barsch.

Auf den blonden Locken thronte ein Vogelnest, in dem bunte Seidenblumen und zwei turtelnde Nachtigallen steckten. Sie schielte nach oben. Dabei kräuselte sie die schmale Stupsnase, was ihr ein koboldhaftes Aussehen verlieh.

Sie hob den linken Zeigefinger an die Wange und schien zu überlegen.

Erkennend schossen ihre Augenbrauen nach oben, die Augen wurden tellergroß. Sie faltete die Hände vor der Brust, legte den Kopf zur Seite und sah ihn mitleidig an.

„Sie sind allergisch gegen das Stroh", folgerte sie.

Er presste die Lippen aufeinander und trat einen Schritt zurück. „Eine bemerkenswerte Diagnose", erwiderte er sarkastisch.

„Dann ist es das Beste, wir bleiben auf Abstand", verfügte die Schwester und wich ein übertriebenes Stück von ihm zurück. Plötzlich griff sie sich an die Stirn.

„Wir kennen uns ja noch gar nicht. Ich bin Betty." Sie winkte mit der Windel, als würde sie eine Fensterscheibe polieren.

Er machte sein allergievernebeltes Hirn dafür verantwortlich, dass er ebenfalls die Hand zum Gruß hob. Verärgert ließ er sie wieder fallen und sah demonstrativ auf ihr Namensschild. „Schwester-"

„Nennen Sie mich einfach nur Betty", unterbrach sie ihn.

„Warum steht da nur Betty auf Ihrem Namensschild?", fragte er brüsk.

„Weil das mein Name ist", entgegnete sie. Er schnaubte ungeduldig.

„Warum steht da keine Berufsbezeichnung, wie unser Management das vorsieht?"

Wieder Achselzucken. „Sie haben gar kein Namensschild an. Sind Sie der neue Assistenzarzt der Geronto? Dann sind Sie hier falsch."

Er schwenkte den Blick auf das Revers seines Kittels. Mürrisch knirschte er mit den Zähnen. Das Schild lag in der Schublade seines Schreibtisches. In nüchternem Tonfall stellte er sich vor. „Oberarzt Dr. Eisenstein-Benz. Für Sie Dr. Eisenstein. Den Benz lasse ich für gewöhnlich weg."

Der Schwester fiel die Kinnlade herab. Dann ließ sie ein Glucksen hören und ihr Gesicht erstrahlte. Sie trat auf ihn zu, was er mit einem Schritt rückwärts kommentierte und dabei die Hände vor den Körper hielt. Ihr Lächeln verblasste.

„Sie sind schon wieder zurück?", fragte sie. Dann brach sie in Gelächter aus.

„Da hatten wir ja einen besonderen Start."

Er schwankte zwischen Fassungslosigkeit, ob der Dreistigkeit dieser Pflegeschwester und Respekt über deren Unerschrockenheit. Für gewöhnlich eilte ihm sein Ruf voraus. Schmallippig entgegnete er: „Ich habe meinen Urlaub vorzeitig beendet", und ärgerte sich prompt. Seit wann war er dem Pflegepersonal gegenüber Rechenschaft schuldig?

Sie lächelte ihn milde an. „Natürlich sind Sie mir keine Rechenschaft schuldig", sagte sie in melodischem Schwesterntonfall.

Er versteifte sich. Sprach er neuerdings seine Gedanken laut aus? Innerlich schüttelte er den Kopf. Er hätte den Urlaub zur Erholung nutzen und nicht über seinen Studien brüten sollen. Entschlossen fegte er die Selbstzweifel beiseite und schrieb die mangelnde Konzentration seinen geschwollenen Nasenschleimhäuten zu. Er holte tief Luft, um die vorlaute Schwester zurechtzuweisen. „Nehmen Sie das Ding herunter von Ihrem Kopf. Das entspricht nicht unseren Hygienevorschriften."

Zunächst stutzte sie überrascht. Dann knickste sie, wodurch das Vogelnest auf ihrem Kopf gefährlich ins Wanken geriet. Ein Hauch von Heu wehte zu ihm herüber. Reflexartig prustete er und fächelte mit der Hand die kitzelnden Allergene vor seiner Nase weg. Der Gesichtsausdruck der Schwester gefror endgültig.

„Ich werde es abnehmen", schnappte sie, und eilte auf knirschenden Sohlen den Flur hinunter davon.

Er wollte es nicht hinnehmen, stehen gelassen zu werden. Im letzten Moment rief er sich zur Raison. Das fehlte noch. Einer Schwester hinterherzurufen.

„Eisenstein! Wie war's in der Karibik?"

Erfreut wandte er sich der Oberschwester zu. Ihr schenkte er wie immer ein seltenes Lächeln. Hildegard entsprach dem Typ Mutter, den Eisenstein sich gewünscht hätte. Mit einem endlos großen Herzen und einem offenen Ohr für jede Art von Problem. Im Moment sah ihm die ältere Frau forschend ins Gesicht.

„Sie haben Augenringe und, weiß Gott, keine Surferbräune."

„Ersteres holt man sich zuhause. Zweites ist ohnehin gesundheitsgefährdend", witzelte er trocken. Sie quittierte seine Worte mit vorwurfsvollem Kopfschütteln. Beschwichtigend legte er eine Hand auf ihre Schulter.

„Ich bin ein großer Junge", versuchte er, ihren besorgten Gesichtsausdruck zu vertreiben. Seine Aussage entlockte der Oberschwester ein ergebenes Seufzen.

„Wenn Sie nicht auf sich achtgeben, Eisenstein, wer sollte es dann tun?"

„Ich danke Ihnen für Ihre Fürsorge, Schwester Hildegard", sagte er lächelnd. Dann deutete er mit seinem Kinn den Flur hinunter.

„Was hat es, bitteschön, mit dieser Clown-Schwester auf sich?", fragte er.

Sie lachte vergnügt. „Schwester Betty? Das ist Professor Hohners neuester Geniestreich."

Er schnappte kaum hörbar nach Luft. Personalfragen waren sein Ressort. Warum, zum Teufel, wusste er nichts von einer Schwester Betty?

„Nun gut", seufzte er. „Ich werde das später mit Professor Hohner erörtern." Er nickte der Oberschwester zu. „Visite, Schwester Hildegard."

„Sollten wir Betty nicht dazu holen?"

„Nein", schnappte er. „Mein Bedarf an Vogelnestern ist für den Moment gedeckt." Damit verschwand er im nächstbesten Patientenzimmer.

„Was für ein Fatzke!"

Dr. Bethany Krüger, von Kollegen und Freunden liebevoll Betty genannt, ließ die Tür des Schwesternzimmers krachend ins Schloss fallen.

„Wen meinst du?", fragte Katja.

Bettys Freundin saß, über ein Kreuzworträtsel gebeugt, an einem Tisch. Die glatten, honigblonden Haare hatte sie mit einer Klammer am Hinterkopf fixiert. Die weiße Hose und das weite Schwesternhemd waren im Gegensatz zu ihrem knitterfrei gebügelt. Eine Strähne wippte vorwitzig hin und her. An ihrem Stift kauend, suchte sie in ihrem Rätsel nach den Antworten.

„Herrn Oberarzt Jan Peter Eisenstein-Benz. Für Sie Dr. Eisenstein. Den Benz lasse ich für gewöhnlich weg", äffte Betty den reservierten Tonfall des Oberarztes nach.

„Eisenstein ist wieder da?", fragte Katja verwundert.

„Der Mann kommt direkt aus der Antarktis", schnaubte Betty. Sie holte eine Tasse aus dem Schrank und goss sich Kaffee aus einer Thermoskanne ein.

Genüsslich inhalierte sie den erdigen Geruch ihres Lieblingsgetränks.

„Er wollte doch in die Karibik", sinnierte Katja, ohne von ihrem Rätsel aufzublicken. Betty beugte sich zu ihr.

„Konstantinopel", raunte sie.

Überrascht sah die Freundin von ihrer Zeitschrift auf. „Er war in der Türkei?"

Betty lachte und deutete auf ein Kästchen des Rätsels. „Mittelalterlicher Name Istanbuls." Flink trug Katja die Lösung in Druckbuchstaben ein.

Betty umrundete den Tisch und sank seufzend auf einen Plastikstuhl. Ihre Tasse stellte sie vor sich ab und betrachtete liebevoll die Freundin. Die beiden Frauen waren wie Schwestern, obwohl sie selbst bis vor vier Wochen in Südafrika gelebt hatte.

Professor Hohner, der ärztliche Leiter der Selenius Klinik, hatte mit seiner Nichte Katja ein Auslandsjahr in Kapstadt verbracht. Bettys Mutter Karin war gebürtige Deutsche und mit dem Patenonkel seit deren Studium eng befreundet.

Sie hob den Schwesternkittel am Ausschnitt ein Stück an und schnupperte hinein. Dann ließ sie den Stoff wieder los.

„Er hat so getan, als würde ich stinken."

Katja sah sie verblüfft an. „Er hat mit dir geredet?"

„Angeschnauzt trifft es eher."

Bei dem Gedanken an die Situation auf dem Flur stieß sie ein amüsiertes Lachen aus. „Ich hätte ihn beinahe umgerannt." Dann erschien sein hochmütiges Gesicht vor ihrem inneren Auge und sie wurde ernst. Wann war man ihr jemals mit einer derartigen Ablehnung entgegengetreten?

„Mit dem Mann stimmt was nicht", folgerte sie. „Jeder liebt doch den Clown."

Katja kaute auf ihrem Stift. „Für gewöhnlich ignoriert er alles niedere Personal."

Betty lachte freudlos. „Ignoranz wäre gnädiger gewesen".

Sie fischte das schnurlose Telefon aus der Tasche ihres Hemdes und wählte eine Nummer. Nach zwei Rufzeichen meldete sich eine männliche Stimme.

„Ja, mein Kind?", fragte Professor Dr. Stefan Hohner freundlich.

„Oberarzt Dr. Eisenstein ist wieder auf Station", informierte sie den Patenonkel.

„Das ist ja prima! Habt Ihr euch schon bekannt gemacht? Ich möchte, dass du den Rest der Woche an seinen Fersen klebst."

„Unsere erste Begegnung stimmt nicht gerade zuversichtlich."

„Ich muss gleich in eine Besprechung, Kind. Treffen wir uns doch um zwölf Uhr in der Cafeteria." Er legte auf. Betty ließ das Telefon zurück in die Tasche gleiten. Seufzend sah sie durch das Fenster hinaus in den Patientengarten.

„Er will, dass ich mit ihm zusammenarbeite."

„Mein aufrichtiges Beileid", murmelte Katja.

Betty runzelte die Stirn. Unter einer ‚Koryphäe seines Faches', wie Onkel Stefan ihn bezeichnete, hatte sie einen gesetzten Herrn erwartet. Mit grauen Schläfen und Nickelbrille. Zwar besaß der Oberarzt einzelne ergraute Strähnchen, die ihn reifer, aber auch ziemlich sexy wirken ließen. Er war schätzungsweise nur ein paar Jahre älter als sie selbst, etwa Mitte dreißig.

„Noch eine Brille, und Eisenstein wäre ein Ladykiller", sinnierte sie kaum hörbar und konnte dann ein Lachen nicht unterdrücken.

„Was ist so lustig?", fragte die Freundin.

„Der Mann sieht aus wie ein Banker im Arztkittel."

Katja kräuselte die Nase zu einem hochmütigen Blick und schnarrte: „Sie beleidigen doch nicht etwa meine maßgefertigten Elbsillon-Anzüge?" Eine Augenbraue wanderte in ihrem Puppengesicht nach oben. Betty kicherte. Diese Mimik war ihr an dem Oberarzt sofort ins Auge gesprungen.

„Mit diesem Gesicht erreichen Sie bei mir gar nichts, Herr Kollege", ging sie auf das Spiel ein.

Die Freundin schaffte es, die Braue einige Millimeter weiter nach oben zu schrauben. „Und wenn Sie auf farbliche Abwechslung spekulieren, Frau Kollegin: Vergessen Sie es! Meine Anzüge sind alle grau." Die Frauen lachten.

„Warum trägt er nur grau?", überlegte Betty.

Katja beugte sich schulterzuckend über ihr Rätsel. „Wahrscheinlich hat ihm jemand erzählt, es würde seine schönen Äuglein perfekt zur Geltung bringen."

Gedankenverloren trank Betty aus ihrer Tasse. Onkel Stefan sprach von Eisenstein, wie von einem alten Freund. Sie hielt große Stücke auf die Menschenkenntnis des Patenonkels, kannte jedoch seinen speziellen Sinn für Humor.

„Typisch Onkel Stefan, mich ins blanke Messer laufen zu lassen", schnaubte sie.

„Er hat bestimmt vergessen, dass Eisenstein heute schon zurück kommt", verteidigte Katja ihn. „Ein Workaholic wie unser Eisbärchen hält es nicht lange ohne Arbeit aus."

Betty schlug sich auf ihre Oberschenkel. „Ich lege fürs Erste keinen Wert auf eine Kommunikation mit Dr. Eisbein."

Amüsiert kräuselte Katja die Mundwinkel. „Eisbein. Das muss ich mit merken." Sie ließ die Wimpern übertrieben flattern. „Einige der Schwestern finden ihn zum Dahinschmelzen."

Betty rieb sich die Oberarme. „Nur wenn man keine Angst hat vor Frostbeulen."

Innerlich stimmte sie zu. Eisenstein hatte ihr Herz ins Stolpern gebracht, was sie irritierte. Sie schob ihre körperliche Reaktion auf den unverhofften Zusammenprall. Betty bevorzugte den robusten Typ Mann. Wie Kent. Die Erinnerung an ihren Exfreund versetzte ihr einen Stich. Wie man sich acht Jahre in einem Menschen täuschen konnte. Aber Kent war Geschichte und spielte vorerst keine Rolle. Sie ersetzte sein Bild wieder mit dem des puritanischen Oberarztes.

Unter dem fast schon lächerlich weißen Kittel hatte sie in den wenigen Sekunden der Berührung den festen Muskelapparat eines Athleten erfühlt. Auf dem dunkelblonden Haarschopf war keine Strähne dem Zufall überlassen. Die grauen Augen verhießen Verlässlichkeit und Integrität. Die rechtschaffene Aura, die er wie ein Schild vor sich herzutragen schien, weckten in Betty den unstillbaren Drang nach Rebellion.

„Mein Typ ist er nicht", sagte sie entschieden. Dann ergriff sie ihre Tasse und trank sie leer. „Wahrscheinlich bügelt er seine Unterhosen", mutmaßte sie.

„Oder stärkt sie sogar vorher noch", frotzelte Katja.

Betty stand auf und stellte die Tasse in den Geschirrwagen „Und mit Sicherheit pinkelt er Eiswürfel", setzte sie hinterher.

„Der Name ist Programm", schloss Katja, ehe sie sich wieder über ihr Rätsel beugte.

Trotzdem löste Betty das Vogelnest von ihrem Kopf und warf es in den Mülleimer. Dann wandte sie sich zur Tür und entschied, dem Arzt bis auf weiteres aus dem Weg zu gehen.

Den Vormittag über gestattete Eisenstein weder dem Team noch sich selbst eine Verschnaufpause. Die Hälfte der Visiten war geschafft, doch er vermisste den sonst so unstillbaren Elan, der ihn befiel, sobald ihm der Geruch von Desinfektionsmitteln in die Nase trat. Stattdessen verfolgte ihn auf Schritt und Tritt der zarte Duft von Maiglöckchen.

Mit knurrendem Magen betrat er die Cafeteria. Auf der Suche nach einem freien Platz schweifte sein Blick durch den Raum. An einem Fenstertisch entdeckte er Professor Hohner. Ihm gegenüber saß diese unkonventionelle Schwester Betty. Beide schienen in eine rege Diskussion vertieft und hatten ihn noch nicht bemerkt.

Er holte sich Essen und Trinken am Tresen, ehe er auf den Tisch des Chefarztes zusteuerte. Als sie Eisenstein erblickte, zischte Betty dem Professor etwas zu, erhob sich und eilte mit dem Tablett in der Hand davon. Dieses schob sie mit einem lauten Klirren in den nächstbesten Geschirrwagen und verließ im Stechschritt die Cafeteria. Eisenstein nahm ihren Platz gegenüber Hohner ein. Die Wärme der Sitzfläche flutete auf verwirrend intime Weise seine unteren Körperregionen. Er räusperte sich, um seine Gefühle im Zaum zu halten.

„Da haben Sie ja einen guten Eindruck hinterlassen", sagte der Professor vergnügt.

„Eine meiner Stärken", bemerkte Eisenstein trocken, was Hohner ein leises Lachen entlockte.

Er bewunderte die Fähigkeit seines Vorgesetzten und Freundes, stets auszusehen, als wäre er einer Werbung für leistungssteigernde Vitaminpräparate entsprungen. Nur dass der

Professor diese trotz seiner einundsechzig Jahre nicht nötig hatte. Genau wie er selbst, hielt Hohner sich mit einem moderaten Lauftraining und zwei bis drei Tennisrunden wöchentlich fit. Dass Eisenstein sein eigenes Training vernachlässigt hatte, wurde ihm heute Morgen kläglich vor Augen geführt. Gewohnheitsgemäß war er den Weg die Treppe hinauf in die dritte Etage gesprintet. Zu seiner Schande benötigte er auf den letzten Stufen die Unterstützung des Handlaufes.

„Ich wusste nicht, dass wir Personal einstellen", sagte er unterkühlt.

Hohner sah von seinem Joghurt auf. Seine hellblauen Augen taxierten ihn durch das Metallgestell seiner Brille. Ergeben hob er die Hände. „Fahren Sie die Geschütze wieder ein, mein Guter. Betty ist leider nur bis Ende der Woche hier." In seinen Augen schimmerte ein wehmütiger Glanz.

Mürrisch führte Eisenstein die Gabel zum Mund. Das Fleisch wies eine gallertartige Konsistenz auf und zerfloss förmlich auf der Zunge. Er begutachtete sein Essen und hielt die Nase über den Teller. Der Geruch erinnerte ihn an halb verweste Putzlumpen. Angewidert schob er das Tablett beiseite. „Wir sollten eher nach einem neuen Koch Ausschau halten."

Hohner lächelte schmallippig. „Der Geruch gründet in den experimentellen Kräutern. In seinen Bewerbungsunterlagen stand, er sei New-Age-Koch."

Eisenstein deutete auf das verschmähte Essen. „Dieses Rind war gewiss alles andere als jung." Er trank einen Schluck seines Ceylon-Tees, um die beleidigten Schleimhäute zu neutralisieren.

„Wie war der Urlaub?", erkundigte sich sein Chef.

„Gut", antwortete er einsilbig.

Hohners Augen verengten sich. „Ich habe kein Interesse an einem Oberarzt, der auf Intensiv liegt."

Er wich dem strengen Blick des Vorgesetzten aus. Weder hatte er Lust noch Muße, vor versammelter Mannschaft gerügt zu werden. Hohner blieb unerbittlich. „Ich meine, was ich sage."

„Herrgott, nochmal!", entfuhr es ihm. Erschrocken sah Eisenstein sich um und bändigte das entstandene Interesse der Nachbartische mit einem eisigen Blick. Dann wandte er sich wieder dem väterlichen Freund zu.

„Zurück zu der Dame. Sie kennen sie persönlich?"

„Sie ist mein Patenkind", sagte der Professor. „Ihre Mutter ist in Südafrika eine bekannte Medizinerin. Wenn wir Glück haben, bleibt Betty in Hamburg und wir können sie für unsere Klinik gewinnen."

„Als Stationsclown?", schnaubte Eisenstein. Er sah den verletzten Ausdruck in den Augen des älteren Mannes und wand sich beschämt. „Verzeihen Sie, solche Methoden hatten wir hier noch nicht", entschuldigte er sich.

Der Professor sah ihn nachsichtig an „Wir alle brauchen hin und wieder frischen Wind", attestierte er.

Eisenstein maß ihn mit alarmiertem Blick. „Sie haben Einwände, wie ich meine Station führe?",

„Ganz und gar nicht. Sie sind berühmt für Ihre Akkuratesse, was das Team anbelangt."

„Wenn die Katze aus dem Haus ist, tanzen die Mäuse. Das ist doch logisch. Und ich wurde quasi verbannt."

„Ein Überzeitkonto ist kein Hedgefonds!", sagte Hohner entschieden.

Eisenstein biss die Zähne zusammen. Im vergangenen Jahr hatte er Unmengen an Zeit in der Klinik verbracht. Deshalb gleich den Ruf nach neuen Therapiemethoden laut werden zu lassen, war, gelinde gesagt, beunruhigend.

Er bastelte an einer Rechtfertigung, doch der Professor sprach weiter.

„Ich möchte, dass Sie Betty für die nächsten Tage unter Ihre Fittiche nehmen."

Eisenstein verschluckte sich. „Sie haben doch gesehen, wie aufgeschlossen sie mir gegenüber ist."

„Das gibt sich mit der Zeit. Imponieren Sie mit Ihrem Erfahrungsschatz."

Der Oberarzt runzelte die Stirn. Er war sein gesamtes Berufsleben nicht über die Grenzen Hamburgs hinaus gekommen. Und die Mutter dieser Betty war eine angesagte Tropenmedizinerin in Afrika? Wenn Hohner meinte, dann würde er ihr gerne zeigen, wie in Deutschland der Hase lief.

„Ich werde für nichts garantieren", murrte er.

Hohner erhob sich schmunzelnd. „Dann lassen Sie wenigstens Ihren legendären Charme spielen, mein Guter." Er tätschelte ihm im Vorbeigehen die Schulter und verließ leise pfeifend die Cafeteria.

Eisenstein sah ihm grimmig hinterher. Man hatte sich gegen ihn verschworen? Er liebte Herausforderungen. Und er hatte zahlreiche Schlachten gewonnen.

„Dann ziehen Sie sich mal warm an, Schwester Betty", flüsterte er genüsslich.

Das Flirren von Kriegslust stieg in ihm auf.

Den Rest des Tages ging ihm der kapriziöse Clown scheinbar aus dem Weg. Umso häufiger sah er sich mit den ausgefallenen Therapiemethoden konfrontiert, die diese Person implementiert hatte.

Die kleinen Patienten sangen ein Loblied auf die ‚großartige Schwester Betty'. Einige lehnten es rundheraus ab, mit ihm zu sprechen. Er war es gewohnt, dass Kinder ihm gegenüber fremdelten.

Mit Ruhe und Geduld vermochte er selbst hartnäckige Fälle im persönlichen Gespräch von sich zu überzeugen. Die Tatsache, dass eine Pflegekraft der Kompetenz eines Oberarztes vorgezogen wurde, erschien in seinen Augen geradezu blasphemisch. Schwester Bettys Methoden griffen empfindlich seinen schulmedizinischen Therapieansatz an, was er mit zunehmendem Missmut quittierte.

Da war zum Beispiel die kleine Lena, die über anhaltende Kopfschmerzen in Verbindung mit gelegentlichen Sehstörungen klagte. Hohner hatte das übliche Procedere laufen lassen, veranschlagte jedoch keine Medikation zur Schmerzlinderung. In Eisensteins Augen eine sträfliche Vorgehensweise, drohte bekanntermaßen dadurch eine Chronifizierung des Schmerzes. Stattdessen versprühte ein Luftbefeuchter im Zimmer der kleinen Patientin einen zitronigen Duft. Über dem Bett des Mädchens hing ein großes Plakat mit wild geschlungenen Linien. Schwester Hildegard erzählte mit leuchtenden Augen von einem Training gegen Dysfunktion der Augenhauptmuskulatur. Kopfschüttelnd wandte Eisenstein sich dem nächsten Patienten zu.

Der zwölfjährige Ulf berichtete erfreut, seine Verdauungsprobleme wären verschwunden, nachdem Schwester Betty Brötchen, Kuchen und Kekse aus dem Speiseplan gestrichen hatte. Bei dem erhöhten BMI des Teenagers lag die Verordnung einer Diät auf der Hand. In der Krankenakte des Patienten vermerkte Eisenstein: ‚nicht gesichert: Zöliakie'.

Am Bett des achtjährigen Thomas hätte er um ein Haar laut gelacht. Der Junge war nach einem Fahrradunfall mit einer Schienbeinfraktur eingeliefert worden. Der Bruch war gerichtet und mit einer Manschette geschient. Zusätzlich hatte man eine Gabe hochdosiertes Vitamin D und Calcium angesetzt. Lächerlich. Er revidierte seine Meinung, denn der Krankenakte entnahm er, dass dies der fünfte Knochenbruch in den letzten Jahren war. Er notierte einige Untersuchungsaufträge und knallte Hildegard die Akte in die Hand.

Am späten Nachmittag hätte seine zur Schau gestellte Gelassenheit eine Heiligsprechung verdient. Eine letzte Visite stand aus. Er las den Namen des Patienten und stutzte.

„Liegt Sven Thalmann immer noch auf Station?"

Schwester Hildegard seufzte. „Wir haben ihn wie besprochen in die Reha entlassen. Dort hatte er einen Rückfall und ist seit letztem Freitag wieder bei uns."

Gemeinsam betraten sie das Zimmer. Der Junge thronte auf einem Kissen und war in ein rasantes Spiel auf seiner mobilen Spielekonsole vertieft.

„Hallo, Sven", grüßte Eisenstein. Sein Patient grinste ihm freudig entgegen und legte die Konsole beiseite.

„Dr. Ice", rief er. Er hob die Hand zu einer Faust, die der Arzt mit der seinigen antippte.

„War dir die Reha zu langweilig?"

„Nö", antwortete Sven. „Stellen Sie sich vor, man darf da sogar Dragonlights spielen." Eisenstein lächelte. Der sommersprossige Junge erinnerte ihn an seinen Bruder Tom und dessen Leidenschaft für Computerspiele.

„Und warum haben wir dich dann wieder hier?", fragte er.

Der Junge verzog das Gesicht. „Ist schlimmer geworden mit den Anfällen. Da meinte meine Mum, ich soll lieber wieder herkommen."

Der Arzt stellte ein paar Fragen zu der Häufigkeit der Hustenanfälle. Dann hörte er die Lunge seines Patienten ab.

„Seit ich hier bin, ist es aber viel besser", meinte Sven. „Ich krieg wieder Luft und überhaupt."

Der Arzt studierte die Patientenakte und runzelte die Stirn. „Wer hat diese Medikation geändert, Schwester Hildegard? Wer ist dieses Kürzel, BKR?".

„BKR. Das ist Bettys Handzeichen", informierte ihn die Oberschwester.

Eisenstein schluckte. Mit Nachdruck änderte er das Präparat auf dem Medikamentenblatt und verabschiedete sich mit knappen Worten von Sven. Vor dem Zimmer stellte er Hildegard zur Rede.

„Wie kommt diese Person dazu, in der Medikation eines Patienten herumzupfuschen?"

Die ältere Frau sah in verdattert an. „Betty war, soviel ich weiß, durch Professor Hohner dazu autorisiert."

Eisenstein platzte der Kragen. „Wo, zum Teufel, ist diese Schwester Betty?", fuhr er sie an.

„Sie hat sich in den Feierabend verabschiedet", entgegnete sie überrumpelt.

Er presste die Luft aus den Lungen. Seinen Groll würde er nun bis morgen mit sich herum tragen. Er stieß einen unflätigen Fluch aus. Das Keuchen der Oberschwester ließ in aufblicken. Hildegard sah ihn fassungslos an.

Seine Ohren begannen zu glühen. Noch nie war es passiert, dass er auf Station seine Contenance verloren hatte. In schlimmsten Stresssituationen war Dr. Jan Peter Eisenstein-Benz berühmt für seine stoische Ruhe und professionelle Gelassenheit.

„Verzeihen Sie, Schwester Hildegard", krächzte er. Die Oberschwester presste die Lippen aufeinander nickte. Dann sagte er: „Ich mache für heute auch Schluss. Schönen Feierabend." Er senkte zum Abschied den Kopf und beschloss, sein abendliches Lauftraining um einige Runden aufzustocken.

2

„Dieser Salat wird dich zum Stöhnen bringen."

Auf Tillys üblicherweise blassen Wangen tanzten rote Flecken. Sie reichte Betty eine bunte Porzellanschüssel, die bis unter den Rand gefüllt war mit Oma Tildas Spezial-Kartoffelsalat.

„Hoffentlich bekommen wir keine Anzeige wegen unsittlichem Verhalten, wenn wir den Salat im Garten essen", witzelte Betty und trug die Schüssel hinaus auf die Terrasse der WG. Dort stellte sie diese auf den runden Holztisch, auf dem drei Teller, Besteck und Weingläser standen.

Der Garten der Parterrewohnung maß zwar nur etwa zwölf Quadratmeter, bedeutete aber in der Lage von St. Pauli einen seltenen Luxus. Hier hatte Betty vor vier Wochen nicht nur eine Schlafgelegenheit im Wohnzimmer erhalten, sondern in Tilly und Lola zwei neue Freundinnen gewonnen. Die kleine Rasenfläche war exakt auf fünf Zentimeter Länge geschnitten. Zum Nachbarhaus hin ragte eine zwei Meter hohe Steinwand aus dem Boden. In daran befestigten Gefäßen wuchsen zahlreiche Heilkräuter, die Tilly zu Salben und Tees verarbeitete.

Betty entdeckte Unebenheiten auf der Grünfläche. Sie holte eine Schere aus dem Geräteschränkchen, das am Rand der Terrasse stand. Nachdem sie die Flipflops abgestreift hatte, betrat sie den Rasen. Bedächtig schnitt sie die Grashalme ab, die der Behandlung des Handrasenmähers getrotzt hatten.

„Pass bloß auf, dass du nicht einen Millimeter zu viel abschneidest", warnte Katja vom Grill her. Betty warf die abgeschnittenen Stängel in den Kompostbehälter.

„Ich kann mein Essen nicht genießen, wenn Tilly ständig vom Tisch aufsteht, um den Rasen nachzutrimmen", erwiderte sie.

Die Freundin feixte: „Sie ist besessen vom Geist Oma Tildas."

Wie Betty, trug sie ein leichtes Top und Shorts. Der Schein der untergehenden Sonne tauchte den Garten in ein rosa Licht.

„Soviel ich weiß, hat Tillys Großmutter lediglich verfügt, den Rasen und die Kräuterwand zu pflegen" sagte Betty. „Was Tilly hier praktiziert, ist zwangsneurotisch."

Katja zuckte die Schultern. „Mir soll's egal sein. Solange Oma Tilda nicht nachts durch unsere Wohnung spukt und uns wegen Nichteinhaltung des Testamentes den Schlaf raubt."

Auf dem Grill brutzelten drei Schnitzel und verströmten ein würzig rauchiges Aroma. Betty lief das Wasser im Mund zusammen.

„Vielleicht solltest du die Cafeteria der Klinik übernehmen."

„So viel kann man mir gar nicht bieten, dass ich beruflich koche", sagte Katja.

Tilly tänzelte auf die Terrasse. Ihr lockiger Haarschopf schimmerte im Abendlicht in einem Kaleidoskop von Rottönen.

„Lass das nicht meine Schwester, die Sterneköchin, hören", sagte sie und stellte schwungvoll eine Schale auf den Tisch.

„Lebt sie auch in Hamburg?", fragte Betty.

Bedauernd schüttelte Tilly den Kopf. „Bea steckt gerade im Scheidungskrieg. Sie lebt bei meinem Onkel in der Pfalz." Sie knipste den Anflug von Wehmut aus ihrem Gesicht. „Ich habe Sauerampfer auf dem Markt erstanden und konnte uns endlich grüne Soße machen."

Betty hielt ihre Nase an die Schüssel und inhalierte den würzigen Duft nach Kräutern und Knoblauch. „Ein Rezept deiner Schwester?", fragte sie.

Tilly seufzte. „Wir sehen uns viel zu selten. Aber wir sind Zwillinge und deshalb immer im Geist verbunden. Jetzt setzt sie sich in den Kopf, ihr eigenes Restaurant zu eröffnen."

„Das ist doch gut, oder?", fragte Betty.

„Ich habe ein komisches Gefühl dabei", sinnierte Tilly ernst. Dann klärte sie den Blick und lachte. „Warten wir noch auf Lola?"

„Sie hat Proben", informierte Katja.

Tilly knurrte. „Warum gibt sie nie Bescheid, dass sie nicht da ist?"

Mit einer Grillzange holte Katja die Schnitzel vom Rost und legte sie auf einen Teller. „Du bist Medium. Wahrscheinlich geht sie davon aus, dass du es weißt."

„Ich werde das Schloss ihres Zimmers wechseln", schnaubte Tilly. „Dann muss sie mit mir kommunizieren, anstatt sich Tag und Nacht da drin zu verschanzen."

Katja stellte den Teller mit den Schnitzeln auf den Tisch. Tilly zwinkerte Betty zu, ehe sie rief: „Hhm, das sind Schweineschnitzel vom Bio-Bauern. Lecker!"

In der gegengleichen Parterrewohnung des Hauses flog das Fenster mit einem lauten Rumms zu.

„Jetzt können wir ungestört reden", bemerkte Tilly grinsend und setzte sich auf einen der Korbstühle. Stirnrunzelnd fixierte sie den Tisch. Betty nahm den Platz neben ihr ein und warf ihr einen Seitenblick zu.

„Hast du eine Eingebung?", fragte sie amüsiert.

· Tilly schlug sich an den Kopf. „Der Wein. Ich hole ihn." Sie sprang auf und hastete in die Küche.

„Gratuliere, Betty", sagte Katja nebenbei. „Du gehst in die Hall of Fame der Selenius Klinik ein."

„Als irrwitzigste Krankenschwester aller Zeiten?"

„Als die Schwester, die frosty Dr. Ice zu einem Gefühlsausbruch genötigt hat."

„Waaas???", kreischte Tilly. Sie hopste aus der Küche zurück auf die Terrasse. „Ich will alle schmutzigen Details", sagte sie atemlos.

Betty hob irritiert die Schultern. „Was hab ich denn getan?"

Katja gab großzügig Kartoffelsalat aus der Schüssel auf ihren Teller. „Er hat Schwester Hildegard auf dem Flur der Kinderstation angeschrien."

Tilly japste. „Ich habe es vorausgesehen. Der Narr wird das Eis brechen. Die Karten lügen nie."

Katja beugte sich über den Tisch. „Betty hat seine unangetastete Medizinerehre angekratzt."

„Inwiefern?", fragte Tilly.

„Sie hat eine Medikation ohne seine Zustimmung geändert."

Betty schnaubte. „Seine Therapieansätze stammen aus der Zeit Doktor Sauerbruchs. Und in manchen Fällen sind sie extrem kontraproduktiv."

Energisch klatschte sie einen Löffel Kartoffelsalat auf ihren Teller, wobei ein kleiner Klecks durch die Wucht des Schlages auf dem Tisch landete. „Männer wie ihn kenne ich zur Genüge. Lieber zu Tode therapieren, als an hochheiligen Dogmen zu zweifeln." Sie ergriff ihre Serviette und wischte den verschütteten Salat auf. „Er ist ein monströser Banause!", setzte sie verärgert nach.

Tilly grinste Katja an und sagte: „Und nun erleben wir, wie Frau Dr. Bethany Krüger wegen Herrn Dr. Jan Peter Eisenstein-Benz die Contenance verliert."

Betty schwenkte den Blick zwischen den Freundinnen hin und her. „Ihr seid doof", sagte sie und schob ein Stück Schnitzel in ihren Mund. Grimmig kaute sie darauf herum.

Tilly tätschelte ihren Arm. „Wir wissen natürlich, warum du diese ungewöhnliche Berufskleidung gewählt hast. Aber diesen Weitblick kannst du von einem verknöcherten Schulmediziner wie Eisenstein nicht erwarten."

„Woher kennst du ihn?", fragte Betty.

„Katja hat mich mal zu einem Sommerfest der Klinik mitgenommen. Zugegeben, er ist ganz hübsch anzusehen. Aber sein Leidenschaftslevel ist im Null-Komma-Bereich."

„Er kann durchaus leidenschaftlich sein", sagte Katja. Die beiden Freundinnen sahen sie überrascht an. „Wenn es um seine Studien geht. Ich habe ihn mit Onkel Stefan debattieren sehen. Da bekommen Eisensteins graue Äuglein glitzernde Fünkchen."

„Was sind das für Studien?", fragte Betty.

„Hat Onkel Stefan dir nichts erzählt? Für das Institut, das an der Klinik angeschlossen ist."

„Davon weiß ich gar nichts."

Tilly seufzte tief und hob die Hände theatralisch in die Luft. „Kinder, ihr müsst mehr kommunizieren."

Katja lachte. „Nicht jeder hat so einen unstillbaren Redebedarf, wie du."

Tilly verschränkte die Arme vor der Brust und sah die Mitbewohnerinnen gespielt ernst an. „Ich weiß von der Wette."

„Was meinst du?", fragte Katja mit Unschuldsmiene.

„Die Wette, die ihr beiden abgeschlossen habt. Dass ich sogar im Schlaf rede."

„Und die ich gewonnen habe", grinste Katja. „Du hast mit einem Geist aus dem Jenseits gesprochen."

„Dem großen Elefantengott Trampeltos", entgegnete Tilly ungerührt, „der zwei Erdenmenschlein in mein Zimmer geschickt hat, um mich um meinen Schlaf zu bringen."

Katjas Augen verengten sich. „Du hast gar nicht geschlafen?"

„Wie könnte ich, wenn ihr lauthals neben mir quatscht."

Betty lachte. Schelmisch sah sie die Komplizin an. „Ich habe dir gesagt, dass sie uns hört."

„Und du sprichst doch im Schlaf", attestierte Katja trotzig.

„Da ich seit Jahren überzeugter Single bin, werden wir das so schnell nicht herausfinden."

„Was beinhalten Eisensteins Studien?", lenkte Betty das Gespräch zurück auf die Klinik.

Katja hob die Hände. „Darüber schweigt er wie ein Grab."

Das Fenster nebenan wurde aufgekippt. Tilly warf einen scharfen Blick über die Schulter hinüber und rief: „Katja. Hol doch noch die Würstchen aus dem Eisschrank und leg sie auf den Grill." Umgehend flog das Fenster wieder zu.

„Das mit dem Fenster ist ein Phänomen", schmunzelte Betty.

„Der Mann ist ein Spion", sagte Tilly mit verschwörerischer Stimme.

„Mir scheint er eher der Typ introvertierter Bohemien zu sein", bemerkte Betty nachdenklich.

Tilly sah sie mit großen Augen an. „Hugo Leclerc ist die größte Tratschtante St. Paulis. Ich habe kein Interesse, unsere Familiengeheimnisse auf Antenne Hamburg zu hören."

Katja schluckte den letzten Bissen ihres Schnitzels hinunter. „Was erwartest du von einem militanten Veganer? Wäre Fleischkonsum strafbar, Hugo Leclerc würde mit Freuden das Fallbeil auslösen."

Betty lehnte sich zurück und legte den Kopf in den Nacken. Im schwindenden Licht des Tages standen die ersten Sterne am Hamburger Sommerhimmel.

„Vielleicht sollte ich das Praktikum beenden", sinnierte sie.

Katja verschluckte sich fast an ihrem Wein. „Warum das denn?"

„Wegen ‚Doktorchen Frost', das ist doch himmelklar", seufzte Tilly übertrieben. Sie legte die Hand an den Mund und flüsterte: „Sie reagiert auf ihn."

Bettys Augen wurden groß. „Das ist nicht wahr!"

Tilly zuckte die Achseln. „Die Karten -" Betty fuhr ihr ins Wort.

„Ein Mann ist das Allerletzte, was ich im Moment gebrauchen kann. Und schon gar keinen Kollegen."

„Da muss ich zustimmen", warf Katja ein. „Eisenstein ist kein Typ für gar nichts." Sie beugte sich vor und zwinkerte die Freundinnen schelmisch an. „Aber er hat einen apollonischen Mund."

Betty gluckste. „Was, bitte, ist ein apollonischer Mund?"

„Er hat perfekte Lippen. Ober- und Unterlippe sind gleich groß, aber nicht zu breit. Und elegant geschwungen. Wie bei der griechischen Statue in unserem Patientengarten."

„Katja ist Lippenfetischistin", erklärte Tilly.

Bettys Kinnlade fiel herab. „Das muss sich in den letzten Jahren erst entwickelt haben."

„Jeder hat so seine Standards", sagte Katja verschmitzt.

Tilly stellte die Teller zusammen. „Und dann kommt es ja noch darauf an, was er mit diesen Lippen anstellt."

„Könnt ihr bitte damit aufhören? Ich muss mit dem Mann arbeiten!", stöhnte Betty.

Tilly und Katja prosteten sich mit dem Wein zu.

Bettys Blick wurde ernst. „Ich dachte, hier könnte ich endlich in Ruhe praktizieren. Deutschland ist, was alternative Medizin betrifft, aufgeschlossener als Südafrika." Der sanfte Griff von Katjas Hand legte sich auf ihren Unterarm.

„Wenn jemand in dieser Klinik was bewegen kann, dann du", sprach sie der Freundin Mut zu. Betty schien die Aussicht über die Auseinandersetzung mit dem unterkühlten Oberarzt wenig verlockend. Verwegen klimperte Tilly mit den Wimpern. „Und so ein Medizingott wie Eisenstein ist das Sahnehäubchen auf dem Törtchen."

„Zumal Schwester Betty ihn scheinbar im Sturm erobert hat." Katja kreuzte die Hände vor der Brust.

Tilly nickte zustimmend. „Man muss diesem Alphabärchen nur genügend Honig ums Mäulchen schmieren."

Betty legte die Hände über die Augen. „Nicht schon wieder die Lippen!"

Die drei Frauen brachen in Gelächter aus.

Am darauffolgenden Donnerstag stand Betty in der Damenumkleide der Kinderstation und knallte die Tür ihres

Spindes zu. Wütend setzte sie sich auf die Bank, um die Schuhe zu wechseln.

Schließ Dich heute mit Eisenstein kurz und gib mir bis abends Bescheid.

Onkel Stefans Nachricht, die er am frühen Morgen geschickt hatte, legte sich im Klammergriff um ihre Brust. Sie hatte die Hoffnung begraben, eine kollegiale Ebene mit dem Oberarzt zu finden. Ihre anfänglichen Bemühungen, ihn mit Witz und Charme zu ködern, verliefen im Sand.

Stattdessen hatte sie von Hildegard von Äußerungen erfahren wie: „Sagen Sie Schwester Betty, wir befinden uns hier in einer Klinik, und keinem Freizeitpark für Amateurschauspieler." Oder: „Wenn man meint, Sphärengedudel könne ein Sedativum ersetzen, sollten wir die Klinik in ein Bootcamp für Hobby-Fakire umwandeln."

Eisenstein hatte es in drei Tagen geschafft, Bettys Toleranzlevel bis an die Schmerzgrenze auszureizen. Zudem war ihr aus der Ferne nicht entgangen, dass seine Mundwinkel ums eine oder andere Mal verächtlich zuckten, wenn er ihre Arbeitskleidung betrachtete. Folglich vermied sie es, dem bissigen Oberarzt unter die Augen zu treten.

Sah sie ihn von weitem auf dem Flur, verschwand sie in das nächstbeste Krankenzimmer. Betrat er das Zimmer eines Patienten, den Betty gerade versorgte, verabschiedete sie sich kurzweg und verließ den Raum. Da Eisenstein Bettys Verhalten kommentarlos hinnahm, schien er ebenfalls keinen Wert auf einen näheren Kontakt zu legen.

Betty seufzte. Die morgendlichen Besprechungsrunden mutierten zu einem Martyrium. Schwester Hildegard predigte die Wichtigkeit des täglichen Austausches über den Behandlungsverlauf der kleinen Patienten. Die Medizinerin in ihr war sich der Bedeutung dieser Zusammenkünfte bewusst. Die Frau scheute diese Treffen auf Teufel komm raus. Die verwirrende Nervosität, die sie befiel, sobald sie mit Eisenstein im

Raum war, stellte ihr Nervenkostüm auf eine harte Probe. Um des Friedens willen hielt sie sich im Hintergrund. Widerwillig gestand sie sich ein, dass ihr die Fachkompetenz des Arztes imponierte.

Das Smartphone klingelte. Sie holte es aus der Tasche und checkte das Display. Die bekannte Nummer zauberte ihr zum ersten Mal an diesem Tag ein Lächeln auf die Lippen.

„Onkel Stefan", begrüßte sie den Patenonkel.

„Betty, meine Liebe. Wie läuft es?"

„Alles gut. Bist du wieder in Hamburg?"

Professor Hohner war die letzten Tage auf einem Ärztekongress geladen und Betty vermisste den Puffer, den er in Bezug auf den Oberarzt darstellte.

„Erst heute Abend", seufzte er bedauernd. „Ich habe mich hier beim Frühstück verplappert. Was macht die Station? Eisenstein sagt, ihr kommt bestens miteinander aus."

„Es geht so", erwiderte sie und schnaubte innerlich. Natürlich kam man gut aus, wenn man sich aus dem Weg ging. Heute hatte sie absichtlich verschlafen, um die Morgenrunde zu schwänzen.

„Hast du dich schon entschieden?", kam Hohners Frage aus dem Telefon.

„Ich schwanke noch", wich Betty aus.

„Du hast dir doch mein Angebot richtig durch den Kopf gehen lassen? Ich brauche dringend einen weiteren Arzt auf dieser Station. Wenn du dich gegen uns entscheidest, muss ich andere Bewerber in Betracht ziehen."

„Mir gefällt die Klinik, keine Frage", bestätigte sie schnell. Und nicht nur das, dachte sie. Die Menschen waren ihr ans Herz gewachsen.

„Das hört sich doch gut an. Sollen wir morgen den Vertrag aufsetzen?"

Betty hatte keine Informationen, wie sich die Sachverhalte in Südafrika entwickelten. Und sie hasste es, Onkel Stefan im Dunkeln zu lassen. Womöglich würde es ihn tief verletzen, erführe er die wahren Motive ihres Hierseins. Zu seinem eigenen Schutz verbat sie es sich, ihn einzuweihen. So sehr sie seinen Rat auch geschätzt hätte. Der Zwiespalt lag ihr wie ein Stein im Magen.

„Ich gebe dir heute Abend Bescheid", stellte sie sich selbst ein Ultimatum. Sie würde ihre Mutter anrufen und Nachforschungen anstellen.

„Das freut mich, mein Kind."

„Aber ich mache es davon abhängig, wie sich dein Oberarzt heute mir gegenüber verhält."

Hohner kicherte. „Sei gnädig mit ihm. Er ist ein Schaf im Wolfspelz." Damit beendete er das Gespräch.

Schmunzelnd steckte Betty das Smartphone ein. ,Ich werde diesem Wolf die Zähne ziehen', nahm sie sich vor.

Sie begutachtete ihr Outfit im Spiegel. Heute trug sie, passend zum vierten Juli, Stars-and-Stripes-Crocks, eine Uncle-Joe-Jogginghose, sowie ein T-Shirt mit einem aufgedruckten Hot Dog und der Aufschrift „a hot dog per day keeps the sadness away". Eine diabolische Vorfreude beschlich sie im Hinblick auf ihren Kopfschmuck. Sie malte sich Eisensteins Blick vor ihrem inneren Auge aus und grinste.

Auf den blonden Locken thronte, gehalten durch ein rot-weiß-blau gestreiftes Haarband, eine Pappminiatur des Empire State Buildings.

Sie gab ihrem Spiegelbild ein High-Five und verließ die Umkleide.

In Gedanken versunken trat Betty durch die Tür in den Klinikflur.

„Passen Sie doch auf!", ertönte eine affektierte Frauenstimme. Sie drehte sich zu der Sprecherin um.

Vor ihr stand eine ihr unbekannte Einsachzigamazone, die ihrerseits Bettys Gestalt abschätzend musterte. Das hautenge Business-Kostüm brachte jeden Knochen der Size-Zero-Figur perfekt zur Geltung. Der Rock war lange genug, um nicht billig zu wirken. Ein gestochen scharf geschnittener, dunkler Pagenkopf umrahmte ein nordisches Gesicht mit hohen Wangenknochen. Die

Form der Lippen erinnerten Betty an ein Bild aus dem Katalog eines befreundeten Schönheitschirurgen.

„Ach, Sie sind das", schnappte Miss Perfekt und rümpfte die klassische Nase.

„Gerade vorhin war ich es noch", entgegnete Betty. Einen Moment entglitten der Amazone die Gesichtszüge. Dann reckte sie hoheitsvoll das Kinn.

„Wissen Sie, wer ich bin?", fragte sie.

„Sie werden es mir sicher gleich sagen", erwiderte Betty.

„Margo Konviczny. Ich bin Geschäftsführerin des Marianne-Barth-Institutes. Aber das sagt jemandem wie Ihnen natürlich nichts."

Betty runzelte die Stirn und verschränkte die Arme vor der Brust. „Aber im Gegensatz zu mir, haben Sie von mir gehört", stellte sie nüchtern fest.

Die Amazone lächelte dünn. „Eisenstein und ich sind sehr eng miteinander." Sie ließ ihre Wimpern bedeutungsschwanger flattern.

„Da gratuliere ich Ihnen", erwiderte Betty sarkastisch.

Margo rollte die Augen und stöhnte ungehalten. „Ich suche ihn. Haben Sie ihn gesehen?"

Betty schüttelte den Kopf. „Da kann ich Ihnen nicht weiterhelfen. Ich bin gerade erst angekommen."

Übertrieben zückte Margo ihre Designerarmbanduhr und warf einen demonstrativen Blick darauf. „Beginnen die Schichten nicht für gewöhnlich früher?" Ihre Miene hätte den Victoriasee in einen Eiswürfelbehälter verwandelt.

„Für gewöhnlich", echote Betty lakonisch.

„Eisenstein ist einfach zu gutmütig." Margo unterstrich ihre Aussage mit einem theatralischen Seufzen. Dann bedachte sie ihr Gegenüber mit einem abfälligen Blick. „Aber das Licht zieht ja bekanntlich die Motten an".

Betty brach in Gelächter aus. „Sie müssen ja wissen, wovon Sie reden." Margo legte irritiert die Stirn in Falten. Schnell setzte

Betty nach: „Sie finden Eisenstein sicher irgendwo hier auf Station." Sie drehte der anderen Frau den Rücken zu. Für diese Art von Geplänkel hatte sie keine Zeit.

„Für Sie wohl eher Herr Oberarzt", schnappte die Institutsleiterin.

Betty zwang sich zur Ruhe. Was immer diese Margo Konviczny für Eisenstein war, die beiden hatten sich verdient. Fast in Zeitlupe drehte sie sich zurück zu der anderen Frau und schenkte ihr einen milden Blick. „Sie werden Herrn Oberarzt Dr. Jan Peter Eisenstein-Benz irgendwo auf Station finden. War das für Sie ausführlich genug?"

„Ich werde mich bei Eisenstein über Sie beschweren", giftete Margo.

„Wenn es Sie befriedigt."

„Ich mochte es nicht glauben, als mir Ihre Eskapaden zu Ohren gekommen sind." Abermals scannte sie Bettys Erscheinung von Kopf bis Fuß. „Aber es ist ja noch schlimmer, als ich dachte. Dieses Outfit ist absolut indiskutabel und widerspricht der Corporate Identity dieser Klinik."

Betty hatte genug. Sie richtete sich zu ihren vollen Einmeterfünfundsechzig auf und deutete auf ihr T-Shirt. „An diesem Outfit hätte Michael Christensen seine wahre Freude", zischte sie. „Aber das sagt jemandem wie Ihnen natürlich nichts."

Damit ließ sie die andere Frau mit offenem Mund stehen.

Eisenstein brütete über den Formulierungen seiner Rede für den heutigen Abend. Die Wörter tanzten auf dem Bildschirm vor ihm einen wilden Riverdance.

Wie ein Dompteur in der Manege bemühte er sich, die perfekte Wortstellung für die größtmögliche Wirkung zu finden. Von der Überzeugungskraft seines Vortrages hing es ab, wie tief die potentiellen Geldgeber gewillt wären, für seine Studien in die Taschen zu greifen.

Frustriert fuhr er sich über das Kinn. Daten und Fakten, das waren sein Metier. „Zieh ihnen mit deinem Spirit die Spendierhosen aus", hatte Margo gefordert.

Er war Arzt und das erklärte Gegenteil eines Entertainers. Ihre Worte hämmerten in seinem Hinterkopf. „Nur wer für die Thematik brennt, macht auch den perfekten Abschluss." Stöhnend kratzte er sich am Kopf. Wie begeisterte man ein fachfremdes Publikum für Studien an einer Krankheit, deren Auftreten tragisch, aber dennoch eher selten war?

Schwungvoll flog die Tür auf und Margo fegte wie eine stürmische Nordseeböe in den Raum. Mit einem Knall fiel die Tür hinter ihr ins Schloss. Sie baute sich vor seinem Schreibtisch auf und fragte pikiert: „Wer ist Michael Christensen?"

Er überlegte kurz und zuckte dann fragend die Schultern. „Steht er auf der Gästeliste?"

Sie reckte ihr Kinn. „Diese Schwester hat mir den Namen hingeworfen, wie einen Hundeknochen. Nachdem du ihn auch nicht kennst, ist er sicher irgendein Niemand."

„Welche Schwester?"

„Na, diese Verkleidungsfetischistin!"

Betty! Sein Unterkiefer verkrampfte. Die letzten Tage war sie ihm kunstfertig aus dem Weg gegangen. Diese Missachtung ihrerseits hielt ihn in einem unangenehmen Zustand der Daueranspannung. „Wolltest du mich sprechen?", fragte er, seine Gedanken in die Gegenwart zurücklenkend.

Margo lächelte kapriziös. „Ich wollte dir mitteilen, dass alle einflussreichen Persönlichkeiten ihre Zusage für heute Abend gegeben haben." Sie umrundete den Schreibtisch und setzte sich direkt neben ihn auf die Tischkante. Ihre Modellbeine kreuzte sie lasziv in seinem Blickfeld.

Eisenstein lehnte sich zurück und sah zu ihr auf. In den zwei Jahren, die Margo als Geschäftsführerin des Instituts wirkte, versuchte sie mit bemerkenswerter Ausdauer, ihre Beziehung über das Geschäftliche hinaus zu vertiefen. Er hatte keine Zeit für eine romantische Liaison und berief sich ihr gegenüber stets auf seine Studienarbeit. Bisher hielt er sie damit erfolgreich auf Abstand. Er überlegte, ob es dieses Mönchsdasein war, das ihn zu einer gesteigerten Reaktion auf Betty veranlasste.

Sie reizte ihn mit einer Intensität, die Margo in ihren kühnsten Träumen zu erwecken hoffte. Doch blieb beim Anblick der mondänen Managerin seine Libido völlig unbeeindruckt. Selbst wenn sie, so wie jetzt, ihren nordischen Sexappeal auf ihn abfeuerte. Unangenehm berührt wand er sich unter ihrem Katzenblick.

„Hast du nach der Veranstaltung noch etwas vor?", raunte sie.

„Der Abend könnte ein Reinfall werden", gab er zu bedenken.

Sie winkte ab. „Stell dein Licht nicht unter den Scheffel. Du wirst siegen wie Caesar bei Waterloo."

„Margo, du bist einzigartig", lachte er, was ihr ein triumphierendes Blitzen in die Augen zauberte.

„Wie schön, dass du das erkennst", hauchte sie.

Schlagartig erkannte er, dass er Margo mit dieser Art Kompliment die falschen Signale sandte. „War das alles?", fragte er in distanziertem Ton und deutete auf seinen Bildschirm. „Ich muss das noch fertig machen."

„Fast wünschte ich mir, du würdest durchfallen", seufzte Margo.

Erschrocken taxierte er sie. „Warum denn das?"

Sie beugte sich zu ihm und umhüllte ihn mit ihrem schweren Parfüm. Ihr Atem streifte sein Ohr, als sie flüsterte: „Dann müsste ich dich die ganze Nacht hindurch trösten." Sie erhob sich und stakste auf ihren Highheels zur Tür. Dort drehte sie sich um und sagte: „Ich hoffe, du bekommst diese Krankenschwester in den Griff, ehe sie ernsten Schaden für das Ansehen der Klinik anrichtet."

„Schwester Betty wird keine Bedeutung für das Institut haben."

„Misstraust du meinem Urteilsvermögen?", fragte sie verkniffen.

Er seufzte ergeben. „Ich kenne niemanden mit deinem Weitblick", versicherte er, worauf sie ihn einen Augenblick abwägend musterte und dann nickte.

„Du solltest mich nicht gegen dich aufbringen", sagte sie und drohte ihm spielerisch mit dem Zeigefinger. Dennoch zweifelte Eisenstein keinen Moment an der Ernsthaftigkeit ihrer Äußerung. Dann stieß sie ein kehliges Lachen aus. „Ich weiß doch immer wieder, wie ich deine Aufmerksamkeit bekomme."

Sie zwinkerte ihm zu und ließ ihn mit einem unguten Gefühl im Magen zurück.

Es war kurz vor Mittag, als Betty Sven Thalmanns Zimmer betrat. Der Junge grinste ihr über die Spielkonsole hinweg entgegen.

„Wer sind Sie heute, Schwester Betty?", fragte er.

Sie deutete an sich herab. „Es ist amerikanischer Unabhängigkeitstag. Heute bin ich Uncle Sams Nichte."

Svens Blick erfasste den Hot Dog auf ihrem Shirt. Grinsend schmatzte er. „So einen Hot Dog hätte ich jetzt auch gerne."

Sie sah ihn gespielt streng an. „Willst du etwa sagen, unsere Fünf-Sterne-Küche schmeckt dir nicht?"

Sven verzog betreten das Gesicht. „Schon, aber-"

„Dann hab ich was für dich." Aus ihrer Hosentasche zog sie einen kleinen Hamburger aus Gummi hervor. Sie presste ihn zusammen, wodurch der Burger ein schrilles Quieken von sich gab. Zögernd roch sie daran und sah dann nachdenklich zur Decke. „Wenn ich es mir recht überlege: das Gummi riecht genau wie die Fleischklopse, die es gestern zu essen gab."

Sven lachte lauthals. Dann wandelte sich seine Heiterkeit in einen heftigen Hustenanfall, der sich erst nach einigen Minuten legte. Alarmiert musterte Betty ihren Patienten.

„Ist deine Atmung wieder schlechter geworden?", fragte sie.

„Geht schon. Muss nur husten, wenn ich lache", antwortete Sven erstickt.

Betty warf einen Blick in die Krankenakte. Darin las sie, dass Eisenstein die Medikation auf das alte Präparat umgestellt hatte. Der Wirkstoff war ein gängiges Mittel bei respirativen Atemwegssyndromen. Bei sensiblen Menschen rief das Medikament mitunter heftige Unverträglichkeitsreaktionen hervor bis hin zu asthmatischen Beschwerden.

„Seit wann ist es wieder schlimmer?", fragte sie ihren Patienten.

„Eigentlich erst seit Dienstag", kam die Antwort aus dem Krankenbett.

Sie verkrampfte die Schultern. Dann atmete sie durch und schenkte Sven ein breites Lächeln. „Ich überlasse dich mal wieder deinen Leveln." Sie hob die rechte Hand zu einem High Five. Sven schlug mit einem kräftigen Klatschen ein und griff freudig nach seiner Spielekonsole.

Vor der Tür angelangt, sandte Betty einen lautlosen Schrei zur Decke. Dieser Mensch war so ein kapitaler Idiot. Sie stapfte den Flur hinunter zum Oberarztzimmer. Energisch klopfte sie an, erhielt keine Antwort. Sie öffnete die Tür und spähte hinein. Das Zimmer war leer. Eine Pflegerin schob einen Transportwagen an ihr vorbei.

„Ist Dr. Eisenstein auf Station?", fragte Betty.

Die Schwester deutete auf ein Zimmer im hinteren Teil des Flurs. „Auf der 18. Er macht gerade seine Runde mit Studenten von der Uni."

Betty stöhnte ergeben. Die Patientin Lena Bachmeier. Ein weiterer Zankapfel, wie sie aus Hildegards Mund erfahren hatte. Sie kreiste die Schultern, um sie zu lockern. Dann lief sie entschlossenen Schrittes der Schlacht entgegen.

Ein Schauer durchrieselte Eisenstein, kaum dass er das Klicken des Türgriffes vernahm. Im selben Atemzug schalt er sich einen Psychopaten. Der Gedanke an diese Frau verfolgte ihn auf Schritt und Tritt. Ein Hauch von Maiglöckchen durchdrang den Raum und sein Körper geriet in Ausnahmezustand.

Im Augenwinkel beobachtete er, wie die eigensinnige Schwester am Rande der kleinen Gruppe von Praktikanten Stellung bezog. Ihrer Körperhaltung nach zu schließen war sie verärgert.

„Nun, Schwester Einfach-nur-Betty", gab er in gedehntem Tonfall von sich. „Wir haben hier interessiertes Fachpublikum." Er deutete auf die jungen Studenten, die sich im Halbkreis um ihn scharten. Wie gewohnt hingen sie begierig an seinen Lippen. Er zeigte auf das Plakat über dem Bett des Mädchens.

„Wie sollte Kringelkrangel dazu beitragen, chronische Kopfschmerzen zu beseitigen?" Hinter ihm ertönte hämisches Kichern. Betty entwich ein leises Keuchen.

Er sah sie an und verlor um ein Haar die Fassung. Radikal unterdrückte er den Anflug von Heiterkeit und zwang seine Mundwinkel zur Ruhe. Auf ihrem Kopf hing die Nachbildung eines Wolkenkratzers. Mit Phantasie hätte man in dem, was davon noch übrig war, eine Miniaturausgabe des Empire State Buildings vermutet. Die obersten Stockwerke des Gebildes waren eingedellt und in sich verschoben. Zudem löste sich die Befestigung an dem gestreiften Haarband, wodurch der Haarschmuck in absehbarer Zukunft den Kampf gegen die Schwerkraft zu verlieren drohte.

„Augenübungen, Doktor Eisenstein-Benz", flappte sie. Ihre Wangen waren gerötet, die Pupillen in ihrer Erregung vergrößert. Die Luft um sie herum schien zu flirren.

Die Genugtuung, endlich ihre ungeteilte Aufmerksamkeit zu besitzen, sandte Blitze durch seine Nervenbahnen. Seinen Triumph verbergend, senkte er den Blick auf ihren Brustkorb und blieb an ihrem hauteng geschnittenen Shirt hängen. Der Hot Dog auf ihrer Brust schien täuschend echt. Zum Anbeißen. Er bewegte sich im Rhythmus ihrer wütenden Atemzüge.

Eisenstein registrierte Wortfetzen von diversen Studien, Augapfelmuskeln unterschiedlicher Stärke und Leistungsfähigkeit.

Seine unteren Körperregionen beschäftigten sich hartnäckig mit dem Hot Dog auf ihrem Shirt. Respektive mit dem, was dahinter lag. Innerlich verpasste er sich eine Kopfnuss. Um die Hitze einzudämmen, die ihm den Nacken hinaufschoss, lockerte er beiläufig Hemdkragen und Krawatte. Den Arztkittel hielt er gewohnheitsgemäß zugeknöpft und dankte dem Himmel für seine Pedanterie. Seine Sexualität meldete massive Mangelerscheinungen an.

„Haben Sie noch Fragen?", endete sie und maß ihn mit einem vernichtenden Blick. Nicht eines ihrer Worte war in sein Gehirn gedrungen. Missmutig wandte er sich den Studenten zu.

„Haben wir noch Fragen?", fragte er in leicht rauem Tonfall.

Die Praktikanten verneinten kopfschüttelnd. Die Blicke, die sie Betty zuwarfen, waren anerkennend und verehrend. Er bemerkte die roten Wangen eines Medizinstudenten und verfolgte, worauf dessen Augen gerichtet waren, auf Bettys prall gefülltes Shirt. Er stieß ein unwilliges Knurren aus und schenkte dem jungen Mann einen eisigen Blick. Beschämt senkte dieser die Augen und musterte seine Schuhspitzen.

„Dennoch sollten wir uns auf unsere Kernkompetenzen besinnen. Dieses alternative Gedöns mag ja in Afrika ganz lustig sein. In Deutschland gelten professionelle Richtlinien", sagte er und wandte sich seiner Patientin zu.

„Vielen Dank, Lena." Er lächelte sie freundlich an und reichte dem Mädchen die Hand. „Morgen kommt dich deine Mutter abholen. Freust du dich?"

„Ja. Besonders auf Pezzo, meinen Hund", strahlte das Kind.

„Und ich bin sicher, Pezzo freut sich genauso auf dich."

Die Wangen des Mädchens färbten sich rosa. „Sie sind so lieb, Dr. Eisenstein." Ein flapsiges Lachen erschallte aus Bettys Richtung.

Er sah sie aus verengten Augen an. Schnell senkte sie den Blick. Dennoch entging ihm nicht der leise Spott in den blauen

Tiefen. An die kleine Lena gewandt sagte er: „Trotzdem will ich dich hier so bald nicht wiedersehen."

Sie nickte und schloss die Arme um ihr Kuscheltier. Er wandte sich zur Tür und überließ es den Studenten, ihm zu folgen. Den Hot Dog bewusst ignorierend, griff er nach der Türklinke.

„Dr. Eisenstein?", rief Betty ihn zurück. Er blieb stehen und drehte sich widerwillig zu ihr um. ‚Schau in ihr Gesicht!', ermahnte er sich streng.

„Ich habe etwas mit Ihnen zu besprechen", sagte sie und reckte trotzig das Kinn.

In dem Moment ertönte sein Piper. Er checkte das Display. „Ich werde in die Ambulanz gerufen. Sie können mich begleiten", forderte er die Studenten auf. Betty schickte sich an, ihm ebenfalls zu folgen, doch Eisenstein wies sie mit erhobener Hand zurück.

„Sie, Schwester, sehe ich in einer Stunde in meinem Zimmer".

Misslaunig tigerte Betty vor dem steingrau lackierten Tisch auf und ab. Die große Wanduhr in Eisensteins Büro tickte unisono mit dem Anstieg ihres Frustpegels.

Dieser Mensch ließ sie seit einer geschlagenen Dreiviertelstunde warten. Zwar hatte sie die Zeit genutzt, um via Smartphone ihrer Mutter eine Nachricht zu senden, einige Wohnungsanzeigen im Umkreis der Klinik durchzusehen und Hintergrundinfos zu einem diagnostischen Fall zu recherchieren. Dennoch konnte sie sich des Eindruckes nicht verwehren, dass Dr. Jan Peter Eisenstein-Benz sie absichtlich warten ließ.

Müde steckte sie das Telefon in die Tasche des Arztkittels, den sie, der Ernsthaftigkeit der Unterredung geschuldet, über dem Hot-Dog-Shirt trug. Ebenso hatte sie den Kopfschmuck entsorgt, da dieser ohnehin herunterzufallen drohte. So fühlte sie sich äußerlich gewappnet für dieses Gespräch.

Seufzend sah sie sich in Eisensteins Büro um. Womöglich war er farbenblind, denn die Einrichtung umfasste alle Facetten unterschiedlicher Grautöne. Nur ein Gummibaum stand einsam in einer Ecke. Geordnet, klinisch und nüchtern.

Um sich zu fokussieren, konzentrierte sie sich auf ihre Argumentation. Sie hatte geschworen, sich nicht mehr von seiner heroischen Art einschüchtern zu lassen. Und vor allem nicht von seiner verstörenden Präsenz. Die Gesundheit eines Patienten stand auf dem Spiel.

Bilder erschienen vor ihrem inneren Auge. Ihr Brustkorb verkrampfte. Stimmen aus der Vergangenheit schwappten ins Hier und Jetzt.

„Help him, please!"

Das verzweifelte Flehen einer Mutter, die ihr sterbendes Kind in den Armen hielt. Betty schluckte verkrampft die Tränen hinunter und verdrängte die Vision hinter den Schleier des Vergessens.

Zitternd umarmte sie ihre Ellbogen und trat ans Fenster. Der Patientengarten lag im sonnigen Licht des Nachmittages. Einige Patienten saßen mir ihren Besuchern im Schatten des Pavillons am Rande der Rasenfläche. Rabatten mit Staudenblumen säumten die überschaubare Fläche. Im hinteren Teil war an einen Spielplatz mit bunten Klettergeräten gedacht worden.

‚Ein Barfußpfad wäre eine Idee', ging es ihr durch den Kopf. Mit Materialien wie Steinen, Holz, Lehm, Tannenzapfen und vielen anderen zur Aktivierung der Fußsohlen und Stabilisierung der Nerven. Bedauernd kräuselte sie die Lippen. Sie wäre nicht lange genug hier, um so ein Projekt zu verwirklichen. Sie liebte Hamburg. Sie war hierher gekommen, um den Problemen in Südafrika zu entfliehen. Für einen erneuten Feldzug in Kollegenkreisen besaß sie nicht die Kraft. Am stärksten beunruhigte sie ihr seelisches Engagement. Wie war professionelles Miteinander möglich, wenn Eisensteins pure Anwesenheit Betty in ein emotionales Wrack verwandelte?

Sie dehnte die Schultern und wandte sich wieder dem Zimmer zu. Ihr Blick blieb an einer Fotografie hängen, die neben dem Bildschirm auf seinem Schreibtisch stand. Sie zeigte eine jüngere

Version des Oberarztes. Die vom Wind zerzausten, etwas längeren Haare, reflektierten helles Sonnenlicht. Sein breites Lächeln zeugte von humorvoller Intelligenz. Ihr Herzschlag beschleunigte sich. Diesen Eisenstein hätte sie auf Anhieb gemocht.

Sein Arm ruhte auf der Schulter eines Teenagers. Die Ähnlichkeit war nicht zu verleugnen. Die Haare des Jüngeren waren einige Nuancen heller. Aber sie hatten beide die gleichen grauen Augen. Wo der Ältere Wachsamkeit und Verantwortungsbewusstsein erkennen ließ, spiegelte der Blick des Jüngeren Ausgelassenheit und Siegeswillen. Ein Bruder? Oder ein Cousin? Die Haltung der Männer auf dem Deck eines Segelbootes drückte eine tiefe Verbundenheit aus.

Betty sah zur Wanduhr und schnaubte. Sie hatte genug gewartet und war auf dem Weg zur Tür, als diese aufschwang und Eisenstein das Zimmer betrat. Grimmig sah sie ihm entgegen. Er erfasste sie mit einem schnellen Blick.

„Da sind Sie ja", schnappte er, schloss die Tür und trat an ihr vorbei hinter seinen Schreibtisch.

„Seit einer knappen Stunde", erwiderte sie und schalt sich im gleichen Moment kindisch. Ein Notfall nahm, je nach Krankheitsbild und Bereitwilligkeit des Patienten, eine gewisse Zeit in Anspruch. Die Art seines Auftretens, verstärkte ihr Empfinden, er habe den Vorgang absichtlich in die Länge gezogen.

„Nehmen Sie bitte Platz." Er deutete auf den hellgrauen Besucherstuhl.

„Ich stehe lieber", entgegnete sie und faltete die Hände vor dem Körper. Seine Augenbraue zuckte.

„Bitte", wiederholte er leise.

Sie zögerte, ließ sich dann aber auf die Kante des zugewiesenen Stuhles sinken. Mit steifem Rücken verfolgte sie, wie Eisenstein auf seinem Drehstuhl Platz nahm, die Ellbogen auf der Tischplatte ablegte und die Hände faltete.

„Schwester Betty", hob er an.

„Betty", unterbrach sie ihn. „Einfach nur Betty."

Er musterte sie, richtete dann den Blick zurück auf seine Hände.

„Schwester Betty", beharrte er. Sie zuckte die Achseln und stieß die Luft aus, woraufhin er fortfuhr: „Für gewöhnlich beurteile ich meine Mitmenschen danach, wie sie sich mir gegenüber präsentieren." Er sprach in gemessenem Tonfall, doch sein Unmut war nicht zu überhören.

Betty erstarrte. Er verabreichte ihr eine Standpauke? Lächerlich. Die Initiative zu diesem Gespräch war von ihr ausgegangen.

Da sie schwieg, sprach er weiter: „Ferner ist mir bewusst, dass in einem Team jeder Mitarbeiter seine Persönlichkeit einbringen möchte. Als leitendes Organ jedoch erwarte ich ein gewisses Maß an Anpassungsfähigkeit." Er ließ eine Bedeutungspause. Seine Nasenflügel bebten. Kurz hielt er die Luft in seinen Lungen, als überlege er die Konsequenz der nächsten Ausatmung.

„Machen Sie das schon immer so?", schoss es aus ihr heraus.

Für den Moment schien er den Faden zu verlieren und stieß unkontrolliert den Atem aus. „Wie bitte?", fragte er heiser und räusperte sich.

„Schon gut", winkte sie ab. „Ich hänge an ihren Lippen." Sie überschlug die Beine, verschränkte die Ellbogen auf dem Knie und legte ihr Kinn in eine Hand. Mit den Wimpern flatternd, wartete sie auf Eisensteins Worte.

Die Wangen des Arztes röteten sich. Er holte tief Luft und presste die Lippen aufeinander. Eine Unmutsfalte erschien zwischen seinen Augenbrauen. Er öffnete den Mund, um seine Rede fortzusetzen, da verzog sie ihr Gesicht zu einem Oh. Sein Atem stockte. „Hören Sie auf damit!", blaffte er.

„Womit?", fragte sie unschuldig.

„Mir Grimassen zu schneiden."

Sie hob die Augenbrauen. „Das ist ein Automatismus. Aber, bitte. Ich versuche, mich zu beherrschen." Sie schenkte ihm ihr wärmstes Lächeln. Er räusperte sich abermals, diesmal lauter. „Sie werden doch nicht krank?", fragte sie übertrieben besorgt.

Er stieß ein Knurren aus. Beherrscht sprach er weiter, wobei er den Blickkontakt mit ihr vermied. „Wenn Sie in dieser Klinik eine Zukunft haben wollen, rate ich Ihnen, Ihre infantilen Eskapaden einzustellen. Wir arbeiten auf professionellem Niveau. Wir sind hier kein Zirkus."

Betty stellte beide Füße auf den Boden und lehnte sich vor. Ihre Fassung hing an einem seidenen Faden.

„Diese pubertären Maskeraden wären vielleicht noch zu tolerieren", fuhr er fort. Er hustete in seinen Ellbogen.

Sie verkrampfte die Hände in ihrem Schoß. Maskeraden? Sie war ausgebildeter Clowndoktor. In Kapstadt hatte sie große Erfolge verbucht und zahlreiche fachliche Anerkennung geerntet. Sein Tonfall wurde harsch.

„Hinter meinem Rücken eine bewährte Medikation eigenmächtig abzuändern, verbitte ich mir entschieden!"

„Sind Sie jetzt fertig?", fragte sie gefasst. Er schnappte nach Luft, doch sie ließ ihm keine Zeit für eine Erwiderung.

„Sie setzten ein Medikament an, das bei Dauermedikation zu einer Verschlechterung respirativer Atemwegsbeschwerden führen kann. Bis hin zur Entwicklung von irreversiblen asthmatischen Beschwerden. In dem von Ihnen verfassten Arztbriefen konnte ich keinen Hinweis an den weiterbehandelnden Arzt finden. Dabei hätte im Verlauf des letzten Aufenthaltes die eine oder andere Dokumentation durchaus die Vermutung einer Unverträglichkeit entstehen lassen können." Seine Augen verengten sich zu schmalen Schlitzen. „Oder ist Ihnen der Fakt der unerwünschten Arzneimittelwirkung schlicht entgangen?", fragte sie, ihren Sarkasmus nicht mehr unterdrückend.

Das Gesicht des Oberarztes verlor jegliche Farbe. Seine Stimme klang erstickt. „Der Umstand dieser – ich möchte hervorheben - eher seltenen Nebenwirkungen ist mir durchaus geläufig. Dennoch verbitte ich mir, therapeutische Maßnahmen ohne meine Zustimmung zu unterlaufen."

„Ich hatte die Autorisierung Professor -"

Eisensteins Hände knallten auf den Tisch. Sie zuckte zusammen. Seine Gesichtsfarbe wechselte zu einem gefährlichen Rotton. „Ich leite diese Station, nicht Professor Hohner!", brüllte er.

„Sie waren abwesend", bemerkte sie ungerührt. „Daher beschloss ich - und ich mochte hervorheben – vorübergehend die Medikation umzustellen und ein Ergebnis abzuwarten. Der Patient verzeichnete unter der neuen Medikation eine deutliche Verbesserung der Beschwerden, wie Sie dem Patientenblatt entnehmen können. Umso unverständlicher erscheint es mir, dass Sie das Medikament postwendend wieder ansetzten." Sie schoss aus ihrem Sessel nach oben und sah auf ihn herab. „Herr Dr. Eisenstein-Benz, ich bewundere Ihre fachliche Kompetenz. Diese wird allerdings nur noch übertroffen von Ihrer phänomenalen Ignoranz."

Sie wandte sich ab und lief wütend zur Tür. In ihrem Rücken hörte sie das schnappende Geräusch des Bürostuhls. Sie griff nach der Türklinke, als der Arm des Arztes an ihrem Kopf vorbeischoss. Er presste die Hand gegen das Türblatt.

„Sie bleiben hier!", zischte er. „Wir klären das jetzt ein für alle Mal."

Aufgebracht wirbelte sie zu ihm herum. Er stand nur eine Handbreit vor ihr. Sein Duft von Sandelholz und Zitrone fing sie ein. Ihre Wut schwand, verwandelte sich in etwas weitaus Bedrohlicheres.

„Ich weiß, Sie sind Professor Hohners Protegé." Sein Ton klang rau. Sein Atem streichelte ihre Wange, roch nach Karamell und einer undefinierbar verwirrenden Note. „Nichtsdestotrotz werden Sie sich an die Regeln halten, wie jeder andere auch." In seinen Augen brodelte ein dunkles Feuer. Wie

Gesteinsformationen im Krater eines Vulkans, kurz vor dem Ausbruch.

Sie hielt dem intensiven Blick des Arztes stand, fischte nach einer Erwiderung. Ihr Sprachzentrum kapitulierte, ließ dafür tieferen Körperregionen freien Lauf. Die Wärme seines Brustkorbes hüllte sie ein, trieb ihren Puls in bedenkliche Höhen. Auf seiner Stirn erschien eine Falte. Irrsinniger Weise verspürte sie den Drang, diese fort zu streichen. Sie hob die Hand. Er wich zwei Schritte zurück und kappte die Verbindung.

Kurz schloss er die Augen, wie um sich zu sammeln. Dann fuhr er kaum hörbar fort. „Sie werden die Anweisungen Schwester Hildegards befolgen, die sie mit ihrem kindlichen Charme um den Finger wickelten."

Betty betrachtete seinen Mund, der sich im Auf und Ab seiner Worte harmonisch bewegte, und gab Katja Recht. Eisenstein hatte den perfekt geschwungenen Lippenbogen.

„Haben Sie mich verstanden?", bellte er.

Verwirrt blinzelte sie ihn an. „Wie, bitte?"

„Sie werden sich auf die Fachkompetenzen einer Krankenschwester beschränken. Den Rest überlassen Sie gefälligst dem ärztlichen Dienst."

Verblüfft erstarrte sie. Unnachgiebig heftete sich sein Blick in den ihren. Die beschleunigte Frequenz seines Atems strafte seine nach außen getragene Gelassenheit Lügen.

„Haben wir uns verstanden, Schwester Einfach-nur-Betty?", wiederholte er nachdrücklich.

Eine Tatsache, die sie nicht bedacht hatte, drang schlagartig in ihr Bewusstsein und gab seinem Verhalten die einzig logische Erklärung. Aus einem ihr unerfindlichen Grund hatte Dr. Eisenstein-Benz nicht die geringste Ahnung, wer vor ihm stand. Er hielt sie für eine Krankenschwester! Sie unterdrückte die aufsteigende Heiterkeit und versteckte sie hinter einem falschen Lächeln, ehe sie ergeben den Kopf senkte.

„Ich habe verstanden, Herr Dr. Eisenstein-Benz." Sie knickste untertänig und verließ leise schmunzelnd den Raum.

Keuchend sank Eisenstein gegen die geschlossene Bürotür. Sein Atem pumpte verzweifelt Sauerstoff in seinen unterversorgten Körper. Sein Herz raste. Was, um alles in der Welt, war gerade passiert?

Um ein Haar hätte er die Hand in den Nacken dieser frechen Schwester gelegt und ihre trotzig geschürzten Lippen mit den seinen verschlossen. Ihm fiel nicht einmal mehr der Wortlaut seiner Rede ein. Sein Gehirn war fixiert auf die Frage, wie sie schmeckte. Und ob der Hot Dog, den sie unnötigerweise unter einem zugeknöpften Arztkittel versteckte, so knackig war, wie er aussah. Zitternd raufte er sich die Haare und zwang seine Erregung mit gleichmäßigen Atemzügen zur Ruhe.

„Ganz großes Kino, Eisenstein", schimpfte er. Zwischen Mann von Welt und Barbar liegt oft nur ein dünner Fetzen Stoff.

Er seufzte. Wenn sie nicht gegangen wäre, hätte er seine Standhaftigkeit in den Wind geschossen und die Klage wegen Belästigung am Arbeitsplatz ohne mit der Wimper zu zucken in Kauf genommen.

„Du bist eine Enttäuschung für deine Mutter, Jan", hörte er die Stimme seines Vaters im Hinterkopf. Loretta Benz war in bescheidene Verhältnisse geboren. Entgegen dem klangvollen Nachnamen bestand keinerlei verwandtschaftliche Verbindung zu der weltbekannten Autodynastie. Dennoch beharrte sie auf der doppelten Namensgebung ihrer Söhne, um die gesellschaftlichen Vorteile dieser Assoziation auszuschlachten. Seine Eltern gründeten eine mittelgroße Kaufhauskette für Billigwaren aus dem Nichts. Der soziale Aufstieg in höhere Kreise blieb ihnen bis dato verwehrt. Stattdessen versank die Mutter im Selbstmitleid, da keiner der Söhne hinreichende Ambitionen hegte.

„Erst der Eine Mediziner, dann der Zweite verkrüppelt", so die harschen Worte, mit welchen sie das eigene Schicksal resümierte. Ein öffentlicher Prozess wäre genau die Gelegenheit, den Kontakt vollends abzubrechen. Pflichtschuldigst rief er die Eltern vier Mal im Jahr an. Zu Neujahr, Weihnachten und an den Geburtstagen. Was beiden Parteien ausreichend erschien.

Er stieß die Luft aus und kehrte zurück an seinen Schreibtisch. Sein Blick fiel auf den Stuhl, auf dem die vorlaute Schwester ihre Show abgezogen hatte.

Amüsiert kräuselte er die Mundwinkel. Diese Frau brachte einen tibetanischen Mönch zum Winseln. Und sie beschämte ihn durch den Hinweis auf die Nebenwirkungen des Medikamentes. Diese waren ihm zwar bekannt, im Fall von Sven Thalmann, hatte er sie, wie er widerwillig eingestand, ignoriert. Er setzte sich und ließ den Kopf gegen die Rückenlehne seines Sessels sinken. Gequält schloss er die Augen. Er war zu Tode erschöpft. Nicht zum ersten Mal fragte er sich, warum er das alles auf sich nahm.

Sein Blick fiel auf Toms Foto. Es zeigte sie beide vor einem ihrer letzten gemeinsamen Törns. Seine Gedanken schwenkten zurück an jenen Tag, der alles veränderte. Von Brunsbüttel waren sie ausgelaufen. Das Wetter war perfekt. Bis mitten im Wendemanöver Toms Beine krampften und er zu Boden glitt. Dabei traf ihn der Großbaum und er blieb bewusstlos liegen. Mit fast übermenschlicher Anstrengung lenkte Eisenstein den Segler alleine zurück in den Hafen.

An jenem Tag schwor er, niemals wieder in seinem Leben so hilflos zu sein. Wie sich später herausstellte, erlitt Tom an diesem Tag den ersten, heftigen Schub einer Autoimmunerkrankung, die seine Karriere als Leistungssportler im Keim erstickte.

„Tom ist der Grund, warum du das tust", sagte er sich.

Professor Hohners Ermutigungen verdankte er, dass er kurz vor der Anerkennung seiner Studien stand. Viele Menschen mit dieser Diagnose könnten dadurch ihren Krankheitsverlauf mildern.

Es fehlten nur die letzten Versuchsreihen, doch dafür benötigte das Institut weitere Mittel. Sein Telefon klingelte.

„Eisenstein?", blaffte er in den Hörer.

„Nanu. Wer bevölkert denn da deine Leber?", lachte Toms Stimme in sein Ohr.

„Wenn man vom Teufel spricht."

„Wer spricht von mir?"

„Ich habe gerade an dich gedacht."

„Und das bringt dir so miese Laune? Na, besten Dank."

Eisenstein lachte. „Wie geht es Dir?"

„Diese Messe ist reine Zeitverschwendung", seufzte Tom.

„Habt ihr keinen Erfolg mit der App?"

„Heiner hat's verbockt."

Tom war mit seinem Geschäftspartner Heiner Buttowski auf einer Computermesse in Hannover, um dort eine frisch auf den Markt geworfene App zu promoten.

„Inwiefern hat er es verbockt?", fragte er den Bruder.

„Die App ist eine Fitness-App für junge Leute. Aber Heiner hat irgendeinen Scheiß angekreuzt und jetzt liegt unser Stand im Gesundheitssektor. Wir stehen genau zwischen dem digitalen Herzschrittmacher und Smarthome 85+." Eisenstein kicherte. „Schön, dass dir das gefällt", kam der Kommentar aus dem Hörer.

„Verkauf es doch als Tool für Alt-Hippies."

„Oder rüstige Rentner. Hört sich besser an. Was geht bei dir?"

„Heute Abend halte ich diesen Vortrag im Institut."

Tom pfiff durch die Zähne. „Hast du Windeln an?"

„Idiot", schnaubte Eisenstein. Seit seiner Schulzeit litt er unter der Neigung, vor Menschenansammlungen in Panikattacken zu verfallen.

„Trink vorher einen Aquavit", munterte Tom ihn auf.

„Ich schlafe ein, wenn ich Alkohol trinke."

„Dann stell sie dir mit Clownnasen vor."

Schwester Bettys Gesicht erschien vor seinen Augen. Prompt reagierte sein Unterleib. Schlechte Idee.

Er hörte Tom im Hintergrund mit Heiner reden. „Wir gehen jetzt was essen, Jan. Toi-toi-toi für heute Abend!", verabschiedete er sich.

„Wir sehen uns", schloss Eisenstein und legte auf.

Dann ließ er den Kopf in die Hände sinken. Obwohl ihn das Telefonat aufgemuntert hatte, war er hundemüde. Die Doppelbelastung aus Klinikalltag und Forschungsarbeit laugte ihn aus, verursachte körperliche und geistige Aussetzer. Der Fall Sven Thalmann führte ihm das in aller hässlichen Deutlichkeit vor Augen. Er sollte dem Himmel danken, dass Schwester Bettys Umsicht Schlimmeres verhindert hatte und zollte Respekt für ihren Sachverstand. Dann geriet er wieder außer sich, wenn er an ihr provokantes Verhalten dachte.

Innerlich verpasste er sich eine Kopfnuss. Das Letzte, was er gebrauchen konnte, war eine übermotivierte Krankenschwester mit Sinn für hautenge Shirts und dem betörenden Duft von Maiglöckchen.

„Das kann unmöglich dein Ernst sein!"

Katja erschien im Hintergrund des Ganzkörperspiegels, der im Flur der WG hing. Betty musterte ihr Outfit, das sie für den heutigen Abend gewählt hatte. „Was ist daran falsch?"

„Du siehst aus wie eine Konfirmandin", feixte Katja.

„Ich trage einen schwarzen Hosenanzug."

„Du gehst aber nicht zu einer Beerdigung."

Betty warf die Hände in die Luft. „Ich habe nichts anderes hier."

Katja schürzte die Lippen. „Obwohl, eine Beerdigung wäre im Vergleich zu dieser Veranstaltung die reinste Kirmes." Sie deutete Betty, ihr zu folgen. „Vielleicht finden wir bei mir was für dich", sagte sie und verschwand in ihrem Zimmer.

Katjas Reich glich der Marktbude eines Lederwarenhändlers. Die Wände waren übersät mit Haken, an denen schätzungsweise hundert oder mehr Handtaschen unterschiedlicher Größe hingen. Ein Hobby, das zu einer Marotte mutierte, indem sie jeder Einzelnen einen persönlichen Namen gab.

Auf ihrer Unterlippe kauend stand sie vor dem Kleiderschrank und musterte den Inhalt. Entschlossen zog sie ein Seidenkleid mit Spaghettiträgern hervor. Es war bodenlang und mit einem wilden Schlangenmuster in allen Nuancen der Farbskala bedruckt. Die Korsage umschloss am oberen Ende ein bauschig gerüschter Volant. Entsetzt schnappte Betty nach Luft.

„Hast du noch die passende Afro-Perücke dazu?", fragte sie.

„Du hast Recht. Das ist selbst für einen Clown zu bunt."

Katja stopfte das Kleid zurück in den Schrank und holte ein blutrotes Minikleid heraus, das mit bunten Plättchen verziert war.

Angewidert verzog Betty das Gesicht. „Ich weiß nicht, was passieren müsste, dass ich freiwillig Pailletten trage."

„Du bist ein Albtraum für jeden Stylisten", seufzte Katja.

Betty entdeckte einen Streifen fliederfarbenen Stoffes und fischte das Kleid aus dem Schrank. Theatralisch hob Katja die Hand an die Stirn.

„Das Teil war ein Brautjungfernkleid. Danke für die Erinnerung an diesen Tag."

„Was ist passiert?"

„Der Bräutigam überraschte die Braut mit der Tatsache, dass er noch vor zehn Jahren eine Frau war."

Betty sah sie groß an. „Im Ernst?"

In Katjas Augen tanzte der Schalk. Dann brach sie in Gelächter aus. „Nein. Die Hochzeit war einfach nur todlangweilig. So ein Hyperevent."

„Warum warst du Brautjungfer?"

„Der Brautvater ist einer von Onkel Stefans ältesten Patienten."

„Dann ist das Kleid perfekt", entschied Betty. Sie zog ihren Anzug aus und schlüpfte hinein. Es war ein klassisches Etuikleid, nicht zu eng geschnitten, was bei der Hitze des Tages angenehm war. Der schimmernde Satinstoff umspielte elegant ihren Körper. Die kurzen Ärmel aus zartgewebter Spitze gaben dem Kleid einen leicht romantischen Touch. „Es fühlt sich himmlisch an", schwärmte sie. „Hast du noch Schuhe dazu?"

Katja bückte sich und kramte in dem untersten Fach des Schrankes. „Und du bist dir sicher, dass Eisenstein keinen Schimmer hat, dass du Ärztin bist?", fragte sie und griente schadenfroh.

Die Unterredung vom Nachmittag kam Betty in den Sinn. Dabei fingen ihre Wangen verräterisch an zu glühen. „Er hat nicht die leiseste Ahnung", murmelte sie.

Vielleicht hatte sie ihm ihre Kritik zu harsch an den Kopf geworfen. Nur weckte seine Art ihren sonst so friedlich schlummernden Widerspruchsteufel. Sie griff sich an die Wangen. Er roch so himmlisch. Um ein Haar hätte sie ihn geküsst.

Katja kicherte. „Fast schade, dass ich sein dummes Gesicht heute Abend nicht sehen kann."

„Dann begleite mich", rief Betty hoffnungsvoll.

Katja stand auf. „Ich sagte, fast schade!" Sie reichte ihr ein Paar silbergraue Pumps.

Betty schlüpfte hinein. „Du lässt dir meinen großen Auftritt entgehen?"

„Du musst diesen Vortrag nicht halten, wenn du Bedenken hast", bemerkte Katja und kaute nachdenklich auf ihrer Unterlippe.

„Ich möchte Eisenstein nicht die Show stehlen", sagte Betty. „Aber Onkel Stefan meinte, das hieße Äpfel mit Birnen vergleichen."

Unwillig verzog die Freundin den Mund. „Ich liebe Onkel Stefans salomonische Ader. Du weißt schon, dass der Schuss nach hinten losgehen kann? Mit dieser Konviczny ist nicht zu spaßen."

„Vielleicht hast du recht. Ich werde vor der Veranstaltung nochmal mit Onkel Stefan reden", seufzte Betty. Sie stellte sich in Pose und sah die Freundin, auf deren Urteil wartend, an.

„Du siehst aus wie Grace Kelly", bemerkte Katja.

„Ich will nicht aussehen, wie ein Hollywood-Star, sondern wie eine kompetente Fachärztin."

Sie verließ den Raum und trat abermals vor den Spiegel im Flur. Ihr Anblick raubte ihr für den Moment den Atem. Die Farbe des Kleides unterstrich ihren klaren Teint und ließ ihn fast porzellanartig erscheinen. Der Schnitt vermittelte Noblesse und eine unaufdringliche Sinnlichkeit.

„Stimmt", sagte Betty und grinste die Freundin zufrieden an. „Zwar sehe ich nicht aus wie ein Hollywood-Star. Aber dafür wie eine Fürstin."

3

Der Abend senkte sich über das Marianne-Barth-Institut für neurologische Forschung. Die untergehende Sonne tauchte den Vortragsraum im obersten Stockwerk des Klinikgebäudes in ein gelb-rosafarbenes Licht.

Abgehetzt betrat Eisenstein den Raum. Er hatte sich leicht verspätet. Gerne wäre er in seine Wohnung gefahren, um zu duschen. Stattdessen trug er Anzug und Krawatte vom Tag. Lediglich den Arztkittel hatte er abgelegt.

„Da bist du ja endlich, mein Lieber."

Margo trat auf ihn zu. Der Paillettenbesatz des hautengen schwarzen Kleides verlieh ihr mit jeder Bewegung das erhabene Aussehen eines funkelnden Obsidians. Dennoch wäre das Outfit passender in einem Opernhaus, weniger auf einer medizinischen Veranstaltung. Entschuldigend hob er die Schultern.

„Ein Notfall", erklärte er. In Wahrheit war er vor seinem Computer eingeschlafen. Margo verzog den Mund und tippte ihm mit ihren rot manikürten Fingernägeln auf die Brust.

„Was sonst", hauchte sie. Sie quittierte seine Erscheinung mit einem skeptischen Blick. „Du trägst keinen Abendanzug?" Er lachte ausweichend.

„Ich bin ja nicht der große Gatsby."

Sie lachte nicht und sagte stattessen: „Ich muss dir einige Leute vorstellen."

Margo fasste in am Oberarm und zog ihn quer durch den Raum hinter sich her.

Sein Blick wanderte beiläufig durch die Menschenansammlung, begegnete unbekannten Gesichtern, die ihn beäugten. Einige nickten ihm freudestrahlend zu. Unangenehmer Schweiß trat ihm auf die Stirn. Er war sich sicher, diese Leute nie zuvor gesehen zu haben. Um Fassung bemüht schluckte er sein Unbehagen hinunter.

Frau Friebig, die Institutssekretärin, hatte ein kaltes Büffet organisiert, das fast die komplette Fensterfront des Saales einnahm. Sein Magen erinnerte ihn lautstark an das ausgefallene Mittagessen.

„Das ist Herr Thomsen mit Frau", sagte Margo in verkaufswirksamen Singsang. „Die beiden sind sehr interessiert an deinen Studien. Auch sie haben den Fall einer Autoimmunerkrankung im familiären Umfeld." Sie zog ihn vor ein Ehepaar in den Sechzigern.

„Das tut mir sehr leid", sagte er höflich und schüttelte die ihm dargereichten Hände. Er wand sich unter der Mischung von Heldenverehrung und Erlöserkult, die in den Augen des Paares glänzte. Er war Forscher, nicht die Reinkarnation eines Paracelsus, wie Margo ihn darzustellen pflegte.

„Mein Onkel dritten Grades hatte Diabetes", eröffnete Herr Thomsen seine Erläuterungen. Eisenstein setzte eine unverbindliche Konversationsmiene auf und ging innerlich auf Abstand.

Er kannte diese Reden zuhauf und sie langweilten ihn. Der Leibesfülle seines Gegenübers nach zu schließen, war er, ebenso wie der Onkel, Diabetes Typ II gefährdet. Unauffällig schielte er zum Rednerpult und visualisierte den Moment seines Auftrittes. Hin und wieder nickte er abwesend Herrn Thomsens Erzählung zu.

Durch die geöffneten Balkontüren der Dachterrasse wehte ein sanfter Luftzug und sorgte für eine willkommene Abkühlung am Ende dieses drückenden Sommertages. Auf der Terrasse entdeckte er zwei Menschen, die im Gegenlicht der untergehenden Sonne nur schemenhaft zu erkennen waren. Eine Frau gestikulierte wild mit den Armen. Der Mann legte ihr eine Hand auf die Schulter, woraufhin die Gestalten sich von der Balustrade lösten und auf die Terrassentüre zukamen. In der einen Person erkannte er Professor Hohner. In der anderen – sein Herzschlag setzte aus.

Am Ellbogen des Chefarztes untergehakt betrat sie den Raum. Ihr violettes Etuikleid umspielte mit jedem Schritt kokett ihre Beine. Der silberfarbene Gürtel umschloss die grazile Taille und betonte die sanfte Rundung ihrer Hüften. Eine weibliche und zurückhaltend sinnliche Ausgabe Schwester Bettys.

Er verwünschte Hohner samt seinem Protegé. Diese Art Ablenkung brauchte er im Moment so dringend wie einen akuten Anfall von Diarrhö. Seine Hände verkrampften.

Ein Klaps auf seiner Schulter lenkte seinen Focus zurück auf die Gesprächsrunde. Verwirrt sah er in Margos Gesicht, die ihren Blick auf das Ehepaar vor ihnen richtete. Scheinbar erwarteten die Herrschaften eine Antwort von ihm. Er räusperte sich und sagte standardgemäß: „Das sehe ich genauso."

Herr Thomsen erstarrte. Frau Thomsen wurde blass.

Margos Hand krallte sich in seinen Arm. „Wo bist du nur mit deinem Kopf?" Sie schenkte dem Ehepaar ein strahlendes Lächeln. „Entschuldigen Sie, bitte. Vor einem Vortrag ist er immer sehr nervös."

Frau Thomsen nickte verzeihend. Margo zog ihn weg. „Du hast der Dame gerade empfohlen, eine Fettabsaugung durchzuführen."

„Das habe ich nicht getan", blinzelte er verwirrt.

„Sie hat gefragt, ob du zustimmst, voluminöse Oberschenkel wie die ihren seien nicht nur ein medizinisches Problem, sondern auch äußerst unattraktiv."

„Warum stellt sie mir so eine Frage? Ich bin Kinderarzt."

Margo seufzte ungeduldig. „Mit deiner mangelnden Konzentration werden wir heute keinen Blumentopf gewinnen. Möchtest du ein Glas Champagner?"

„Nur, wenn du mich willenlos machen willst", witzelte er. In ihren Augen flackerte ein gefährliches Licht. Schnell erkannte er seinen Fehler. „Ich habe einen leeren Magen", entschuldigte er sich.

Unbeeindruckt hob sie die Schultern. „Dann musst du Wohl oder Übel bis nach den Vorträgen warten." Mit einem geübten Charitylächeln zog sie ihn zu einer weiteren Gruppe Interessenten.

„Eisenstein!" Hohner trat ihnen in den Weg und klopfte ihm väterlich auf die Schulter. Eisenstein löste sich aus Margos Griff und wandte sich seinem Chef zu.

„Sie haben Besuch mitgebracht?" Er fixierte Betty. Die Farbe des Kleides intensivierte das Blau ihrer Augen.

„Betty freut sich schon auf Ihren Vortrag", sagte Hohner augenzwinkernd und zog sie fest an seine Seite. „Betty, Eisenstein hat eine bemerkenswerte Forschungsreihe erstellt über Juvenile Amyotrophe Lateralsklerose. Das Institut unterhält diesbezüglich eine Studienreihe. Wir sind alle sehr gespannt, auf welchen Tenor seine Publikationen treffen."

Eisenstein lächelte bescheiden. „Bei der Publikation sind wir noch nicht. Heute gebe ich lediglich einen Zwischenbericht", schwächte er Hohners Kompliment ab.

„Aber bald werden Sie ein gefragter Mann sein", entgegnete der Professor. „Ich glaube fest an Sie."

Betty schenkte Eisenstein ein aufrichtiges Lächeln. Prompt fingen seine Ohren an zu glühen. „Ein interessantes Thema. Mit Sicherheit werde ich heute viel dazulernen, Dr. Eisenstein", sagte sie.

„Mein Gott, Kinder! Warum nennt ihr Euch nicht endlich beim Vornamen. Betty ist übrigens sehr angetan von unserer Klinik, nicht wahr?" Die Schwester hielt Eisensteins lauerndem Blick seelenruhig stand.

„Es gefällt mir tatsächlich sehr gut", antwortete sie. „Trotzdem bin ich mir noch nicht sicher, ob ich bleiben werde."

Er hob die Augenbraue. „Und das hängt wovon ab?"

Margos Hand hakte sich unter seinen Ellbogen. „Ich wusste gar nicht, dass Pflegepersonal geladen ist", sagte sie schnippisch.

Hohner lachte. „Nein, Betty ist-"

„Ich lasse mir niemals eine Gelegenheit entgehen, mich fachlich weiterzubilden", unterbrach Betty ihn.

„Professor Hohner, Dr. Eisenstein-Benz", ertönte eine schrille Stimme. Frau Markwart, die Leiterin des Kuratoriums, schob sich durch die Menschenmenge auf sie zu. Wie Margo trug sie ein paillettenbesetztes Oberteil über einem schmalen, schwarzen Rock. Das Glitzern des Stoffes verbarg im künstlichen Licht geschickt ihre vollschlanke Figur und die beachtliche Oberweite.

„Ich freue mich schon die ganze Woche auf diesen Abend. Margo hat mir den Mund wässrig geredet. Besonders was das Buffet angeht." Sie lachte gackernd und tätschelte Eisensteins Ellbogen. Er holte Luft, um zu antworten, was Margos Fingernägel unterbanden, die sich schmerzhaft in seinen Unterarm gruben.

Theodora Markwart war Gattin eines Senatsmitglieds und rangierte an der Spitze der Skala einflussreicher Leute. Er schenkte der älteren Frau ein schmales Lächeln.

„Frau Markwart", meldete Hohner sich zu Wort. „Sie werden sehen, dass dieser Abend weit über das kulinarische Angebot hinaus interessant werden wird." Frau Markwart fächelte sich Luft zu.

„Professor Hohner, Sie verstehen es wirklich, eine Frau ins Schwitzen zu bringen."

Er ergriff ihre Finger und deutete einen Handkuss an. „Bei einer Frau wie Ihnen, Frau Markwart, ist eher mein Wärmehaushalt in Gefahr." Sie entzog ihm pikant lächelnd die Hand und drohte spielerisch mit dem Zeigefinger.

„Sie und Ihr Medizinercharme", tadelte sie mit glühenden Wangen. „Aber, Scherz beiseite. Die Presse ist eingetroffen. Wir können beginnen."

Margo beugte sich zu Eisenstein. „Dein Platz ist neben mir in der ersten Reihe." Sie deutete auf einen der Stühle. Dann steuerte sie auf einen ungepflegten Mann zu, der eine Spiegelreflexkamera um den Hals trug.

Frau Markwarts Hamsteraugen fixierten den Professor. „Und der liebe Hohner hat ja noch eine Überraschung für uns in petto, nicht wahr?" Sie klatschte aufgeregt in die Hände.

Der Angesprochene wandte sich an Eisenstein. „Wenn es Ihnen Recht ist, Eisenstein, wollte ich nach Ihrem Vortrag für einige Minuten das Podium beanspruchen."

„Selbstverständlich. Worum geht es?"

Der Professor lächelte verschwiegen. „Warten Sie ab."

Eisenstein befiel die leise Vorahnung, diese Überraschung würde ihm womöglich nicht gefallen. Mit Unmut nahm er zur Kenntnis, wie sich Hohner samt Begleitung in der ersten Reihe platzierte. Sein Magen drängte durch sein Zwerchfell in Richtung Kehle. Das alte Leiden meldete sich mit voller Wucht zurück. Schweiß trat ihm auf die Stirn. Er atmete tief aus und versuchte, seine verkrampfte Bauchmuskulatur zur entspannen.

Margo bezog hinter dem Rednerpult Stellung. „Ich darf Sie jetzt bitten, Ihre Plätze einzunehmen", flötete sie in das Mikrophon.

Froh, seine schwächelnden Knie zu entlasten, sank Eisenstein auf den ihm zugewiesenen Stuhl. Die zittrigen Hände zwang er auf seinen Oberschenkeln zur Ruhe. Nachdem alle Gäste ihre Plätze eingenommen hatten und Stille im Auditorium einkehrte, schenkte Margo dem Publikum ein strahlendes Lächeln.

„Verehrte Damen und Herren, werte Mitglieder des Kuratoriums, liebe Unterstützer des Marianne-Barth-Institutes für neurologische Forschung. Ich darf Sie herzlich begrüßen zur heutigen Jahresversammlung. Ein bewegtes Jahr liegt hinter uns.

Besonderes Lob gilt unserem Professor Hohner, der eine Partnerschaft zum US-amerikanischen Jason Mallory Center for Neurological Research in Santa Barbara angestoßen hat. Diese Verbindung wird zukünftigen Forschungsprojekten sehr zugutekommen." Freundlicher Beifall ertönte. Professor Hohner nickte freundlich dankend ins Publikum.

„Wir blicken in die Zukunft. Dazu werden wir einen Vortrag hören, in dem Dr. Eisenstein-Benz über sein laufendes Projekt referiert." Sie lächelte ihm zu. Eisensteins Magen verknotete sich. „Doch vorher bitte ich Herrn Wächter auf die Bühne, um das letzte Jahr kaufmännisch Revue passieren zu lassen." Der Finanzleiter des Institutes betrat das Podium. Margo sank in einer fließenden Bewegung auf ihren Stuhl.

Eisenstein warf Hohner einen Seitenblick zu. Was war das für eine Ankündigung, die er verlauten lassen würde? Hatte es mit der Klinik zu tun? Er würde doch nicht seinen Ruhestand einfordern? Darüber hätte er vorab mit ihm gesprochen, oder nicht? Der Gedanke versetzte ihm einen Stich. Sein Blick wanderte weiter zu dessen Begleitung und wurde gefangen von den übergeschlagenen Beinen Schwester Bettys.

Der obere Fuß wogte in einem langsamen Takt hin und her, wie die ‚Cassandra' bei leisem Seegang. Er steckte in einem silberfarbenen High Heel. Ein mit glitzernden Steinchen besetztes Fußkettchen betonte ihren zarten Knöchel. Er malte sich aus, wie er mit seinen Zähnen daran herumspielte. Mit den Augen wanderte er den sanft gerundeten Schwung der Wade nach oben, bis das Bein unter dem Saum des Kleides in interessantere Regionen entschwand. In Gedanken folgte er den Rundungen mit seiner Hand. Sie trug keine Strümpfe. Ihre Haut schimmerte glatt und weich. Der Druck seines Magens verwandelte sich in einen pulsierenden Wirbel und rutschte eine Etage tiefer.

Ein dumpfer Schmerz fuhr ihm in die Seite. Er sah zu Margo, die ihren spitzen Ellbogen in seine Rippen gerammt hatte. Sie stierte ihn auffordernd an und deutete auf das leere Podium. Mit einem tiefen Atemzug erhob er sich, reckte die Schultern und trat hinter den Vortragstisch.

„Sehr geehrte Damen und Herren", eröffnete er.

Er sah in die Runde und versteinerte. Ein Heer von Augen starrte ihn an, griff nach seinen Lippen und drohte, ihn ins Bodenlose zu ziehen. Übelkeit nahm ihm den Atem. Der Boden unter ihm wankte. Er stellte die Füße auseinander, um das Gleichgewicht wieder zu erlangen. Zitternd ordnete er die Unterlagen, die Margo auf dem Rednerpult für ihn bereitgelegt hatte.

Seit Wochen übte er diese Situation. Und wie so oft, ließen ihn seine Nerven im letzten Moment im Stich. Hilfesuchend sah er zu Margo, die ihn vorwurfsvoll anstierte. Sein Kehlkopf stülpte sich über seinen Hemdkragen. Die Wörter auf dem weißen Papier verschwammen. Entschuldigend glitt sein Blick durch das Publikum und blieb an Betty hängen. Das schimmernde Blau ihrer Augen erinnerte ihn an einen Sommertag auf der Nordsee. Er las darin Zuspruch und ehrliches Interesse. Sie lächelte aufmunternd. Sein Nacken entspannte sich. Seine Schultern fielen herab. Wie trainiert richtete er den Blick über die letzte Stuhlreihe und die Worte kamen wie von selbst.

„Die Amyotrophe Lateralsklerose, besser bekannt unter dem Kürzel ALS ist eine unheilbare degenerative Erkrankung des motorischen Nervensystems. Für gewöhnlich tritt die Krankheit erst im späteren Erwachsenenalter auf. Jedoch kann sie als Sonderform, der Juvenilen Amyotrophen Lateralsklerose, bereits im Kindesalter ausbrechen. Zwar führt die Erkrankung nicht unmittelbar zum Tod, doch beeinträchtigt sie den Betroffenen lebenslänglich und führt, je nach Verlauf, früher oder später zu starken Behinderungen. Der prominenteste Vertreter dieser Krankheit dürfte auch Ihnen bekannt sein." Abermals wanderte sein Blick zu Betty, die zustimmend lächelte.

Unisono mit seinen Worten bewegten sich ihre Lippen. „Stephen Hawking."

Für einen Moment versank die Welt. Ein Hüsteln aus Margos Richtung holte ihn zurück ins Hier und Jetzt. Er atmete tief durch und fuhr mit seinen Ausführungen fort.

Im Nachhinein zollte er sich Respekt, wie souverän er den Rest seines Vortrages meisterte. Der Mediziner in ihm war geschult, im Notfall Emotionen in den Hintergrund zu drängen und in Autopilot zu funktionieren. Privat verlangte es ihm eine fast übermenschliche Anstrengung ab, den Fluchtinstinkt zu bekämpfen, wenn er in den Blickpunkt der Öffentlichkeit geriet. Im Teenageralter hatte er eine Sprachtherapie durchlaufen. Situationen wie diese schickten ihn heute noch direkt in die Hölle. Am Ende erntete er wohlwollenden Applaus. Er nahm Platz und wischte sich unauffällig über die Stirn.

Professor Hohner stand auf und stellte sich hinter das Rednerpult. „Werte Damen und Herren", eröffnete er. „Es ist für uns alle essentiell, Bewährtes zur erhalten, wo es unverzichtbar ist, und neue Wege zu gehen, wo das unvermeidbar ist." Ein Geflüster durchdrang den Raum. Hohner lachte.

„Nein, nein, keine Sorge. Ich ziehe mich noch nicht aufs Altenteil zurück, falls das einige von Ihnen insgeheim hoffen." Er zwinkerte seinem Oberarzt zu. Eisenstein fiel ein Stein vom Herzen. „Aber dennoch ist es mir ein Anliegen, unseren schulmedizinischen Muff aufzumöbeln. Unser guter Eisenstein hat vieles ja schon in seinem Vortrag erwähnt."

Eisensteins Studien umfassten die Auswirkungen von Ernährung und Infektionskrankheiten auf Ausbruch und Krankheitsverlauf.

„Nahrungsmittelunverträglichkeiten und Autoimmunerkrankungen? Ein ketzerischer Ansatz, mein Lieber", witzelte Hohner in seine Richtung. „Sie werden weich mit dem Alter." Zum ersten Mal an diesem Tag lachte Eisenstein herzlich.

Hohner schenkte Betty ein warmes Lächeln. „Vielleicht schreiben wir es meinem fortgeschrittenen Alter zu, dass ich für diesen Richtungswechsel mehr als offen bin."

Eisenstein runzelte die Stirn. Worauf lief das hinaus?

Der Professor fuhr fort: „Gerade auf therapeutischem Wege müssen wir Impulse setzen und mit der Zeit gehen. Wo früher eine Pille ausreichend war, verspüren wir heute mehr denn je den Wunsch nach Ganzheitlichkeit." Hohner nickte Betty zu, die ihrerseits liebevoll zurücklächelte.

„Ich überlasse das Rednerpult nun meiner charmanten Begleiterin, Dr. Bethany Krüger von der University of Cape Town in Südafrika." Unter Applaus verließ er das Podium.

Blut rauschte in Eisensteins Ohren. Paralysiert verfolgte er, wie Schwester Betty, nein, Dr. Bethany Krüger, hinter das Pult trat und dem Patenonkel dankend zunickte. Ihre melodische Stimme erfüllte den Raum.

„Auf meinen Studienreisen durch Südafrika entstanden diese Bilder, über die ich heute gerne mit Ihnen sprechen möchte." Betty nahm eine Fernbedienung zur Hand und betätigte eine Taste. Auf der weißen Leinwand hinter ihr erschien eine Aufnahme Kapstadts mit dem Tafelberg im Hintergrund.

„Die University of Cape Town rief ein Team ins Leben, dessen Forschungen zur Fragestellung hatte, warum Stämme der Steppen Südafrikas im Vergleich zu ihren urbanisierten Verwandten geringe Krankheitsdauer und Sterblichkeit bei gleicher Diagnose aufwiesen. Trotz oft fehlender medizinischer Versorgung, beobachteten wir in vielen Fällen eine schnellere Rekonvaleszenz."

„Wusstest du, dass sie Ärztin ist?", zischte Margo durch den Mundwinkel zu ihm herüber. Er schüttelte den Kopf.

Betty betätigte die Fernbedienung. Es erschien die Fotografie einer Gruppe afrikanischer Kinder, die in die Kamera strahlten. Ihre Kleidung wirkte ärmlich und verschlissen. „Ist es das mehr an frischer Luft? Das Fehlen von Zusatzstoffen in den Nahrungsmitteln? Wohl kaum, denn diese Kinder haben in einer oft unwirtlichen Gegend weniger zur Verfügung, als ihre Altersgenossen in den Städten."

Ein weiterer Klick zeigte eine junge Mutter, die ihr Baby im Schatten einer Lehmhütte die Brust gab. Daneben saß eine ausgemergelte Frau, die der Kamera ein zahnloses Lachen zuwarf.

„Familiäre Bindungen sind ebenso gesundheitsfördernd wie der soziale Zusammenhalt der Generationen, findet man jedoch in Stadt und Land gleichermaßen. Bei all unseren Forschungen haben wir einen gravierenden Unterschied zwischen den Therapien der Medizinmänner der Steppe." Sie klickte. Eine bunt gekleidete Frau mit einem großen Turban erschien auf der Leinwand.

„Oder Medizinfrauen, die es in Afrika nicht selten gibt." Leises Lachen im Publikum.

„Und den Krankenstationen in den Städten", fuhr sie fort. Ein Klick zeigte das sterile Mehrbettzimmer eines Krankenhauses.

„Wir fanden einen markanten Unterschied. Facileness. Oder zu Deutsch: Die Leichtigkeit des Seins."

Ein Klick, und auf der Leinwand erschien Schwester Betty. Die blonden Locken türmten sich in gewohnter Manier auf ihrem Kopf. Darin wetteiferten bunt gefiederte Paradiesvögel aus Styropor um den besten Platz. In der Mitte des Gesichtes prangte eine rote Clownnase. Der Mund war zu einem O verstellt. Das Auditorium lachte.

„Als geistiger Vater der Humormedizin gilt der amerikanische Arzt Patch Adams. Ziel ist es, die Heilungskräfte des Patienten mittels Humor zu verbessern. Mitte der neunziger Jahre war es Michael Christensen, der mit seinem Projekt der Clowndoctors eine weltweite Bewegung in Gang setzte."

Eisenstein vernahm, wie Margo neben ihm scharf die Luft einsog.

Betty fuhr fort. „Jeder liebt den Clown. Über ihn lachen wir, ihm vertrauen wir uns an. Unter Humor entspannen wir uns. Dies gibt Neurologen die Möglichkeit, psychosomatische Defizite, die

Ursache vieler Krankheitsbilder sein können, explizierter zu diagnostizieren."

Gebannt starrte Eisenstein auf die Leinwand. Erst jetzt traf ihn die Erkenntnis mit der Wucht eines Vorschlaghammers. Schwester Betty war eine Illusion, ein Trugbild, das ihn veranlasst hatte, aus seiner Deckung zu kommen. Er hatte sich einlullen lassen. Hatte unbewusst Charakterzüge preisgegeben, die er geschickt hinter der eisigen Fassade verborgen hatte. Und er hatte seine Kapitulation nicht nur genossen, sie hatte ihn völlig vereinnahmt. Und er war bis über beide Ohren in die schrullige Schwester Betty verliebt.

Sein Blick wanderte zurück zu der adretten Ärztin, die in fachlicher Kompetenz referierte, wie Humor bei Kindern zu einer positiven Entwicklung des Allgemeinzustandes beitrug. Er sah wieder zur Leinwand. Ein dumpfer Schmerz verengte seinen Brustkorb.

Mit der Einsicht seiner Gefühle für die unwirkliche Clown-Schwester, erkannte er mit ernüchternder Klarheit, dass er diese Liebe mit dem Wissen über Dr. Bethany Krüger verloren hatte.

Bettys Beine bebten, als sie sich unter wohlwollendem Applaus zurück auf ihren Platz setzte.

Hohner sah sie mit glänzenden Augen an. „Das war sehr gut gesprochen, mein Kind."

Sie hob die Schultern und seufzte. „Bedenkt man die Blicke, die Eisensteins Herzdame mir zuwarf, ist es ein Wunder, dass ich unverletzt die Bühne verlassen konnte."

Die Besagte trat im Moment erneut hinter das Podium und beendete mit knappen Worten den offiziellen Teil der Veranstaltung.

„Das Buffet ist eröffnet", jubelte Frau Markwart unüberhörbar. In allgemeiner Unruhe erhoben sich die geladenen Gäste von ihren Sitzen. Die Einen stürzten zum Buffet, andere traten hinaus auf die Dachterrasse, um die kühleren Temperaturen der Hamburger Abendluft zu genießen.

Ein schlanker Mann in den Fünfzigern schlenderte auf Hohner und Betty zu.

„Johannes!", rief der Professor erfreut, stand auf und schüttelte dem Mann die Hand. „Betty, darf ich dir Johannes Winter vorstellen? Er ist Kopf der bekannten Hamburger Modemarke Elbsillon."

Freundlich erwiderte Betty den Händedruck des älteren Mannes. Er hatte Hohners Größe und leicht schütteres graumeliertes Haar. Die sanften braunen Augen musterten sie durch eine hellbraune Hornbrille.

„Sie tragen eines unserer Modelle", sagte Winter erfreut.

„Ich habe es mir nur geborgt", lächelte sie. „Es trägt sich herrlich. Und ich fühle mich darin wie eine Königin."

Ein Hauch von Wehmut flog über das Gesicht des Mannes, den er geschickt wieder hinter der Maske der Höflichkeit verbarg. „Meine Tochter Isabella und ihr Team zeichnet verantwortlich für unsere Kreationen."

Betty beäugte ihrerseits Winters Anzug, der perfekt an seinem Körper angepasst saß. „Ist das Ensemble auch aus Ihren Ateliers?", fragte sie.

Er nickte. „Besonders der liebe Eisenstein ist Stammkunde unseres Hauses", sagte er und zwinkerte ihr zu. „Wir hoffen, er entschließt sich eines Tages zu einem Farbwechsel. Isabellas Team hat ihre liebe Mühe, noch eine Schattierung von Grau zu finden, die wir noch nicht verwendeten."

„Wie geht es deiner Frau?", fragte Hohner. „Hat Mona die Kur diesmal angetreten?"

„Ich erwarte sie am Wochenende zurück", nickte Winter.

„Dann ist dein Strohwitwer-Dasein bald beendet. Rücken gut, alles gut."

Die gedrückte Körperhaltung Winters sagte Betty, dass Rückenschmerzen das geringere Problem dieses Mannes zu sein schien.

Hohner klopfte ihm auf die Schulter. „Dann müssen wir nur noch dich auf Vordermann bringen, dann geht's ab in den dritten Frühling."

„Was ist denn mit unserem Zweiten?", lachte Winter.

Hohner grinste. „Den haben wir Arbeitstiere glatt übersprungen." Er zeigte auf Betty. „Die Nachfolge steht in den Startlöchern. Ich zähle auf dich, mein Kind, wenn es so weit ist."

Winter wandte sich ihr zu. „Ihr Vortrag über Südafrika hat mir imponiert." Er zog eine Visitenkarte aus seinem Sakko. „Elbsillon engagiert sich für zahlreiche humanitäre Projekte. Meine Tochter Isabella verwaltet diese Sparte. Rufen Sie einfach an."

„Das wäre doch etwas für SAMDA", rief Hohner erfreut.

Betty nahm die Karte entgegen und verstaute sie in ihrer silberfarbenen Clutch. Winter sah sie fragend an. „Was ist SAMDA?".

„Die SAMDA ist eine afrikanische Ärzteorganisation, der meine Mutter vorsteht. Sie wird sich gerne mit Ihrer Tochter in Verbindung setzen." Nachdem der Skandal abgeflaut wäre, fügte sie im Stillen hinzu.

Die Männer vertieften sich in ein Gespräch über den Tennisclub, dessen Mitglieder sie beide waren. Betty ließ den Blick durch den Raum gleiten und blieb an Margo hängen, die neben Eisenstein stand und auf ihn einredete. Ihr Herz sank. Was ihr am Nachmittag ein schelmischer Einfall erschienen war, bereitete ihr jetzt ein mulmiges Gefühl.

Obwohl sie es während des Vortrages vermieden hatte, ihn anzusehen, verfolgte sie aus dem Augenwinkel Eisensteins Wandel. Von Schock und Unglauben, zu Enttäuschung, Wut, aber auch einer Spur Anerkennung. Sie klammerte sich an diese letzte Empfindung und hoffte, der unweigerlichen Konfrontation zumindest am heutigen Abend zu entgehen.

„Dieses doppelzüngige Miststück!"

Margos Stimme kochte vor Wut. Es wunderte ihn, keine Rauchwolken aus ihren geschürzten Nasenlöchern steigen zu sehen.

„Sicherlich gibt es eine vernünftige Erklärung", bemerkte Eisenstein schlicht.

Hohner und Betty standen im Gespräch mit Johannes Winter. Die Miene des Professors troff vor Selbstgefälligkeit.

„Wenn Hohner glaubt, über das Institut Gelder abgreifen zu können, hat er sich geschnitten", giftete Margo.

„Hier geht es nicht um weitere Studien. Sie hat bereits publiziert", verteidigte er Betty und bekämpfte den leisen Anflug von Neid, der in ihm aufstieg.

Ungehalten stemmte Margo eine Hand in die Hüfte. „Wo schon? In Afrika!"

„Capetown ist die führende Universität für Medizin auf dem südlichen Kontinent."

„Warum nimmst du sie in Schutz?"

Nachsichtig schüttelte er den Kopf. „Ich bin Forscher, Margo. Ich muss jeder Materie eine Chance geben."

„Na, wunderbar. Hohner verwandelt die Selenius Klinik in ein Kuriositätenkabinett."

Zugegeben, er war ebenso verärgert, in welcher Art und Weise sich Betty präsentiert hatte. Dennoch gestand er sich ein, dass dies nicht der Grund war für seinen Unmut. Und es hätte nichts an seiner anfänglichen Haltung ihr gegenüber geändert, wäre ihm ihr Status als Ärztin früher bekannt gewesen. Mit aller Sicherheit hätte er sie im selben Atemzug seiner Niesattacke von der Station gefegt.

Er ließ Margo stehen und trat auf Hohner zu. Er registrierte, dass Betty ihm vorsichtig entgegensah. Sie senkte den Kopf, schuldbewusst wie er mit Genugtuung feststellte. „Gratulation, Professor Hohner. Wieder so ein Geniestreich."

Winter streckte ihm die Hand entgegen. Er drückte sie kurz und lächelte seinen Vereinskollegen freundlich an.

„Vielen Dank für Ihren Vortrag, Eisenstein", sagte Winter. „Eine heimtückische Krankheit. Ich hoffe, Sie haben Erfolg mit Ihren Studien."

„Margo hatte Isabella heute Abend erwartet."

„Sie musste kurzfristig nach New York. Aber Margo soll sie kontaktieren. Wir sind auf jeden Fall an Bord." Eisenstein nickte dankbar.

Hohner klatschte in die Hände, „Ich freue mich, dass meine beiden herausragenden Ärzte so großen Anklang gefunden haben. Wir werden Großartiges bewirken." Er strahlte Betty und Eisenstein abwechselnd an.

Eine laute Männerstimme erhob sich von rechts. „Hab ich doch immer schon gesagt. Die Krankheit beginnt im Kopf und endet im Topf." Eisenstein erkannte die Figur eines Hamburger Großhändlers, der Stammgast auf Margos Veranstaltungen war. Dieser tippte sich mit seinem dicken Zeigefinger an die Stirn. Dann fuhr er sich über seinen gewaltigen Bauch. „Und geht durch den Magen", fügte er kollernd lachend hinzu. „Ich werde mal das Buffet stürmen."

Hohner klopfte ihm auf die Schulter. „Nicht allzu sehr, Eugen. Sonst haben wir dich bald drüben im UKE liegen."

Der Mann lachte nur. „Eben. Du kannst mich in die Uniklinik verfrachten, wenn ich nicht bald etwas zwischen die Kiemen bekomme." Er schob seinen Bauch durch die Menge davon.

„Ich habe mal lieber ein Auge auf meinen Patienten", seufzte Hohner und folgte dem Mann ans Buffet.

„Ich werde mich für heute verabschieden. Noch einen erfolgreichen Abend", wünschte Winter und ließ Eisenstein mit Betty alleine zurück.

„Dr. Bethany Krüger also?", sagte er und fixierte sie aus schmalen Augen.

„Dr. Krüger!" Margo trat zu ihnen. „Da haben Sie uns schön an der Nase herumgeführt."

„Keineswegs", verteidigte sich die Ärztin. „Wie Sie auf der Leinwand sehen konnten, war ich in der Klinik stets Schwester Betty."

Die Institutsleiterin rümpfte die Nase. „Sie werden verstehen, dass wir die Gelder des Institutes keinesfalls für Unterhaltungszwecke missbrauchen."

Betty stieß ein Keuchen aus. „Ich kann Sie beruhigen, Frau Konviczny. Ihre Gelder sind vor meinen raffgierigen Klauen sicher. Zumal mein Entschluss keineswegs feststeht, an der Klinik zu bleiben."

„Und es diesbezüglich auch kein Gespräch mit mir gab", schnappte Eisenstein. Sein Blick heftete sich in den ihren.

„Eisenstein bestimmt über Personalfragen der Station", mischte Margo sich ein. Mit Nachdruck schob sie die schmale Hand unter seinen Ellbogen. Er ließ den Arm fallen und unterbrach den Kontakt. Sie bedachte ihn mit einem irritierten Seitenblick, ehe sie sich affektiert Betty zuwandte. „Und es wäre doch vertane Liebesmühe, nach einem so kurzen Gastspiel eventuelle Beziehungen unnötig zu vertiefen."

„Sie haben Recht", schoss Betty zurück. „In unserem Fall wäre dies reine Zeitverschwendung." Seinem Blick hielt sie unbeeindruckt stand.

Margo schnappte nach Luft. Er hob die Hand und unterbrach die Retourkutsche, die ihr auf den Lippen lag. „Was lässt Sie zu dem Schluss kommen, Frau Kollegin, man lege Wert darauf, diverse Beziehungen zu vertiefen?"

Betty presste kaum hörbar hervor: „Das käme mir nie in den Sinn, Dr. Eisenstein-Benz."

„Ich kann diesem Menschen nicht helfen. Wenn er sich umbringen will, soll er das tun." Hohner gesellte sich zu ihnen zurück und umschlang Bettys Schultern mit seinem Arm. „Hast du nicht gesagt, du freust dich auf das Buffet, mein Kind? Vielleicht solltest du schnell sein, bevor Eugen sämtliche Platten samt Teller verschlingt." Betty reagierte nicht, nur ihre Pupillen weiteten sich merklich.

Abermals ergriff Margo Eisensteins Arm. „Du kannst jetzt auch etwas essen, mein Lieber."

Er verneinte kopfschüttelnd, Betty nicht aus den Augen lassend. Einige Locken hatten sich aus der Hochsteckfrisur gelöst und flirrten um ihren Kopf. Ihre Augen feuerten blaue Blitze.

„Dr. Eisenstein-Benz, ein Universum wie das Ihre bietet den besten Nährboden, jeden noch so winzigen Anflug von Sympathie im Keim zu ersticken."

Überrumpelt von seiner Reaktion, stockte ihm kurzzeitig der Atem. Hatte Schwester Betty in ihm eine Saite zum Klingen gebracht, wollte er die Frau, die in gezücktem Harnisch vor ihm stand, über die Schulter werfen und in seine Höhle verschleppen.

„Kinder, Kinder!", versuchte Hohner zu schlichten.

„Kann ich Sie unter vier Augen sprechen?", unterbrach Eisenstein ihn brüsk.

„Hat das nicht Zeit bis morgen?", stöhnte sein Chef. Eisenstein hob eine Augenbraue. Der Professor stieß einen tiefen Seufzer aus und nickte ergeben.

„Gehen wir hinaus auf die Terrasse."

An der Balustrade angelangt und in sicherer Hörweite der Gäste verlor Eisenstein keine Zeit. „Welche Art von Spiel spielen Sie?", fuhr er seinen Vorgesetzten an. Verzweifelt versuchte er, den roten Nebel vor seinen Augen zu lichten.

Hohner zuckte mit unschuldiger Miene die Schultern. „Wovon reden Sie?"

„Mich vorzuführen." Ungeduldig tigerte er auf und ab. „Mir eine Krankenschwester auf die Station zu setzen in dem vollen

Bewusstsein, dass dies eine Fachkollegin ist. Was hatten Sie vor? Mich zu diskreditieren? Mir den Spiegel vorzuhalten, wie unzureichend ich meine Station führe?" Er unterbrach sich für eine Verschnaufpause, atmete tief durch, um den Schwindel zu vertreiben. Da Hohner ihn abwartend musterte, fuhr er fort: „Warum wurde ich nicht über Frau Dr. Krüger informiert? Ich habe mich vor dem gesamten Team und den Studenten zum Narren gemacht. Das alles wirft ein mehr als schlechtes Bild auf unseren ärztlichen Dienst!"

„Jetzt beruhigen Sie sich", erwiderte Hohner. „Sie haben es sich selbst zuzuschreiben, dass Sie heillos überarbeitet sind."

„Das ist nicht wahr!", verteidigte er sich. „Sie sind es, der unsere Arbeitsabläufe mit seinen senilen Einmischungen gefährdet."

„Noch so eine Bemerkung und ich suspendiere Sie für drei Wochen", entgegnete sein Chef in ungewohnt scharfem Tonfall.

Eisenstein knirschte mit den Zähnen. Scham erfüllte ihn. „Entschuldigen Sie", presste er hervor.

„Sie sind nicht mehr Sie selbst, Eisenstein", wiederholte Hohner milde. „Deshalb habe ich Ihnen diesen Urlaub verordnet."

„Ich bin nicht einer Ihrer Patienten", schnaubte er und stemmte ungeduldig die Hände in die Hüften.

„Aber einer meiner Mitarbeiter. Und als solches trage ich Verantwortung für Ihr Wohlergehen."

„Ich habe nicht um Fürsorge gebeten. Und während meiner Abwesenheit sinkt das Niveau meiner Station auf das einer Bahnhofsmission!"

„Sie haben diese Pause nicht genutzt, wie ich es Ihnen ans Herz legte. Sie kamen urlaubsreif zurück. Und das führt zu Fehlern, die nicht nur unnötig, sondern gefährlich sein können."

Alarmiert sah er den Professor an. „Was hat sie Ihnen erzählt?"

Hohner zog die Augenbrauen zusammen. „Betty? Was sollte sie mir erzählen?"

Eisenstein schüttelte den Kopf. „Nichts", entgegnete er. Der Gedanke an Sven Thalmann ließ ihn schaudern. „Sie haben Recht", gab er widerstrebend zu. „Meine Work-Life-Balance ist ein Desaster."

Sein väterlicher Freund nickte. „Sonst hätten Sie es wohl kaum versäumt, Ihre Mails durchzulesen."

„Meine Mails?" Eisenstein legte die Stirn kraus.

„Die Mail, in der ich Sie sehr wohl über Betty informierte. Und in der ich Sie, wie schon des Öfteren mündlich geschehen, bat, Betty unter Ihre Fittiche zu nehmen und auf Station zu integrieren."

„Ich werde das nachprüfen", entgegnete der Oberarzt knapp.

Hohner seufzte. „Ich habe Bettys Approbation für Deutschland beantragt."

„Sie hat noch gar keine Zulassung?", rief Eisenstein entgeistert.

„Die sollte diese Woche noch durchgehen. Ich weiß, das Mädel neigt mit ihrer Akkuratesse dazu, über das Ziel hinauszuschießen."

Was die Untertreibung des Jahrhunderts war. Er wand sich unter Hohners eindringlichem Blick.

„Wäre es wirklich so unzumutbar, mit Betty zu arbeiten?"

Eisenstein knurrte und lehnte sich neben seinen Chef an die Balustrade. „Nein", gab er leise nach.

Erleichtert nickte der Professor. „Ich wusste, ich kann auf Sie zählen. Und sehen Sie sich ihre Unterlagen durch. Bettys Lebenslauf ist durchaus sehenswert."

Besiegt spähte Eisenstein durch die bodentiefen Fenster in den hell erleuchteten Vortragsraum des Institutes. Betty unterhielt sich freundlich nickend mit einigen Gästen.

„Sie schweigt sich darüber aus, warum sie Südafrika Hals über Kopf verließ", sagte Hohner nachdenklich. „Manchmal ist sie ein Buch mit sieben Siegeln." Er warf ihm einen listigen Seitenblick zu.

„Ich bin nicht verschlossen", erwiderte der Oberarzt.

Hohner lachte leise. „Ich habe selten einen Menschen getroffen, der so integer und loyal ist wie Sie, Eisenstein. Genau so jemanden braucht Betty im Moment."

„Ich bin kein Übermensch, Professor Hohner. Und ich mag den Mann nicht, zu dem ich in Bettys Gegenwart mutiere."

„Wenn es einen gibt, der mit Dämonen der Vergangenheit umzugehen weiß, dann doch wohl Sie", sagte sein Freund leise und löste sich von der Balustrade. „Was ist aus dem Segler geworden? Dessen Sehnsucht zu ergründen, was hinter dem Horizont liegt?"

Eisensteins Magen krampfte. Er dachte an die ‚Cassandra', die in Brunsbüttel eingelagert stand. Wehmut durchzuckte ihn.

„Ich bitte Sie nicht oft um etwas. Geben Sie dem Mädel einfach eine Chance", schloss Hohner und schlenderte zurück in den Veranstaltungsraum.

„Mein Sohn studiert in China!", krächzte Frau Markwart unter zwei Bissen der belegten Schnittchen auf ihrem Teller.

Betty lächelte höflich. „Was genau studiert er denn?"

„Peking. Ich habe ihn einmal besucht dort. Grässliche Stadt. So viele Leute. Und die Luft, zum Schneiden dick! Sie kommen aus Südamerika? Wo da? Brasilien?" Genüsslich biss sie in ein Gürkchen.

„Ich komme aus Südafrika. Aus Kapstadt."

„Oh je!", jammerte die ältere Frau. „Sind Sie dort geboren? Sie sprechen so gut Deutsch."

„Tatsächlich bin ich in Hamburg geboren."

„Wirklich? Wie kommt man dann nach Südafrika?"

Betty lachte. „Man wächst dort auf. Meine Mutter ist Deutsche und hat nach ihrem Studium meinen Vater geheiratet. Er war Südafrikaner. Zusammen sind wir in seine Heimat ausgewandert."

„Wie alt waren Sie da?"

„Drei Jahre."

„So klein? Haben Sie Geschwister?"

„Leider nein."

Frau Markwart fixierte einen Punkt über Bettys Schulter.

„Ist das nicht interessant, Dr. Eisenstein. Ich kannte bis jetzt niemanden aus Afrika."

Überrascht fuhr Betty herum. Eisenstein stand direkt vor ihr. Die Härchen in ihrem Nacken richteten sich auf.

Er nickte Frau Markwart augenzwinkernd zu. „Frau Dr. Krüger hat auch bei mir heute die eine oder andere Wissenslücke geschlossen."

Die Kuratoriumsleiterin bedachte dieses Eingeständnis mit einem Kichern. „Haben Sie schon diesen herrlichen Nudelsalat probiert, Dr. Eisenstein?"

„Ich bin noch nicht ans Büffet vorgedrungen", verneinte er.

„Dann müssen Sie sich ran halten", empfahl Frau Markwart. „Solange noch etwas da ist." Sie drehte sich um und watschelte erneut zu den Speisen.

Betty sah Eisenstein abwartend an. Er räusperte sich, ehe er sprach: „Es ist wohl meiner eigenen Nachlässigkeit geschuldet, dass ich es nach meiner Abwesenheit unterließ, meinen Mailverteiler abzuarbeiten."

Bettys Herz machte einen Satz. Entschuldigte er sich etwa?

„Somit ist es mir wohl entgangen, dass Sie zur Probearbeit auf unserer Station eingeladen waren, Frau Kollegin. Entschuldigen Sie, bitte."

Ihr Magen flatterte. „Es ist genauso gut meine Schuld. Ich hätte mich eher zu erkennen geben sollen. Ich kam gar nicht auf die Idee, Sie könnten mich tatsächlich für eine Pflegekraft halten." Sie lachte leise.

Eisenstein kratzte sich am Kopf und wirkte einen Moment wie ein kleiner Junge, der mit der Hand in der Keksdose erwischt wurde. „Ihr Praktikum endet morgen. Sind Sie zu einer

Entscheidung gekommen, was die nähere Zukunft anbelangt?" Seine grauen Augen sahen sie klar und ohne Vorbehalte an.

„Wie sollte ich mich Ihrer Meinung nach entscheiden, Dr. Eisenstein?"

„Man beantwortet keine Frage mit einer Gegenfrage."

„Bestünde denn die Möglichkeit einer konstruktiven Zusammenarbeit?", fragte sie. Seine Mundwinkel zuckten.

„Ein Forscher lebt von Möglichkeiten." Sie lachte. Seine Miene wurde gespielt streng. „Aber, ich muss Sie für den Fall warnen", setzte er nach. „Ich bin ein Platzhirsch und berühmt dafür, mit meiner phänomenalen Ignoranz andere Ärzte in die Flucht zu schlagen."

Sie schämte sich für den Ausbruch am Nachmittag. Das Leuchten in seinen Augen jedoch verriet Erheiterung. Daher zwinkerte sie ihm schelmisch zu. „Aber wir wissen doch auch, dass ich keine bin Ärztin wie jede andere."

Sein Blick verdunkelte sich, ehe er tief Luft holte. „Bestünde die Aussicht, dass Sie diese Clownerie aufgeben?"

„Haben Sie eine Clown-Phobie?"

„Es fällt mir schwer, eine Kollegin zu respektieren, in deren Anwesenheit ich stets Gefahr laufe, mich auf ein Furzkissen zu setzen."

Betty brach in Lachen aus, was er mit seltsam warmem Blick quittierte. „Ich werde nicht mehr als Clown auf Ihrer Station erscheinen", versprach sie.

Er nickte und reichte ihr die Hand. „Auf eine gute Zusammenarbeit?", bot er an.

Sie legte den Zeigefinger an die Wange und gab vor, ernsthaft über sein Angebot nachzudenken. Seine Augenbraue schoss nach oben. Lachend schlug sie ein. „Auf gute Zusammenarbeit", bestätigte sie.

Seine Handfläche war warm und weich. Sanfte Medizinerhände, ging es ihr durch den Kopf. Wie es wohl wäre, diese auf anderen Stellen ihres Körpers zu spüren? Wohlige

Wellen strömten ihren Arm hinauf, erzeugten ein Kribbeln in ihrem Nacken. Irritiert entzog sie sich ihm.

„Eisenstein, mein Lieber." Margo trat zu ihnen. „Du musst mit hinauskommen. Dort gibt es einige Leute, die dich sprechen wollen."

Er zwinkerte Betty entschuldigend zu. Sie winkte ab.

„Wir sehen uns dann am Montag", verabschiedete sie sich.

Er folgte Margo zu einer Gruppe rauchender Männer auf die Dachterrasse.

„Und, Liebes?", fragte Hohner, der zu ihr getreten war und sie mit gespannter Miene beäugte.

„Ich bleibe", sagte Betty.

„Halleluja!" Hohner faltete die Hände vor der Brust und sah zur Decke. Dann hob er scherzhaft tadelnd den Finger. „Du hast einen alten Mann ganz schön schwitzen lassen."

„Du wirst nie alt, Onkel Stefan", lachte Betty. „Ich habe morgen einige Besorgungen zu machen. Am Montag trete ich meinen regulären Dienst in der Klinik an."

Hohner drückte sie leicht, ehe er sich von ihr verabschiedete.

Betty sah zur Terrasse hinaus. Eisenstein referierte angeregt und schien in der Thematik aufzublühen. Nur zu gerne hätte sie zugehört, aber es ergäben sich in ihrer Zusammenarbeit genügend Möglichkeiten, um ihn exklusiv zu seinen Studien zu befragen. Hatte er diese Spannung zwischen ihnen ebenso empfunden? Wenn ja, wäre es eine Herausforderung, ihr Miteinander auf einer neutralen Ebene zu halten.

Nach ihren Erfahrungen mit Kent war sie nicht bereit für eine neue Beziehung. Die Institutsleiterin schmiegte sich an Eisenstein und lachte übertrieben, während sie ihn mit glänzenden Augen anschmachtete. Betty schmunzelte.

Mit Margo als Schutzschild würde sie ihre eigenen, verwirrenden Gefühle mühelos im Zaum halten.

4

Den Samstag darauf fuhr Eisenstein zum ersten Mal seit langer Zeit nach Brunsbüttel, um im alten Hafen die ‚Cassandra' auf Vordermann zu bringen. Er genoss den Tag an der frischen Luft und besserte Mängel an dem schnittigen Einmaster aus. Schmerzlich wurde ihm bewusst, wie er die Arbeit an dem Segler vermisst hatte. Gerne hätte er diesen Tag mit seinem Bruder geteilt, doch Tom weigerte sich strikt, in die Nähe des Wassers zu kommen.

Am Sonntag entwickelte er einen Arbeitsplan für Betty, den er ihr am Montag vorstellen würde. Nach einem Tennismatch am Nachmittag betrachtete er sein Spiegelbild und fand es um Jahre verjüngt, da der Druck der Veranstaltung gewichen war. Am Montagmorgen trat er beherzt seinen Dienst an, wobei ihn ein unangenehmes Gefühl begleitete. Erinnerungen ploppten vor seinem geistigen Auge auf, die er vehement wegfegte. Doch die Tatsachen ließen sich nicht verleugnen. Sein Hals steckte seit Donnerstagabend in der Schraubzwinge.

„Eisenstein, mein Lieber!", schnarrte Margos Stimme von der Stationstüre her.

Er versteifte sich, setzte ein gequältes Lächeln auf und sah ihr entgegen.

„Wo warst du nur das ganze Wochenende?", hauchte sie.

„Wo warst du nur den ganzen Freitag?", schoss er automatisch zurück.

„Hast du mich vermisst?", fragte sie triumphierend. Sie spitzte die Lippen, um ihn zu küssen. Er wich aus, wodurch ihr lachsfarben geschminkter Mund auf seine Wange traf.

„Ich habe den ganzen Sonntag versucht, dich zu erreichen.", nörgelte sie.

„Ich war unterwegs", antwortete er ausweichend. Ein Blick in ihre vorwurfsvollen Augen ließ die Hoffnung schwinden, sie würde die Sache als Unfall verbuchen.

„Warum bin ich ohne dich aufgewacht?", schnurrte sie. Ihre perfekt manikürten Fingernägel kratzten seine Krawatte entlang. Das scharrende Geräusch schoss ihm durch Mark und Bein.

Es schien ihm unbegreiflich, was ihn am Donnerstagabend geritten hatte. Er war mit Margo und einer Gruppe Großindustrieller im Anschluss an die Veranstaltung in eine Bar gegangen. Die wohlhabenden Gäste ließen dort gewaltig die Spendierhosen herab. Gewohnheitsgemäß lehnte er den Alkohol zunächst ab, konnte sich aber dem Drängen Margos und der potentiellen Förderer nicht entziehen. Da er nichts im Magen hatte, sah er bald die Sterne. Margo brachte ihn nach Hause.

Um fünf Uhr morgens erwachte er mit einem kolossalen Brummschädel zwischen dunkellila Seidenbettwäsche und erschrak zu Tode. Neben ihm lag leise schnarchend eine selig schlummernde und vor allem bestürzend nackte Margo. Er selbst hatte ebenfalls nicht eine Faser am Leib. Lautlos suchte er seine Sachen zusammen und verließ auf Zehenspitzen Margos Wohnung.

„Ich hatte einen Termin", wich er aus.

Sie lächelte raubtierhaft. „Mitten in der Nacht? Ich hätte dir Frühstück gemacht."

Er schluckte. „Ich frühstücke nicht."

Sie drohte ihm mit einem Zeigefinger. „Ich will dir das noch einmal durchgehen lassen. Wir sind moderne Menschen in einer modernen Beziehung."

Der Status dieser Verbindung wäre zu klären. Doch für diesen Diskurs hatte er weder Zeit noch Lust. „Ich muss jetzt arbeiten, Margo", sagte er und wandte sich ab.

Sie hielt ihn am Ärmel zurück. „Wann lerne ich die Familie kennen? Jetzt, da wir die Nacht miteinander verbracht haben?" Ihre Katzenaugen spähten an ihm vorbei.

Er blinzelte verwirrt. „Wir besprechen das ein anderes Mal." Damit kehrte er ihr den Rücken und wich zurück. Vor ihm stand Mary Poppins, in einem marineblauen Kleid und einem Strohhut auf dem Kopf. In der Hand trug sie einen altmodisch gerüschten Sonnenschirm.

„Guten Tag, Dr. Eisenstein", begrüßte sie ihn im Gouvernantenton und pikiertem Blick.

„Dr. Krüger, Sie sind da", bemerkte er überflüssigerweise.

Sie nickte. „Und ich bleibe, bis der Wind sich dreht."

Ihre Schlagfertigkeit entlockte ihm ein Grinsen.

„Oh, mein Gott", ächzte Margo. Sie umrundete den Oberarzt und baute sich vor Betty auf. „Sie hatten versprochen, mit diesen Maskeraden aufzuhören."

„Sie hat nur zugestimmt, nicht mehr als Clown zu erscheinen", nahm Eisenstein ihr den Wind aus den Segeln.

Margo fuhr zu ihm herum. „Du findest das amüsant?" Ihr Gesicht war vor Zorn gerötet.

Er hob die Augenbraue. „Ich habe den Film als Junge geliebt. Du etwa nicht?"

Die Institutsleiterin musterte ihn aus verengten Augen. Dann warf sie ungeduldig die Arme in die Luft. „Wenn euch das Renommee der Ärzteschaft derart egal ist, mich soll es nicht kümmern. Nur halte sie bitte von meinem Institut fern."

Sie gab ihm einen Kuss auf die Wange und raunte in sein Ohr. „Und glaube nicht, dass du diesem Gespräch aus dem Weg gehen wirst." Damit stöckelte sie durch die Stationstüre davon.

„Darf man gratulieren zum geänderten Beziehungsstatus?", fragte Betty.

„Es ist kompliziert", stöhnte Eisenstein. Sie nickte zurückhaltend. Unter dem verständnisvollen Blick des Kindermädchens seiner Träume lief er Gefahr, mehr preiszugeben, als er beabsichtigte. „Wo sind die Tasche mit dem Lampenschirm und der Kanarienvogel?", lenkte er ab.

Einen Moment sah sie ihn irritiert an, dann lachte sie. „Es gibt Requisiten, Dr. Eisenstein, die überfordern sogar ein phantasiebegabtes Wesen wie mich."

Er wechselte das Thema. „Ich habe Ihnen per Mail einen Arbeitsplan geschickt. Haben Sie ihn durchgelesen?"

„Er ist so deutlich formuliert, dass selbst ich ihn verstehen sollte."

„Ein Seitenhieb auf meine Detailversessenheit?"

„Sehen Sie nicht in jeder Bemerkung einen Angriff." Er schluckte eine Erwiderung hinunter. „Begleite ich Sie heute durch die Visite?", fragte sie.

„Solange Sie keine Teepartys an der Decke veranstalten", witzelte er.

Betty knickste ergeben. „Ich bevorzuge Kaffee, Mister Banks", flötete sie.

Lächelnd schüttelte er den Kopf und ging zur Tagesordnung über.

„Der Magier."

Tillys Stimmlage rutschte auf das Niveau eines Tiefseetauchers. In dem Zimmer des Mediums saß Betty ihr an dem Holztisch gegenüber. Die runde Tischplatte bedeckte ein bodenlanger Überwurf in allen Farben der Natur. Die Seide schimmerte im Schein der Duftkerze und verlieh dem Tisch im Halbdunkeln das Aussehen eines Waldsees in einer sternklaren Mondnacht.

Sie sah sich in Tillys Zimmer um. Spontan hätte es sie nicht verwundert, wenn ein waschechter Scheich aus dem

Kleiderschrank gesprungen käme. Wände und Decken waren mit orientalischen Tüchern ausgekleidet. Das dunkle Mahagoni der Möbel reflektierte kein Licht. Ein imposantes Himmelbett mit tiefgrünen Vorhängen dominierte die Mitte des Raumes, welcher der größte der Wohnung war.

Betty rutschte auf dem purpurfarbenen Sitzkissen hin und her.

„Der Magier?", wiederholte sie. „Ist das etwas Gutes?"

Tilly kaute auf der Unterlippe herum. „Das kommt darauf an."

„Miau!", ertönte es. Lola hatte sich widerwillig zu den beiden gesellt. Wie immer war sie von Kopf bis Fuß dunkel gekleidet. Daher fiel ihr in diesem Spiel die Rolle des schwarzen Katers zu. Tilly durfte aufgrund einer Allergie keine Haustiere halten.

„Was ist?", fragte sie die Freundin.

„Miau!", rief Lola.

Betty schmunzelte. „Der Kater denkt, von einer Wahrsagerin erwartet man mehr als ein schnödes ‚Das kommt darauf an."

„Miau", maunzte Lola zustimmend.

„Wenn ihr der Sache keinen Respekt entgegenbringt, dann hat das alles keinen Sinn", schnaubte Tilly. Sie ergriff die Karten, um sie zurück in die lederne Tasche zu packen.

„Warte!", hielt Betty sie auf. „Der Magier also. Was sagt er aus?"

Tilly reckte das Kinn nach vorne. „Der Magier steht für Selbstvertrauen. Ein Mensch, völlig seines Könnens bewusst, der aber zu immenser Arroganz neigen kann."

„Eisenstein!", riefen die Frauen unisono.

Das Medium deutete auf den Stapel Tarot Karten. „Wer steht ihm gegenüber?", fragte sie. Betty zog eine Karte und legte sie auf den Tisch. „Die Liebenden", juchzte die Freundin.

„Miau".

Tilly bedachte die menschliche Katze mit einem nachsichtigen Blick. „Du glaubst nicht an die Liebe, Kater Lola. Aber dich wird sie auch noch ereilen." Lola legte sich einen Zeigefinger an die Schläfe und presste ein Schießgeräusch durch die Zähne. Tilly warf einen demonstrativen Blick zur Decke. „Der Kater ist unprofessionell."

„Hast du die Karten präpariert?", fragte Betty stirnrunzelnd.

Die Freundin griff sich theatralisch an die Brust. „Ich bin ein seriöses Medium!"

„Ich werde mich also in Eisenstein verlieben und er sich in mich. Und dann leben wir glücklich bis ans Ende unserer Tage? Etwas viel Hollywood, meinst du nicht auch?" Tilly schob ihr die Karten entgegen.

„Zunächst kommen die Prüfungen."

Betty zog eine Karte und gab sie ihr. Der Blick der Freundin wurde glasig. „Zieh eine neue Karte", verlangte Tilly.

„Miau!"

„Der Kater hat Recht", bestätigte Betty. „Mogeln ist verboten. Vor allem in der geistigen Welt."

Tilly stöhnte und blätterte die Karte auf den Tisch. Erleichtert fasste Betty sich an den Brustkorb. „Und ich hatte befürchtet, es wäre der Tod."

Die Freundin schüttelte langsam den Kopf, den Blick starr auf die Abbildung geheftet. „Die Karte des Teufels symbolisiert Macht und Ohnmacht. Widerspruchslose Hingabe. Wir sind hilflos ausgeliefert. Sie erdrückt. Sie höhlt aus. Der Teufel liegt im Detail." Ihre Stimme hatte sich verändert, war höher, fast kindlich. Sie deutete auf den Stapel, ohne den Blick von dem Tarotspiel abzuwenden. Mit Furcht in den Augen nahm sie die gezogene Karte entgegen. Ein Schluchzen entfuhr ihrem Hals.

„Was ist das für ein kranker Scheiß!" Lola schoss aus ihrem Sitz und fegte die Karten vom Tisch. Betty stand ebenfalls auf und nahm sie in den Arm. Sanft massierte sie ihr den Rücken, der unter heftigen Atemzügen bebte.

„Ist ja gut", sagte sie tröstend. „Es ist nur ein Spiel."

Tilly hob die Karten vom Boden auf. Lola riss sich los. „Für sie nicht. Sie lebt diesen Mist." Sie zog die Augenbrauen zusammen und blitzte die Rothaarige an.

„Du bist sowas von krank! Ich bin raus." Die Tür flog mit einem lauten Knall hinter ihr ins Schloss.

Betty verzog das Gesicht. „Stille Wasser sind tief."

„Lola ist verschwiegener als ein Steinbutt."

„Was hat die letzte Karte bedeutet?"

Die Freundin zuckte die Schultern. „Du wolltest den Tod nicht sehen."

Stöhnend sank Betty zurück auf ihren Stuhl. „Ich habe dem Tod oft genug ins Auge geblickt."

„Der Tod ist meist in Verbindung mit einer anderen Karte zu deuten. Zieh noch eine." Betty drehte den Stapel um, sodass die unterste Karte offen lag.

Tilly keuchte. „Der Tod und die Gerechtigkeit. Eine Person mit vielen Facetten. Eine Person, die ausbricht, ein geheimes Leben führt, von dem wir nichts wussten. Vielleicht sogar ein Irrer? Du solltest vorsichtig sein."

Betty strich sich über die Oberarme, um die Gänsehaut abzuschütteln. Hier war sie sicher, versuchte sie sich zu beruhigen. Hier würde ihr niemand wehtun.

Die Freundin sah sie wissend an. „Willst du mir davon erzählen?"

„Es ist nichts", verneinte Betty. „Sind wir fertig?"

„Das Entscheidende fehlt noch. Das Ziel. Wohin es geht."

„Will ich es wissen?"

„Fraget, so werdet ihr Antwort finden."

Energisch zog Betty eine Karte aus dem unteren Drittel des Stapels. Tilly reckte die Arme in die Luft. „Ich wusste es!"

„Ein Glücksrad?", schmunzelte Betty. „Gewinne ich in der Lotterie?"

„Das ‚Rad des Schicksals'. Wende dich mit all deinen Stärken und Schwächen den Erfordernissen des Augenblicks zu."

Die Ärztin lachte. „Also Vollgas ins Verderben."

Tilly ordnete die Karten in einen Stapel. „Du trägst schwer, Dr. Betty. Es schadet nicht, Hilfe anzunehmen."

„Jaja. Der Krug geht so lange zum Brunnen, bis er bricht."

„Quatsch. Der Krug bricht, wenn einer zu dämlich ist und ihn fallen lässt." Tilly stand auf und verstaute die Karten in der Kommode. „Aber ein zu voller Krug kann dir das Kreuz brechen", sagte sie. „Trag ihn nicht alleine vom Brunnen zurück."

Am Sonntagnachmittag begleitete Betty den Professor in seinen Tennisclub.

Es war sommerlich heiß an diesem Tag, weshalb sie sich für ein feminines Trägerkleid und einen hellblauen Sonnenhut entschied. Die Anlage lag in einem Naherholungsgebiet im Norden Hamburgs, inmitten eines Waldes an einem idyllischen See.

Sie betraten die Terrasse des Clubhauses, von der aus man die Matches auf den Tennisplätzen verfolgen konnte. An einem der Tische entdeckten sie Schwester Hildegard, die vor einem großen Glas Eiskaffee saß.

„Wen haben wir denn da?", begrüßte sie die Neuankömmlinge.

„Professor Hohner hat mich für heute zum Fanclub auserkoren", schmunzelte Betty. Sie strich ihm über die Schulter. „In seinem biblischen Alter braucht er jede Art von Unterstützung, nicht wahr?"

Hohner lächelte schief. „Das ist eher eine Kriegstaktik. Ablenkung des Gegners durch betörende Weiblichkeit." Er deutete Hildegard gegenüber einen knappen Diener an. „Mit zwei umwerfenden Damen scheint mir der Plan unschlagbar."

Die Oberschwester zeigte zu den Plätzen und lachte breit. „Diese Strategie verfolgt mein Horst schon lange. Wie Sie sehen: vergeblich."

Betty folgte Hildegards Blick auf einen der Tennisplätze. Dort spielte ein hochgewachsener Mann um die Sechzig, der eine erstaunliche körperliche Fitness ausstrahlte. Der Anblick seines Gegners brachte ihr Herz ins Stolpern.

„Warum spielt er denn schon mit Eisenstein?", fragte Hohner enttäuscht.

Hildegard grinste. „Normalerweise spielt Eisenstein mit Barrenbrook. Aber der ist auf Dienstreise."

„Na, hoffentlich müssen wir den lieben Horst nicht reanimieren", witzelte der Professor. „Auf dem Tennisplatz ist er einem Pitbull wie Eisenstein leidlich gewachsen."

„Keine Sorge", beschwichtigte Hildegard. „Ich habe die Vitalwerte meines Göttergatten im Vorfeld gründlichst überprüft. Und eine Extraflasche Franzbranntwein zuhause bereitgestellt." Einen Hauch Schadenfreude im Blick nippte sie an ihrem Eiskaffee.

Hohner setzte sich neben die Oberschwester. Betty verfolgte im Stehen das Match. Eisenstein forderte den Gegner, schlug aber keine Bälle, die den älteren Mann zu unüberlegten Aktionen motivierten. Ein Gentleman, selbst auf dem Tenniscourt. Shorts und Poloshirt betonten seinen athletischen Körper. ‚Und diesen Body versteckt er in grauen Anzügen', ging es ihr durch den Kopf. Sie zog die kribbelnde Oberlippe zwischen die Zähne.

Ein Pfiff ertönte. Der Oberarzt stoppte im Lauf und richtete den Blick zum Spielfeldrand. Dort saß, hinter dem Zaun, ein junger Mann in einem Rollstuhl. Bei näherem Hinsehen erkannte Betty eine ältere Version des Teenagers auf der Fotografie im Oberarztzimmer. Eisenstein lief zu ihm. Ein kurzer Wortwechsel folgte. Der junge Mann gestikulierte mit den Händen. Der Arzt winkte ab und kehrte zurück auf seine Position.

Horst schien ihm etwas zuzurufen und deutete mit dem Schläger zur Terrasse. Eisenstein wandte den Kopf und erblickte Betty. Für einen Moment wirkte er überrascht, ehe er lächelnd die Hand zum Gruß hob. Ihr Magen zuckte. Sie sah zu Hildegard und Hohner, die in ein Gespräch vertieft waren. Dann sah sie zurück zur Tennisfläche. Eisenstein hielt den Blick fest auf sie gerichtet und stemmte abwartend die Hände in die Hüften. Zögernd winkte sie ihm zu, worauf er lächelnd nickte.

Dann fischte er einen Ball aus der Hosentasche und schlug auf. Da er das Shirt locker über der Hose trug, kam durch die Streckung des Oberkörpers ein Stück seines straffen Bauches zum Vorschein. Ein Schauer durchrieselte Betty. Sie hatte eine Schwäche für diesen Streifen Haut unterhalb des Bauchnabels. ‚Geh aus der Sonne', ermahnte sie sich und drehte den Tennisplätzen den Rücken zu.

„Spielen Sie auch Tennis, Betty?", fragte Hildegard.

„Um Himmels willen!", lachte diese und setzte sich neben die Oberschwester. „Ich würde den Ball nicht treffen, wenn er die Größe einer Wassermelone hätte."

„Betty war früher im Ruderteam der Universität", sagte Hohner mit Stolz, wobei er den Blick auf den Tennisplatz gerichtet hielt.

„Auf dem Wasser fühle ich mich bedeutend wohler", stimmte sie zu.

„Dann muss Sie Eisenstein mal auf der ‚Cassandra' mitnehmen", meinte die Oberschwester. Eine junge Frau servierte Mineralwasser und drei Porzellanbecher. „Ich habe Kaffee bestellt. Ich hoffe, das ist Ihnen Recht, Betty."

„Der Tag, an dem ich einen Kaffee ausschlage, kann nur ein 30. Februar sein", gestand sie.

Hildegard prostete ihr mit dem Becher zu. „Genießen wir ihn. Bevor Horst uns mit seinem ‚Kluntje' quält."

„Was ist Kluntje?", wollte Betty wissen.

„Ostfriesische Teestunde. Horst kommt aus Aurich." Sie schüttelte sich. „Tee an sich ist ja schon grenzwertig. Aber mit der fetten Sahne drin? Da kapituliert jede noch so hartgesottene Magenschleimhaut."

Der Professor kicherte. „Aber alle spielen Horst zuliebe ergeben mit."

„Eisenstein mag das Gebräu", sagte Hildegard.

„Er hat auch meinen angebrannten Grünkohl gegessen", gab Hohner zu bedenken.

Die Oberschwester grinste. „Und Ihnen geglaubt, die schwarzen Teilchen seien gehackte Pimentkörner." Sie kicherten.

Vom Tennisfeld her ertönte lautes Männerjubeln. Hildegards Horst warf die Hände in die Luft und tanzte im Kreis herum. Eisenstein kratzte sich am Kopf.

„Was war denn?", fragte die Oberschwester.

„Horst hat ein Spiel gewonnen", informierte Hohner grinsend.

Mit einem Juchzen sprang die ältere Frau auf, reckte die Arme in die Luft und klatschte laut Beifall.

Hohner schmunzelte. „Mir scheint, der gute Eisenstein ist heute etwas abgelenkt." Er warf Betty einen schelmischen Blick zu. Dann verfinsterte sich seine Miene, als er an ihr vorbei sah. Sie folgte seinem Blick und entdeckte im Eingang zu den Clubräumen die in weiße Tenniskluft gekleidete Margo. Mit schleichenden Schritten wogte sie zum Rand der Terrasse, hob in einem malerischen Bogen die Hand, um ihre ohnehin durch einen Sonnenschild geschützten Augen zu beschatten.

„Da haben wir doch den Grund für Eisensteins Nervosität", bemerkte Betty trocken.

„Was macht die denn hier?", zischte Hildegard.

„Sie ist Eisensteins Freundin", informierte sie Betty.

Die beiden älteren riefen unisono: „Wie, bitte?", was zur Folge hatte, dass Margo auf die Runde aufmerksam wurde. Sie schlenderte auf den Tisch zu.

„Hallo zusammen." Der Blick, den sie Betty zuwarf, hätte die Hölle gefrieren lassen.

Höflich erhob Hohner sich. „Frau Konviczny. Ich wusste gar nicht, dass Sie Tennis spielen."

„Seit Neuestem", lächelte sie gekünstelt. „Man muss sich schließlich mit den Interessen des Partners auseinandersetzen."

„Dann werden Sie vielleicht bald Hochseesegeln?", fragte Hildegard.

Margos Gesicht nahm unter dem Sonnenschutz einen grünlichen Ton an. „Sicher", erwiderte sie gepresst. „Die Weite des Meeres hat immer etwas Erhabenes."

„Sie segeln?", fragte Hohner, die Skepsis keinesfalls verbergend.

„Noch nicht. Dank Internet lässt sich ja heutzutage alles leicht erlernen." Sie warf einen schwärmerischen Blick in Eisensteins Richtung. „Macht er nicht eine formidable Figur im Tennisdress?"

Hildegard, die knapp hinter Margo saß, verdrehte die Augen und fuhr sich mit dem Finger quer über ihren Hals.

„Sie sehen ebenfalls bezaubernd aus, Frau Konviczny", sagte Hohner.

Margos Lächeln konkurrierte mit der Nachmittagssonne um die Wette. „Ich werde den Herren auf dem Platz Gesellschaft leisten." Mit ausladendem Hüftschwung stolzierte sie davon.

Hildegard nahm einen großen Schluck aus ihrer Tasse. „Das war mir neu."

„Seit wann geht das schon?", fragte Hohner stirnrunzelnd.

„Seit dem Abend im Institut", antwortete Betty. „Sie kommt jeden Tag auf Station und reizt Eisenstein wie eine rollige Katze."

Die ältere Frau schüttelte den Kopf. „Seine Verbindlichkeit wird ihn noch Haus und Hof kosten."

„Vielleicht ist er ja ganz verrückt nach ihr", sagte Betty.

Hildegard prustete laut. „Vor dieser Frau würde ein Pfeilgiftfrosch Reißaus nehmen."

Hohner griff nach seinem Tennisschläger. „Das Match geht zu Ende. Ich frage Horst, ob er noch Kraft hat für ein paar Bälle." Er folgte Margo, die am Rand des Tennisplatzes angekommen war.

„Wer ist der junge Mann im Rollstuhl?"

Die Oberschwester lächelte wehmütig. „Eisensteins Bruder Tom."

Betty verstand. „ALS", murmelte sie.

„Der Junge war im Nachwuchsteam des Deutschen Segelverbandes. Mit seinem Können hätte er als Profisegler Karriere gemacht."

„Wie lange hat er die Diagnose?"

„Seit etwa zehn Jahren." Betty sah sie erstaunt an. Hildegard zuckte mit den Schultern. „Bislang sind nur die Beine betroffen. Wer kann schon einen Krankheitsverlauf zu hundert Prozent vorhersagen."

Auf dem Platz war Eisenstein mit Hohner und Hildegards Horst in ein Gespräch vertieft. Er wandte den Kopf und bemerkte die Institutsleiterin, die auf Toms Rollstuhl zusteuerte. Schnell ließ er die beiden Männer stehen und rief ihr etwas zu. Sie stoppte und sah im entgegen. Er redete auf sie ein, wobei Margo penetrant nach Körperkontakt heischte. Beständig wich er aus und warf dabei der Terrasse kurze Seitenblicke zu.

„Frisch verliebt sieht anders aus", bemerkte Hildegard.

„Eisenstein ist kein Mann, der seine Zuneigung öffentlich bekundet", nahm Betty ihn in Schutz.

„Ich würde meinen, das käme auf die Frau an", sinnierte die Ältere.

Eisenstein zog einen zweiten Schläger aus einer großen Sporttasche und reichte ihn Margo. Sie betraten einen der freien Plätze. Jeder nahm seine Position am Rand des Spielfeldes ein. Die Institutsleiterin verlagerte das Gewicht auf ein Bein und stemmte eine Hand in die Hüfte.

Vom Spielfeldrand rief Tom seinem Bruder etwas zu. Eisenstein sah verwirrt zu Margo. Diese hob ungelenk die Schultern. Er nickte und marschierte zu seiner Partnerin hinüber. Dort angelangt gab er Anweisungen und führte ihr einen Aufschlag vor, wobei er unweigerlich seine straffe Kehrseite präsentierte. Hitze stieg in Betty auf. Sie griff nach der Getränkekarte, die auf dem Tisch lag, und fächelte sich Luft zu.

„Diese Schlange", zischte Hildegard.

Margo flüsterte ihrer Beute etwas ins Ohr, worauf er seinen Schläger beiseite nahm, hinter sie trat, um ihre Arme zu einer Aufschlagbewegung zu führen. Dabei war deutlich zu sehen, wie sie ihren Po an Eisensteins Hüften rieb. Hildegard keuchte. „Diese Frau ist sich wirklich für nichts zu schade!"

„Jedem Mann schmeichelt die Aufmerksamkeit einer schönen Frau", sagte Betty und knallte die Karte eine Spur zu heftig auf den Tisch zurück.

„Wissen Sie was, Betty? Wir schauen da jetzt absichtlich nicht mehr hin."

Hohner und Hildegards Horst lieferten ihnen dazu den passenden Vorwand. Erhitzt traten sie an den Tisch.

„Eisenstein hat deinen Horst ausgelaugt", murrte der Professor.

„Woher denn", lachte dieser und gab seiner Frau einen zarten Kuss auf den Mund. Dann sah er Betty aus freundlichen braunen Augen an. „Und das ist wohl die einfallsreiche Clownärztin? Hildegard schwärmt von Ihren Kostümen."

Betty schüttelte seine dargebotene Hand. „Bethany Krüger", stellte sie sich vor. „Die Kostüme sind zum größten Teil dem Einfallsreichtum meiner Mitbewohnerin geschuldet. Aber es macht Spaß, sie zum Leben zu erwecken."

Horst sah seine Frau an. „Hast du den Tee bestellt, mein Schatz?"

„Der ist leider aus", kam die listige Antwort.

Der ältere Mann lachte dröhnend und zwinkerte Betty zu. „Sie versucht es immer wieder. Ich geh mal und sag Nina Bescheid." Pfeifend verschwand er im Café.

Hildegard beugte sich verschwörerisch zu Hohner, der sich auf seinen vorherigen Platz gesetzt hatte. „Eisenstein spielt da drüben Tennis d'Amour."

Die Turteltauben schienen in eine angeregte Diskussion vertieft zu sein.

Hohner schenkte sich ein Glas Mineralwasser ein. „Sieht eher nach Sturm im Wasserglas aus", bemerkte er leise und lehnte sich genüsslich zurück.

Diese Frau war eine verdammte Plage!

Margo stand vor ihm mit dem Aussehen einer Wimbledon-Schönheit und dem Talent eines einarmigen Tellerwäschers. In Gedanken sandte er eine Entschuldigung an alle Armamputierten dieser Welt.

„Du solltest Stunden nehmen, Margo. Wenn es dir ernst ist mit dem Tennisspielen", sagte er, um einen beherrschten Ton bemüht.

„Selbstverständlich will ich es lernen. Ich kämpfe mit Koordinationsproblemen."

Ein weiteres Mal führte er das Aufschlagspiel vor. Unbeholfen versuchte sie, es ihm nachzutun. Bisher hatte er niemanden getroffen, der es schaffte, den Ball beim Aufschlag nach hinten wegzuschlagen.

Er hätte es mit Humor genommen, wäre er sich nicht mit jeder Faser seines Körpers der Frau bewusst, die mit Hildegard auf der Terrasse lachte. Und die ihn im Verlauf der Woche vollends um den Finger gewickelt hatte. Durch ihr Verhalten bekundete Betty ihm gegenüber Respekt. Niemals stellte sie seine fachliche Kompetenz infrage. Er hingegen beobachtete mit zunehmender Bewunderung, wie es ihr durch die wechselnden Verkleidungen gelang, Zugang zur Psyche der jungen Patienten zu gewinnen. Dabei bereitete ihm die Phantasie ihrer Kostümauswahl immense Freude.

Nach Mary Poppins am Montag war sie am Dienstag Peter Pan, der durch die Zimmer hüpfte und laut rief: „Ich will nicht erwachsen werden. Willst du das? Wer will das schon?" Am Mittwoch mimte sie auf zahlreichen Wunsch einen düsteren Captain Cook, der drohte, alle Kinder auf sein Schiff zu entführen, wenn sie nicht artig ihre Medizin einnahmen. Donnerstag erschien eine quietschpink gekleidete Minnie Mouse auf Station. Aus einem Korb verteilte sie Muffins, die sie als ‚Wunschkuchen' betitelte.

Seine Miene verfinsterte sich bei dem Gedanken an eine fünfjährige Patientin, die der Disneyfigur anvertraute, in ihrem Kindergarten käme oft ein Mann an den Zaun, verteile Süßigkeiten und lade die Kinder zu einem Ausflug nach Disneyland ein. Eisenstein informierte umgehend die Eltern, die dankbar den Hinweis an die Einrichtung weitergaben. Am Freitag war er irritiert, denn Betty erschien in gewöhnlicher Arztmontur. Er lachte herzlich, als sie aus einem Sack Stofftiere verteilte. Aber nicht, bevor ‚Doktor Doolittle' jedes Kind in Tiersprache nach deren Beschwerden befragte.

Vom Spielfeldrand her rief Tom: „Jan. Ich geh zu den anderen und trink was." Sein Bruder bewegte den Rollstuhl zur Terrasse.

„Willst du mich nicht vorstellen?", forderte Margo.

Eisenstein nahm ihr den Schläger ab, um ihn zusammen mit seinem in die Sporttasche zu stecken. Mit einem Schwung schulterte er diese, abwägend, ob er Margo an den Tisch einladen oder zum Teufel jagen sollte. Sein Verstand siegte. „Möchtest du auf eine Tasse Kaffee mitkommen?", fragte er.

Sie strahlte. „Mit dem größten Vergnügen."

Er nickte knapp. Sie beide schwebten in einem Zustand der Ungewissheit. Und mit jedem Tag erschwerte sich die Gelegenheit für ein diplomatisches Gespräch. Bisher hatte er weitere Treffen mit ihr vermieden. Dass zunächst Betty und dann Margo hier unangemeldet auftauchten, brachte ihn vollends aus dem Konzept.

Tom hatte den Rollstuhl zwischen Hohner und Betty platziert. Ihr blaues Kleid betonte elegant jede Kurve ihres Körpers, insbesondere die Brüste. Brüste in perfekter Größe, die ihn seit der Begegnung mit dem Hot-Dog-Shirt verfolgten. Die Augen verbarg sie hinter einer Sonnenbrille. Sofort fühlte er sich entblößt, wie er widerstrebend feststellte.

„Nun, Schwester Einfach-Nur-Betty", sagte er scherzend. „Hat der Kostümverleih heute geschlossen?"

Sie verzog den Mund zu einem leichten Lächeln, was ein Kribbeln in seinem unteren Rücken verursachte. „Heute bin ich tatsächlich einfach nur Betty."

Er ließ die Tasche auf den Boden gleiten und zog zwei Stühle von einem Nachbartisch hinzu.

Tom grinste ihn an: „Hohner hat mir deine Arbeitskollegin vorgestellt, Jan." Er wandte sich der jungen Ärztin zu. „Wie hoch laufen die Wetten, dass er Sie bis Ende des Sommers in die Flucht geschlagen hat?"

Betty legte den Kopf schief. „Ich bin hart im Nehmen."

„Sie war erfolgreich als Tropenärztin in Afrika unterwegs", warf Eisenstein ein.

Tom pfiff durch die Zähne. „Wenn Sie es mit Geparden und Nashörnern aufnehmen, schaffen Sie es auch mit einem Trampeltier wie meinem Bruder", sagte er in feixendem Tonfall.

Eisenstein offerierte Margo den Stuhl neben Horst und setzte sich zwischen sie und Hohner. Gespielt ernst drohte er seinem Bruder mit dem Finger. „Glaubst du, ich würde dich nicht alleine heimrollen lassen?"

Scheinbar getroffen legte Tom die Hand an die Brust. „Er ist ein Schinder. Aber das wissen Sie ja, Betty."

„Eisenstein steht als Garant für den hohen Standard der Selenius Klinik. Ich kenne keinen, der sich mit solch einer Hingabe einer Sache verschreiben kann", meldete Margo sich zu Wort.

Tom sah sie an und verengte einen Moment die Augen. „Zu nichts anderem sind wir erzogen."

„Da hat wohl doch noch einer seine Mails bearbeitet", grinste Hohner und klopfte dem Oberarzt auf die Schulter.

Eisenstein schenkte der Ärztin einen anerkennenden Blick. „Sie haben einen bemerkenswerten Lebenslauf, Frau Kollegin." Die anderen stöhnten laut auf. „Was habe ich denn gesagt?"

Hohner ergriff das Wort: „Wir sind hier privat. Also Schluss mit den Formalitäten. Nachdem ich der Älteste bin, ordne ich an, dass wir uns von nun an alle duzen."

„Eine hervorragende Idee", rief Horst und hob seine Tasse.

Hildegard schlug ihm spielerisch auf den Arm. „Du willst doch nicht mit diesem Gesöff anstoßen? Ich frag Nina, ob sie noch Pikkolos im Schrank hat." Sie stand auf und entfernte sich ins Clubhaus.

„Betty war auf der Uni im Ruderteam", sagte Hohner mit stolzgeschwellter Brust. Eisenstein sah sie erstaunt an.

„Welche Klasse?", fragte Tom.

„Doppelvierer", antwortete sie. Tom pfiff leise durch die Zähne.

Hohner wedelte mit der Hand zwischen den jungen Männern hin und her. „Sie ist eine Wasserratte wie ihr beiden."

„Ich ja nicht mehr", sagte Tom leise und warf seinem Bruder einen warnenden Seitenblick zu.

„Die ‚Cassandra' steht jederzeit bereit", erwiderte dieser mit rauer Stimme.

Der jüngere Mann lachte bitter auf und richtete das Wort an Margo. „Wir sind uns noch nicht begegnet."

„Ich bin -"

„Margo Konviczny", unterbrach Eisenstein sie. „Die Leiterin des Marianne-Barth-Institutes."

Tom nickte. „Der Ort, an dem Jan seine schwindende Jugend vergeudet."

Margo blinzelte irritiert. Der Oberarzt öffnete den Mund, doch Tom fuhr an Betty gewandt fort: „Dr. Betty, ist das so ein Ärzteding, dieser berufsbedingte Schuldkomplex?"

Diese zuckte ausweichend mit den Schultern. „Ich kann nicht für meine Kollegen sprechen, aber in der Regel liegt einem Mediziner das Helfen im Blut."

Margo ließ ihre Hand auf Eisensteins Oberschenkel gleiten. „Ich nenne es soziale Kompetenz, wenn sich ein renommierter Oberarzt und Forscher, neben den Härten seines Berufes, für behinderte Menschen einsetzt." Eine peinliche Stille legte sich über den Tisch.

Seinen ironischen Blick auf die Institutsleiterin geheftet, klatschte Tom Beifall. Dann ließ er die Hände in seinen Schoß gleiten. „Und nun beenden wir das Werbefernsehen und gehen über zum realen Leben." Margos Schnappatmung ignorierend wandte er sich Betty zu. „Was verschlägt Sie vom anderen Ende der Welt in unser bescheidenes Fischerdorf, Dr. Betty?"

Margos schneidende Stimme kam ihr zuvor. „Man sollte doch ein gewisses Maß an Dankbarkeit erwarten, wenn man doch eine so hervorragende Erziehung genossen hat. Aber, wie heißt es nicht so treffend? Undank ist der Welten Lohn." Verschnupft rümpfte sie die Nase.

Tom maß sie aus schmalen Augen. „Das ist wie mit der alten Frau, die am Straßenrand steht. Ein engagierter Gutmensch kommt vorbei und führt die Dame unaufgefordert über die Straße. Der Helfer ist glücklich und genießt seine gute Tat. Da hält auf der gegenüberliegenden Straßenseite der Bus, auf den die Frau gewartet hat und den sie nun verpasst, weil sie auf der falschen Seite steht."

„Sie hätte doch sagen können, dass sie nicht über die Straße möchte", erwiderte die Institutsleiterin giftig. Peinliches Schweigen entstand.

Eisenstein hüstelte. „Margo, Tom ist angehender IT-Ingenieur und schreibt gerade an seiner Facharbeit für Softwareentwicklung im Freizeit- und Gesundheitsbereich. Nebenbei ist er Teilhaber einer erfolgreichen Softwarefirma hier in Hamburg und unterstützt das Institut seit Jahren. Bestimmt sagt dir der Name Buttstone etwas."

Margo verzog das Gesicht, als hätte sie einen Korb Zitronen gegessen. Hoheitsvoll erhob sie sich. „Ich gehe mich frisch machen."

Auf dem Weg zum Clubhaus begegnete ihr Hildegard, die ein Tablett in der Hand trug, auf der einige gefüllte Sektflöten standen.

„Musste das sein?", bellte Eisenstein Tom an.

Tom hob eine Augenbraue. „Ich sag nur: Mutterkomplex."

Hildegard stellte das Tablett auf den Tisch. „Sie hatten sogar noch gekühlten Prosecco. Stoßen wir an." Jeder nahm ein Glas zur Hand.

„Ich bin Stefan", bot Hohner allen das Du an.

Eisenstein nickte. „Ihr könnt mich Eisenstein nennen."

Allgemeines Stöhnen. Betty sah ihm in die Augen und lächelte warm.

„Und ich bin einfach nur Betty."

Die kühlen Marmorstufen hielten seinen Schritten unbeeindruckt stand. Eine Holztreppe wäre unter seiner Wut in Flammen aufgegangen.

Tom bewohnte mit dessen Geschäftspartner Heiner eine barrierefreie Wohnung in den Othmarscher Höfen. Dem Glück und Professor Hohners Beziehungen sei Dank, ergatterte Eisenstein eine kleinere Dachterrassenwohnung direkt darüber, die für betreuende Personen eingerichtet war. Wortlos hatte er Tom an der Wohnungstüre verabschiedet. Jetzt hatte er sich den Dämonen der Gegenwart zu stellen.

Mit aller Kraft warf er die Fahrertür seines Mercedes zu. Dabei schien ihn das dezente Ploppen, das der luxuriöse Mittelklassewagen von sich gab, zu verhöhnen. Margo war von der Rückbank auf die Beifahrerseite gewechselt und zog sich mithilfe des Spiegels der heruntergeklappten Sonnenblende die Lippen nach. Die durch ihr Parfum mit Patschuli und irgendetwas Moschusartigem überladene Luft ließ seinen Magen rebellieren. Energisch drückte er die Zündung und fuhr los.

Margo warf den Lippenstift in ihre Handtasche und sah ihn durch gesenkte Lider hindurch an. „Ich bewundere dich dafür, wie rührend du dich um deinen Bruder kümmerst."

Er verstärkte den Griff um das Lenkrad. „Das ist für mich eine Selbstverständlichkeit."

Sie drehte den großen Einkaräter an ihrem linken Ringfinger. „Meine Entschuldigung hat er mehr schlecht als recht angenommen. Ich wusste nicht, dass er-"

„Tom ist nicht nachtragend", unterbrach er sie.

„Das hat sich nicht so angefühlt."

Er knurrte leise. „Wenn wir sicher ankommen sollen, Margo, ist meine Familie als Gesprächsthema tabu."

Sie zuckte zusammen und sah aus dem Fenster. Ihr Atem ging flach, aber er verkniff sich eine Entschuldigung. Heute hatte sie eine rote Linie überschritten. Das würde er klarstellen. Sie wandte sich ihm wieder zu. „Kann dein Bruder gar nicht mehr laufen?"

„Nein. Und es wird wohl auch nicht bei der Behinderung bleiben. Wir arbeiten daran, die Lähmungen so lange wie möglich hinauszuzögern."

„Warum investieren deine Eltern nicht in unsere Forschungen?"

„Wir sind erwachsene Menschen."

„Aber deinen Eltern gehört eine Kaufhauskette."

Er schlug mit der rechten Hand auf das Lenkrad. „Ich sagte, ich spreche nicht über meine Familie!", entgegnete er heftig.

Margo presste die Lippen aufeinander. Eine Weile fuhren sie schweigend durch den abendlichen Wochenendverkehr. Dann holte sie Luft und lächelte. „Reden wir also über uns."

Er schauderte und krallte die Hände fester um das Lenkrad.

„Zunächst schien es so, als hätte uns der Auftritt deiner Clown-Ärztin einige Gelder gekostet", sagte sie.

Er entspannte sich etwas. Ein Gespräch über das Institut? Damit konnte er für den Moment leben. „Inwiefern?", hakte er nach.

Ihr Ton troff vor Ironie. „Ich sprach Frau Markwart. Sie schwärmte von der interessanten Tropenärztin. Und einige der Spender waren entzückt. Sie möchten mehr erfahren über Frau Krügers geniale Studien." Sie seufzte theatralisch. „Die Leute sind ganz wild auf dieses alternative Gedöns."

Kopfschüttelnd stieß er die Luft aus. In ihrer Selbstverliebtheit war Margo die revolutionäre Natur seiner eigenen Thesen entgangen. Ihre Weigerung, sich mit der Materie zu befassen, ärgerte ihn.

„Aber ich konnte das wieder geradebiegen", sagte sie. „In den nächsten vier Wochen sollten genug Gelder eingehen, um mit deinen Freiwilligenstudien zu beginnen."

Erleichtert atmete er auf. „Das sind wirklich gute Nachrichten."

Margo drehte sich ihm auf dem Beifahrersitz zu und legte die Hand auf seinen Oberschenkel. „Und nun zu uns", raunte sie.

Ihre Finger schienen ein Loch in seine Haut zu brennen. Er ergriff sie und ließ sie zurück in ihren Schoß gleiten. „Margo, ich arbeite Tag und Nacht. Es wäre dir gegenüber nicht fair, Versprechungen zu machen." Sie sah ihn einen Moment starr an. Dann warf sie den Kopf in den Nacken und lachte. „Was ist daran komisch?", fragte er.

„Du bist wirklich süß", gluckste sie.

Ein dumpfer Schmerz traktierte die Hinterwand seiner Augäpfel. Er zwang den Blick auf den Straßenverkehr.

„Du glaubst doch nicht etwa, ich hätte schon den Standesbeamten gebucht?", feixte sie. Er verkniff sich einen Kommentar.

Dem Himmel dankend, dass diese Fahrt endete, hielt er vor dem Haus in der HafenCity. Die Lage entsprach zu hundert Prozent Margos Standards. Nobel, überteuert und seelenlos. Vor ein paar Wochen hätte das Ambiente ihn beeindruckt. Jetzt erinnerte er sich mit Unbehagen an die Nacht, in der er von diesem Ort geflüchtet war.

Margo sah die Fassade des Hauses hinauf. „Wir gehen wieder zu mir?", fragte sie.

Er genoss den Gedanken, dass sie keine Ahnung hatte, wie nahe sie heute seiner Wohnung gewesen war. „Ich habe dich nach Hause gebracht", bestätigte er.

Sie schürzte die Lippen. „Du kannst den Wagen da hinten parken."

„Ich komme nicht mit in deine Wohnung."

Eine Falte erschien zwischen ihren Augenbrauen. Dann zuckte sie mit den Schultern und seufzte. „Das hat man wohl davon, wenn man sich mit einem Forscher einlässt." Sie lehnte sich zur Fahrerseite herüber, um ihm ihre Lippen anzubieten. Als er mit dem Kopf zurückwich, stoppte sie in der Bewegung. Ihr Blick verfinsterte sich. Dann ergriff sie den Türöffner. „Du wirst nicht ewig vor mir davon laufen, Herr Doktor."

Ehe er antwortete, hatte sie den Wagen verlassen und wippte mit ausladendem Hüftschwung ins Haus. Wütend warf er den Hinterkopf gegen die Kopfstütze. Was hatte diese Frau an sich, dass es ihm so schwerfiel, seinen Standpunkt zu verdeutlichen? Hatte Tom recht? Projizierte er in die Institutsleiterin die Probleme mit der eigenen Mutter? Diese besaß wie Margo ein kaufmännisches Genie und war für den kometenartigen Aufstieg des Familienunternehmens maßgeblich verantwortlich. Mit Sicherheit würden die beiden Frauen sich blendend verstehen.

Er verfluchte seinen Vater, der stets den respektvollen Umgang mit der Damenwelt propagierte. Der alte Herr trug seine Ehefrau mit fast schon gottgleicher Verehrung auf Händen. Was Margo betraf, so spielte sie ein Spiel, dessen Regeln er nicht beherrschen wollte.

Morgen, schwor er sich. Morgen würde er dem Ganzen ein für alle Mal den Riegel vorschieben.

In der Nacht zog ein Sommergewitter über Hamburg, sodass an diesem Montag ein grauer, feuchtwarmer Dunst in der Luft hing.

Betty saß mit Katja am Tisch des Schwesternzimmers und nippte an ihrer Kaffeetasse. Wie gewohnt war die Freundin in ein Rätsel vertieft, ein Sudoku diesmal.

„Ich verstehe nicht, wie man sich für diese Zahlenkästchen begeistern kann", bemerkte Betty.

„Das ist Gehirnjogging", antwortete Katja, ohne aufzublicken.

„Britische Studien haben bewiesen, dass das Lösen von Rätseln keinen messbaren Erfolg hat auf das logische und räumliche Denken, geschweige denn auf das Kurzzeitgedächtnis."

Katja rollte die Augen und sah sie mürrisch an. „Man muss nicht unnötige Studien fahren, um herauszufinden, warum etwas Spaß macht." Sie beugte sich zurück über ihr Heft. Betty lachte leise.

Die Tür schwang auf und Hildegard betrat den Raum. Demonstrativ richtete sie den Blick zur Wanduhr.

„Fünf Minuten Pause überzogen", sagte sie streng.

Katja stand auf. „Ihr beide versteht es wirklich, einem den Tag zu vermiesen."

Hildegard nickte unbeeindruckt. „Gehst du bitte auf die 14? Wir haben eine Neuaufnahme." Die Schwester seufzte und verstaute ihr Rätselheft in einer Schublade.

Mit ernstem Blick wandte sich die Oberschwester Betty zu und verschränkte die Arme vor der Brust. „Du hast zwanzig Jahre harter Arbeit an einem einzigen Nachmittag vernichtet!"

Die Ärztin zuckte zusammen. „Womit?"

„Du hast Horst gesagt, der Kluntje habe dir geschmeckt. Jetzt muss ich mir das ununterbrochen anhören."

Erleichtert lachte Betty auf. „Das tut mir entsetzlich Leid." Hildegard deutete mit dem Zeigefinger auf sie.

„Ich möchte, dass du das bei nächster Gelegenheit klarstellst."

„Ich schütte Asche über mein Haupt", versprach Betty gespielt reumütig.

„Wo wart ihr gestern?", stutzte Katja.

„Hat Betty das nicht erzählt? Im TC."

„Ihr wart im Tennisclub und ich wusste nichts?"

„Du bist den ganzen Sonntag im Bett gelegen", merkte die Freundin an.

„Ich hatte Nachtschicht. Da schläft man tagsüber."

Die Oberschwester winkte ab. „Wir Alten saßen bis spät abends im Clubhaus. Gott sei Dank ist Eisenstein mit seiner Flamme bald abgezogen."

„Eisenstein hat eine Flamme?", fiepte Katja mit großen Augen.

Hildegards Miene sprach Bände. „Diese Konviczny! Ist mir diese Person ein Gräuel."

„Die Zwei haben sich verdient", schnaubte Katja, Bettys scharfen Blick ignorierend.

„Eisenstein hat einen guten Kern", beschwichtigte Hildegard.

„Und das hat er mit so ungefähr jedem Serientäter gemein."

„Katja", rief Betty sie zur Ordnung. Die Schwester warf die Hände in die Luft.

„Er mag ja die letzte Woche etwas eingeknickt sein. Mit ihren Kostümen würde Betty wahrscheinlich die Queen zum Lachen bringen. Aber ich kaufe ihm diesen Wandel nicht ab."

„Warum nicht?", fragte Betty.

„Ich kenne ihn jetzt auch schon ein paar Tage. Nett habe ich ihn noch nie erlebt."

„Du solltest ihn mit seinem Bruder sehen", verteidigte ihn Betty. „Er sitzt im Rollstuhl und Eisenstein kümmert sich rührend um ihn. Wie die Brüder miteinander umgehen. Da ist so viel Witz zwischen den beiden."

Katja stöhnte. „Es ist passiert! Du hast dich in ihn verguckt."

„So ein Blödsinn!", schoss sie zurück und reckte das Kinn. „Ich sehe in Eisenstein nur den Kollegen, nicht den Mann!"

„Ich meine, dass Eisenstein gestern ganz besondere Blicke in deine Richtung geworfen hat, Betty", überlegte Hildegard.

Bettys Gesicht lief hochrot an. Sie stand auf und rief entschieden: „Ich habe an Eisenstein nicht das geringste Interesse!"

Die Tür flog auf und der Besagte erschien auf der Türschwelle.

Betty wankte vor Schreck. Hatte er ihren letzten Satz mitbekommen? Sie verwarf den Gedanken. Eisenstein war kein Mensch, der an Türen lauschte. Er fixierte sie mit einem düsteren Blick.

In forschem Ton sagte er: „Frau Dr. Krüger. Kommen Sie bitte in mein Büro." Dann machte er kehrt und verließ den Raum.

„War das der Heilige von gestern?", flötete Katja. Betty ignorierte den triumphierenden Blick ihrer Freundin.

„Ich fürchte, das war sein böser Zwilling", seufzte Hildegard.

Betty stellte ihre Tasse in die Spüle. „Das ist sein größtes Talent: jeden Anflug von Sympathie im Keim zu ersticken."

Betty stand vor Eisensteins Arztzimmer und kämpfte gegen ihr Unbehagen. Sie konnte sich beim besten Willen nicht vorstellen, worüber er wütend war.

Der gestrige Nachmittag hatte ihr den Eindruck vermittelt, ihr Miteinander habe sich von einem Kollegialen zu einem Freundschaftlichen gewandelt. Doch scheinbar war Eisenstein wankelmütiger als eine Kompassnadel am Nordpol.

Entschlossen straffte sie die Schultern. „Du hast septische Wunden im Busch versorgt", sagte sie sich. „So ein Gespräch schaffst du mit links." Sie klopfte einmal kräftig an und betrat den Raum.

Er saß hinter seinem Schreibtisch und stierte mürrisch auf den Bildschirm. Eine kleine Locke ragte aus seiner Frisur heraus, als wäre er sich an dieser Stelle durch sein Haar gefahren. Er bemerkte sie. Seine grauen Augen verdunkelten sich. Dann unterbrach er den Blickkontakt und erhob sich.

„Betty", sagte er. „Setz dich, bitte."

Ihre Muskeln spannten sich unter seinem reservierten Ton. Sie schritt zu dem Besucherstuhl, dankbar, ihre schwächelnden Knie zu entlasten.

„Hier", sagte er und deutete auf seinen Stuhl.

Sie kam seiner Bitte nach und umrundete den Schreibtisch, um sich auf den zugewiesenen Platz zu setzen. Er blieb dicht hinter ihr stehen. Sie roch den Duft von Sandelholz und Zitrone. Schnell verschränkte sie die zitternden Hände unter der Tischplatte.

„Was siehst du da?", fragte er, auf den Computer deutend.

Auf dem Bildschirm stand in dem Verwaltungsprogramm der Klinik ein Arztbrief geöffnet. „Was ist mit dem Brief?" Sie sah ihn verständnislos an.

Eisenstein hob eine Augenbraue. „Sag du es mir."

Stirnrunzelnd sah sie zurück auf das Dokument und überflog den Inhalt. Die Diagnose, die klinische Therapie, die Medikation. Es hatte alles seine Richtigkeit. „Geht es um den psychosomatischen Teil?"

„Nein", antwortete er ungeduldig.

„Dann kann ich keinen Fehler entdecken", sagte sie.

Ungehalten stieß er die Luft aus. „Du unterschreibst den Brief mit Dr. Bethany Krüger!"

Sie hob irritiert die Schultern. „Weil das mein Name ist."

„Du schreibst: ‚Fachärztin für Neurologie'. Das darfst du in Deutschland nicht so mir nichts, dir nichts, darunterschreiben."

Sie reckte das Kinn. „Dein Name steht auch so darunter."

„Der steht dort, weil ich kontrollierendes Organ bin."

„Warum machst du dann so einen Wind?", blaffte sie und stand auf.

Er atmete nach Geduld heischend aus. „Warum verstehst du das nicht?"

Wut stieg in ihr auf. „Wenn du willst, werde ich eben keine Briefe mehr schreiben."

„Du kannst so viele Briefe schreiben, wie du willst."

„Und was ist dann dein Problem?"

„Sobald deine Approbation eintrifft, kannst du den Facharzt hinzufügen."

Sie setzte sich zurück an den Computer und scrollte in dem Brief. Zornig klickte sie auf die Stelle unter ihrem Namen und drückte die Löschtaste. Dann stand sie wieder auf und stemmte die Hände in die Hüften. Sie blitzte ihn wütend an. „Der Facharzt ist weg. Soll ich stattdessen darunter schreiben: Dödel vom Dienst?"

In Zeitlupe schüttelte er den Kopf. „Keine Spur einsichtig."

„Ich bin Ärztin. Ich habe jahrelang in Afrika praktiziert."

„Wir sind hier aber nicht in Afrika."

Sie klopfte sich mit der Faust auf die Brust. „Ich habe unter Bedingungen gearbeitet, unter denen Mediziner hierzulande nicht einmal klar kämen, wenn sie unter Drogen stünden."

„Betty", sagte er beschwichtigend.

„Und hier darf ich nicht einmal einen einfachen Schnupfen diagnostizieren, weil irgendein Schreibtischtäter irgendein Papier stempeln muss." Krampfhaft versuchte sie, den Kloß in ihrem Hals hinunterzuschlucken. „Hast du schon einmal in die Augen eines Kindes geblickt, deren Mutter gerade neben ihm an Hunger stirbt?" Sie würde jetzt nicht weinen.

„Betty, ich weiß das alles", sagte er milde.

„Warum machst du so einen Zirkus um einen läppischen Titel?"

„Herrgott, nochmal! Du machst dich strafbar!"

„Ich höre schon das Klicken der Zellentür", lachte sie höhnisch.

„Die Aufsichtsbehörde kann uns alle in Teufels Küche bringen. Willst du das?"

„Und das fiele natürlich auf das Renommee der Ärzteschaft zurück." Bei den letzten Worten imitierte sie bewusst Margos

Tonfall. Übertrieben klimperte sie mit den Wimpern und formte ihre Lippen zu einem Kussmund.

Eisensteins Augen verformten sich zu Schlitzen. Er schob den Oberkörper vor und stemmte die Hände in die Hüften. „Und da hat Margo ausnahmsweise gar nicht so unrecht", sagte er leise.

„Diese Frau spielt in meinem Leben keine Rolle", blaffte sie. „Aber ich weiß, worum es dir geht."

In seine Augen trat ein wachsamer Ausdruck. „Jetzt bin ich gespannt", sagte er.

„Männer wie dich kenne ich zur Genüge. Für euch kann eine Frau niemals auf Augenhöhe sein. Und du bist eine ganz besondere Sorte, Eisenstein. Du bist ein narzisstischer Kontrollfreak." Ihre Nasenspitzen waren nur Millimeter voneinander entfernt.

„Und was lässt dich zu dieser bahnbrechenden Erkenntnis kommen?", fragte er mit tödlicher Ruhe.

„Dir geht es nur um deine Studien, deine Patienten, deine Therapieansätze. Deine Mitmenschen lässt du völlig links liegen."

„Was willst du? Ich habe dich doch eingebunden."

„Du hast mich hinter dir herlaufen lassen wie ein Schoßhündchen."

„Ich habe dir deine Verkleidungen durchgehen lassen."

„Wie gütig! Du hast mich nicht ein einziges Mal einbezogen. Du hast mir nicht einen Patienten abgetreten. Ich gelte weniger als jeder lausige Praktikant." Tränen traten in ihre Augen. Sie kämpfte sie mit aller Macht zurück.

Zwischen seinen Augenbrauen erschien eine Falte. Seine Lippen waren zu einer Linie zusammengepresst.

Zitternd holte sie Luft. „Warum wirfst du mich nicht endlich von deiner Station, wenn du mich nicht ausstehen kannst?"

Seine Augen waren sturmgrau. „Du hast keine Ahnung", knurrte er. In der nächsten Sekunde veränderte sich sein Gesichtsausdruck und er grinste frech. „Du bist ein Stachel in meinem Fleisch."

Das brachte sie endgültig aus der Fassung. „Im Gegensatz zu dir lässt du mich völlig kalt", zischte sie. Seine Nähe ließ sie am ganzen Körper zittern. Sie wich einen Schritt zurück, um der Hitze zu entgehen, bis die Kante des Schreibtisches in ihren Oberschenkel stach.

„Und du wirst nicht einmal rot, wenn du lügst", flüsterte er heiser. Dann ließ er die Hand in ihren Nacken gleiten, zog sie zu sich heran und verschloss ihren Mund mit seinem.

Dem Wortgefecht zur Folge, das ihm vorausgegangen war, hätte der Kuss strafend sein müssen. Doch Eisensteins Lippen kosteten sie wie den ersten Bissen eines Lieblingsgerichtes, forschend und genussvoll. Sein Mund forderte sanft eine Antwort, getrieben von der Unsicherheit, wie diese lauten würde.

Betty saugte seinen Duft in sich auf. Ihre Hände wanderten den rauen Stoff des Kittels hinauf, ertasteten die warme Haut seines Nackens. Er stöhnte leise. Der Ton brachte ihre Zunge zum Vibrieren.

Er schmeckte so himmlisch, wie er roch. Umgehend änderte sich die Qualität des Kusses. Eisenstein presste sie an sich und übernahm die Führung. Er hüllte sie ein, beanspruchte sie mit seiner ganzen Person. Sie verlor die Koordination. Wärme strömte in jede ihrer Poren, ließ ihre Fingerspitzen brennen. Ihr Unterleib pulsierte, als sie den Beweis seiner Erregung an ihrem Bauch wahrnahm.

Margos Bild erschien jäh vor ihrem inneren Auge. Betty erschrak und stemmte die Hände gegen seine Brust, um ihn wegzudrücken. Er wirkte erschüttert, außer sich. Widerwillig ließ er sie frei.

„Du liebe Zeit", flüsterte sie kaum hörbar, umrundete ihn und floh zur Tür.

„Warte." Er kam ihr nach und hielt sie am Arm zurück.

Sie wirbelte herum und gab ihm eine schallende Ohrfeige. Geschockt ließ er sie los und griff sich an die schmerzende Wange.

„Männer wie du sind das Letzte", fauchte sie ihn an. Sie rieb sich die Hand. Das Herz hämmerte wild in ihrer Brust.

„Männer wie ich", wiederholte er tonlos.

„Du bist in einer Beziehung, verdammt nochmal!", rief sie.

„Du meinst Margo?"

Sie stach ihm mit dem Zeigefinger fast die Augen aus. „Ich würde dich gerne noch einmal schlagen, aber dann wäre es keine Selbstverteidigung mehr."

Er wurde blass und schluckte. „Margo und ich sind nicht wirklich in einer Beziehung."

Ihr Magen krampfte. Sie schüttelte den Kopf und wandte sich ab. Tränen brannten hinter ihren Lidern.

„Bitte, Betty." Sein flehender Tonfall ließ sie an der Tür innehalten und zu ihm zurückblicken. „Das zwischen uns -", sagte er.

„Ist nichts, Dr. Eisenstein-Benz", vervollständigte sie. „Gar nichts."

Mit einem lauten Knall warf sie die Tür hinter sich ins Schloss.

Verzweifelt flüchtete Betty in die Damenumkleide. Sie hastete zum Waschbecken, drehte den Wasserhahn auf und ließ das kalte Nass über ihre Handgelenke laufen.

Krampfhaft versuchte sie, ihren rasenden Puls unter Kontrolle zu bekommen. Ihre Hände wurden klamm. Sie stellte das Wasser ab und stützte sich schwer auf den Beckenrand.

„Ruhig ein- und ausatmen", beschwor sie sich.

Es war nichts passiert. Nur ein Kuss. Und der Kuss war ein Unfall. Ein himmlischer, göttlicher, weltenverändernder Unfall.

Und da war ihre Hand, die brannte von der Ohrfeige. Sie vermochte nicht zu sagen, wofür sie sich mehr schämte. Den tätlichen Angriff oder die Tatsache, dass sie sich dem Oberarzt Sekunden zuvor schamlos an den Hals geworfen hatte.

Die Tür schwang auf. Einen Moment kam ihr die irrige Idee, Eisenstein sei ihr in die Damenumkleide gefolgt. Entsetzt blickte sie auf. Katja trat neben sie. Erleichtert senkte Betty die Schultern. Die Freundin musterte sie erschrocken.

„Du siehst aus, als wäre dir der Leibhaftige erschienen."

„Der hätte mich weniger geschockt", lächelte Betty freudlos. Ihre Hände zitterten. Sie riss ein Tuch aus dem Spender und rieb sich die Finger energisch trocken.

„Es war Eisenstein", folgerte Katja heftig. „War er gemein zu dir?"

Betty schüttelte den Kopf.

„Ich gehe hin und hau ihm eine rein."

Betty kicherte hysterisch. „Das habe ich schon erledigt."

Katjas Mund blieb offen stehen. „Du meinst das im übertragenen Sinn?", fragte sie vorsichtig.

„Nein. Im wortwörtlichen Sinn."

„O.K.", sagte die Freundin gedehnt. Dann zuckte sie mit den Achseln. „Somit wäre die Sache mit der kollegialen Ebene Geschichte."

Erschöpft lehnte sich Betty gegen das Waschbecken. Katja tat es ihr gleich und berührte Bettys Schulter mit der ihrigen. Vorsichtig fragte sie: „Willst du mir erzählen, wie es zu der Ohrfeige gekommen ist?"

„Er hat mich geküsst." Katja japste nach Luft. Schnell ergänzte Betty: „Ich habe ihn zurückgeküsst. Also, genau genommen haben wir uns geküsst." Sie strich sich verwirrt über die Stirn. „Ich fürchte, ich habe es sogar provoziert."

„Damit wäre die kollegiale Ebene eindeutig gesprengt", lachte Katja. Betty schwieg unglücklich. Die Freundin musterte sie vorsichtig. „Und wie geht das jetzt weiter?"

Betty straffte die Schultern. „Gar nicht." Sie legte den Kopf in den Nacken, um die aufsteigenden Tränen wegzublinzeln. „Ich komme immer wieder an diese Männer: attraktiv, erfolgreich und untreu."

„Ich habe Eisenstein ja noch nie für einen Traumprinzen gehalten. Aber ein Casanova ist er meines Wissens nicht."

Betty stieß sich vom Waschbecken ab und lief vor Katja hin und her. „Er ist mit dieser Frau zusammen und küsst mir den Verstand aus dem Hirn."

„Er ist ein Idiot, wenn er diese Schickse dir vorzieht."

Mit aller Kraft klammerte sich Betty an ihre Wut. „Ich werde immer wieder zum Spielball. Ich wollte einen Neuanfang in Hamburg. Ich wollte das Ganze hinter mir lassen." Sie holte zitternd Luft.

„Du wolltest dich nicht verlieben", schloss Katja.

Betty starrte sie verständnislos an. „Es sind nur die Hormone."

„Schau mich nicht so an", wehrte Katja ab. „Ich bin nicht diejenige, die seit zwei Wochen einen Betonklotz anschmachtet."

„Das ist nicht wahr", rief Betty.

„Schau auf deine Kostüme", sagte die Freundin.

„Was soll damit sein?"

„Deine Kostüme sind natürlich nur der Kinder wegen immer ausgefallener geworden."

„Ja, der Kinder wegen", beharrte Betty.

„Und du hast nicht jedes Mal rote Bäckchen bekommen, wenn Dr. Frostys Mundwinkel auch nur eine Spur gezuckt hat?"

Sie wich Katjas Blick aus. „Das bildest du dir ein."

„Und du bist nicht jedes Mal ein paar Zentimeter zusammengesackt, wenn die Hyäne vom Obergeschoss ihre Klauen in Eisensteins Fleisch geschlagen hat?"

„Eisenstein kann mit dieser Frau machen, was er will", rief Betty. Bei der Vorstellung, wie Margo an ihrer Stelle in seinen Armen lag, zog brennende Eifersucht in ihr auf. „Sie ist eine hinterhältige Schlange. Wie kann ein intelligenter Mann wie Eisenstein nur derart blind sein?"

Die Freundin verzog das Gesicht. „Was kümmert es dich, wenn er dir so egal ist?"

Schmollend schob Betty das Kinn vor. „Er ist mir egal."

Langsam ergriff Katja ihren Arm und dirigierte sie zu dem großen Spiegel, der gegenüber der Spinde angebracht war. „Was siehst du?", fragte sie.

Eine Frau in einem hochgeschlossenen weißen Kleid sah ihr entgegen. Hauptaugenmerk ihrer heutigen Kostümierung war die charakteristische Frisur, je eine geflochtene Schnecke über jedem Ohr.

„Wem willst du etwas weismachen, Prinzessin Leia?", fragte die Freundin.

Betty musterte ihr Spiegelbild. Katja hatte recht. Einem echten Clowndoktor genügte eine rote Nase. Mit ihren Kostümen wollte Betty Eisenstein beeindrucken. Und nicht nur das. Sie wollte die Mauern einreißen, die er um sich aufgebaut hatte. Die traurige Ernsthaftigkeit vertreiben, hinter der er sich tagtäglich verschanzte. Sie wollte den Mann von der Fotografie. Den Mann, in den sie sich verliebt hatte. Doch im Moment bezweifelte sie, dass es ihn überhaupt gab. Sie schniefte ihrem Spiegelbild entgegen.

„Ich war auf der Suche nach Han Solo. Und an wen bin ich geraten: Darth Vader."

Katja brummte nachdenklich. Dann sagte sie mit betont tiefer Stimme: „Den mit dem großen Leuchtschwert."

Die Frauen sahen sich an. Funken tanzten in Katjas Augen. Bettys Mundwinkel zuckten. Dann prusteten sie unisono los. Nachdem sie wieder zu Luft gekommen waren, stöhnte Katja atemlos: „Ich werde ihm so schnell nicht unter die Augen treten können." Sie drehte sich zur Tür und summte im Abgang den Vader Marsch.

Betty rief ihr hinterher: „Ich mache für heute Feierabend."

„Von mir aus", brummte Katja. Dann verstellte sie die Stimme eine Nuance tiefer und sagte im Hinausgehen: „Ich bin ja nicht dein Vater."

5

Er zog an den Seilen und stemmte sich mit der vollen Wucht seines Frustes gegen das Trittbrett. Seine Lungen brannten. Keuchend stieß er den Atem aus, als könne er damit seine aufgestaute Wut an den Rand des Universums befördern.

„Wenn du so weiter machst, schrottest du den Bordcomputer."

Toms lakonischer Kommentar ließ ihn den Schlitten stoppen. Die Griffe der Rudermaschine entglitten seinen Händen. Sie waren blutleer, so fest hatte er die Henkel umklammert.

„Ich bin gut versichert", brummte Eisenstein leise. Zitternd hob er sein Handtuch vom Boden auf und wischte sich den Schweiß aus dem Gesicht. Dann schenkte er Tom einen zornigen Blick.

Sein Bruder saß im Rollstuhl neben ihm und grinste. In seinem Schoß hielt er zwei Hanteln, mit denen er trainiert hatte. Seine Miene wurde forschend und besorgt. Eisenstein holte tief Luft und rollte die Schultern, um die Verspannung in seinem Nacken zu lösen.

„Wo hast du Heiner gelassen?", fragte er Tom.

Sein Bruder deutete mit dem Kopf hinter sich. „Auf dem Laufband. Er ist gerade bei Kilometer drei und jetzt schon fix und alle."

„Was hat er sich vorgenommen?"

„Zwanzig Kilometer", grinste Tom.

„Ganz schön sportlich für ein Probetraining."

Tom zuckte lässig die Schultern. „Der Mann hat ein Ziel. Hast du dein Köfferchen dabei?"

„So schlecht ist er auch nicht in Form."

„Er hat den Meerschweinchen-Charme eines geschiedenen Mannes."

„Den verliert er, wenn er so weitertrainiert." Eisenstein griff zu seiner Wasserflasche und trank einen großen Schluck.

„Und vor wem läufst du weg?", fragte Tom.

Eisenstein verschluckte sich. Der Husten schmerzte in seiner Lunge. „Ich laufe vor niemanden weg", entgegnete er.

Tom ließ nicht locker. „Vor wem oder was ruderst du weg?"

„Niemandem", wiederholte er eine Spur lauter und knallte wütend die Flasche auf den Boden.

„Vielleicht sollte ich präziser werden. Wer oder was macht dir Sorgen?"

„Ich habe keine -"

„Jetzt verscheißere mich nicht", unterbrach ihn Tom. „Du ruderst hier seit einer Dreiviertelstunde, als wären zehn arabische Clans hinter dir her. Und das für nix? Erzähl das jemanden, der nicht den gleichen Genpool hat." Gequält ließ Eisenstein den Kopf zwischen die Schultern sinken. Tom fuhr fort mit seinem Verhör. „Ich tippe mal, es hat mit der Arbeit zu tun, weil du in den letzten zehn Jahren nichts anderes in deinem hübschen Köpfchen hattest. Du brauchst den Rat des väterlichen Freundes. Aber ich schätze mal, Professor Hohner ist involviert."

Eisenstein verfluchte die Sensibilität seines Bruders. „Ich brauche keine Psychoanalyse", knurrte er.

Tom holte tief Luft. „Also ist es privat. Lass mich raten: Es geht um die Frau, die am Sonntag wie eine Klette an uns hing." Er erntete ein freudloses Lachen.

„Ich hatte Margo nicht eingeladen. Ich weiß nicht einmal, woher sie wusste, wo ich war."

„Ist sie eine Stalkerin?"

„Nein"

„Wie kommt sie dazu, auf dem Platz zu erscheinen und so zu tun, als wäre sie deine Freundin?"

„Weil sie meint, dass sie genau das ist."

„Aber warum?"

Eisenstein stöhnte und sah aus dem Fenster. „Ich habe mit ihr geschlafen."

„What?", rief Tom laut. Er schirmte die Hände um seinen Mund und zischte tonlos: „Alle herhören! Mein Bruder hatte Sex."

Peinlich berührt sah Eisenstein sich um, doch die Besucher des Fitnessstudios waren mit den eigenen Workouts beschäftigt und schenkten Toms Theater keine Aufmerksamkeit. „Hör auf, du Spinner", zischte er ihm zu.

Toms Augenbrauen schossen nach oben. Dann verschränkte er die Arme vor der Brust. „Ich warte."

Eisenstein lehnte sich zurück und fuhr mit den Händen über seine Oberschenkel. „Margo machte noch nie einen Hehl daraus, dass sie sich eine private Beziehung wünscht. Letzte Woche war dieser Empfang im Institut, zu dem ich dich auch eingeladen hatte."

„An dem Tag war ich mit Heiner auf der Messe."

„Ich ließ mich breitschlagen zu dem ein oder anderen Glas Wein." Er lachte freudlos. „Es waren wohl doch mehrere. Am frühen Morgen wachte ich in Margos Bett auf."

Tom pfiff durch die Zähne. „Nackt?", fragte er.

„Nein. Im Raumanzug. Was glaubst du denn?"

Sein Bruder überlegte kurz. „War es gut?"

„Das weiß ich nicht!", explodierte Eisenstein.

Tom klappte die Kinnlade herunter. „Du hattest einen Filmriss? Cool."

„Das ist nicht cool. Ich war völlig überfordert. Ich ging, ohne mich zu verabschieden."

Tom schnalzte mit der Zunge. „Ich dachte, unsere Mutter hätte dich besser erzogen." In seinen Augen tanzte der Schalk.

„Seit dem Tag verhält sie sich, als wären wir liiert", stöhnte Eisenstein.

„Warum hast du es nicht bei nächster Gelegenheit klargestellt?"

„Das ist nicht so einfach."

Tom runzelte die Stirn. „Du glaubst, sie arbeitet gegen dich, wenn du ihr den Laufpass gibst? Come on!"

Eisensteins Miene blieb ernst. „Sie hat Beziehungen. Und ich traue ihr alles zu."

„Diese Forschungen. Weshalb machst du die?"

„Worauf willst du hinaus?"

Der Bruder verdeutlichte seine Frage. „Machst du das für die Kohle, das fachliche Ansehen? Dafür, dass die ganze Welt den Namen Eisenstein-Benz von den Dächern pfeift?"

„Warum denn sonst?", kam die Antwort eine Spur zu nachdrücklich.

„Ich hab dich bisher nicht gefragt, aber worüber gehen diese Studien?" Eisenstein nannte es ihm.

„Mensch, Jan!", sagte Tom heftig. „Fang endlich an, dein Leben zu leben."

„Das tue ich doch!"

„Seit dem Unfall kniest du dich rein. Ich war froh am Anfang, dass du alles für mich geregelt hast. Und dass du mich aus dem Würgegriff unserer Mutter geholt hast. Aber das ist lange her."

Eisenstein schnaubte. „Sie macht mich heute noch dafür verantwortlich. Ist der festen Überzeugung, ich trage die Schuld an deinem Zustand."

Tom seufzte ergeben. „Und wieder einmal wundere ich mich, wie wir mit unserem geistigen Erbe durch das Abitur gekommen sind."

Eisenstein boxte ihm spielerisch auf den Oberarm. „So spricht man nicht über seine Eltern." Die Miene des Bruders verfinsterte sich.

„Ich stand vor der Tür."

Eisenstein sah ihn entsetzt an. Tom ahmte den exaltierten Tonfall seiner Mutter nach. „Ich muss die Last dieses Handicaps auf meinen Schultern tragen. Ich habe zwei Söhne geboren, von denen ich den einen nun bis zu seinem Ende pflegen muss. Und du sollst dich zum Arzt eignen? Wenn du nicht einmal in der Lage bist, richtig Erste Hilfe zu leisten?"

Eisensteins Hände ballten sich zu Fäusten. Toms Finger umschlossen seinen Unterarm.

„Jan, ich danke dir für die Therapien und dass du mich aus dieser Hölle geholt hast. Und dass du unseren Erzeugern Grüße von mir bestellst. Auch, wenn ich die nie in Auftrag gegeben habe." Er löste den Griff und sah aus dem großen Fenster, um die richtigen Worte zu finden. Dann sagte er eindringlich: „Du bist ein großartiger Arzt und ein toller Bruder. Aber ich bin siebenundzwanzig, Jan. Ich lebe mein Leben. Und ich komm klar. Bei dir bin ich mir da nicht so sicher."

„Ja, ja, Dr. Freud", schnaubte Eisenstein.

Tom lachte leise. „Selber schuld. Du hast mich durch genügend Sitzungen gejagt."

„Du musst dir keine Sorgen um mich machen", bekräftigte Eisenstein.

Tom warf die Hände in die Luft. „Das macht man bei Menschen, die einem am Herzen liegen. Aber man kann den Anderen auch mit seiner Fürsorge ersticken."

„Das tue ich nicht."

„Wie lange soll das noch so gehen? Du wohnst in meinem Haus. Du gehst in meinen Fitnessclub. Hast du schon einen Platz für uns im Altersheim reserviert? So schlecht stehen meine Chancen nicht für eine relativ normale Lebenserwartung."

„Das musst du mir nicht sagen."

„Vielleicht gibst ja du vor mir den Nippel ab. Wenn dir die Eier platzen."

„Jetzt mach aber mal einen Punkt."

„Ich hab dich seit Jahren mit keiner Frau gesehen. Bis Sonntag." Eisenstein unterließ es, ihm zu widersprechen. „Liebst du diese Margo?", fragte Tom.

Nach einer kleinen Bedenkpause erwiderte er: „Nein. Ich schätze sie für ihre Institutsarbeit und als Freundin. Mehr ist da nicht." Dem Seufzen des Bruders entnahm er eine Spur von Erleichterung. Dann ließ Tom vergnügt seine Augenbrauen wippen.

„Und das hat nicht zufällig was zu tun mit der schnuckeligen Blondine, die mit Hohner da war?"

Alles, fuhr es dem Oberarzt durch den Kopf. Alles hatte mit ihr zu tun. Es laut auszusprechen, versagte er sich.

„Ein heißer Feger. Meinst du, sie steht auf jüngere Männer?", fragte Tom.

„Sie steht nicht zur Disposition!", bellte Eisenstein, was Tom ein triumphierendes Lachen entlockte. Grinsend boxte ihm sein Bruder auf den Oberschenkel.

„Die Ladys haben dich also beide am Sack." Er wendete den Rollstuhl und rief ihm über die Schulter hinweg zu: „Ich drück noch ein paar Gewichte. Dann darfst du Heiner und mich nach Hause fahren." Mit einer nach oben verstellten Stimme fügte er hinzu: „Aber halte dich von meinem Bett fern, du Wüstling."

Eisenstein schüttelte grimmig den Kopf und ergriff erneut die Henkel der Rudermaschine.

„Das ist jetzt genau das Richtige für dich."

Betty quittierte Katjas Ankündigung mit einem zweifelnden Blick.

„Bo hat das Studio erst vor ein paar Wochen wiedereröffnet. Neuer Style. Jung und hip", erklärte die Freundin.

„Dann haben sie wohl die Umkleiden vergessen", monierte Betty.

Die orange-braun gemusterten Wandfliesen erinnerten sie an ein Kleid ihrer Großmutter Jean aus den Siebzigerjahren.

„Die Fliesen sind retro", erklärte Katja. Hektisch verstaute sie die Sporttasche in ihrem Spind. „Bo hat es absichtlich so gelassen."

Oder ihm sind die Mittel ausgegangen, fügte Betty im Geiste hinzu.

Katja trippelte in ihren Turnschuhen aufgeregt hin und her. „Das ist heute die vierte Probestunde. Wenn es den Mädels gefällt, kann ich hier anfangen."

„Du willst aber nicht in der Klinik aufhören, oder?"

Katja winkte ab. „Von den Kursen allein kann man nicht leben." Sie griff nach ihrer Wasserflasche und begutachtete das Outfit ihrer Freundin. Betty trug dunkelblaue Leggins und ein formloses, rosa T-Shirt. „Wir müssen dir dringend über ‚style.effections' was kaufen."

„Ich bin zum Sporttreiben hier", entgegnete sie.

Katjas Augen glänzten. „In den Teilen kommt dein Körper so sexy rüber, dass den Männern nicht nur die Muckis schwellen. Schau mich an." Einem Fotomodell gleich drehte sie sich in unterschiedliche Posen. Katja trug Sportleggins und ein Bustier, die ihre Kurven und Oberweite perfekt modellierten.

„Du hast eine erstklassige Figur", sagte Betty gelassen. „Mir reicht das Wissen darüber, dass mein Body ebenso vollkommen ist. Wie übrigens jeder Körper."

„Aber -"

Betty unterbrach sie. „Und außerdem möchte ich, nicht jedes Mal, wenn ich zum Training gehe, einen Defibrillator mitschleppen müssen."

Katjas Mundwinkel zuckten. „Du bist heiß. So oder so. Lass uns trainieren gehen."

Betty folgte der Freundin durch den schmalen Gang in den Geräteraum, den man durchqueren musste, um zu den Gymnastikräumen zu gelangen. Das Fitnessstudio lag im obersten Stockwerk eines Bürogebäudes. Helle Wände und ein Fußboden in Kiefernoptik gaben dem Raum ein freundliches Ambiente. Die bodentiefen Fenster waren gekippt und sorgten für stetige Luftzufuhr. Sie boten einen unverbauten Ausblick auf den Hafen und die Elbphilharmonie im Hintergrund.

Katja krallte die Hand in Bettys Unterarm. „Schau nicht zu den Laufbändern", zischte sie.

Betty sah hin und entdeckte einen großen Mann, der sich keuchend darauf abmühte. „Was ist mit ihm?", fragte sie.

„Ignorier ihn. Er ist ein Nerd!"

Betty schenkte den Mann einen zweiten Blick. Da er den Frauen den Rücken zudrehte, erkannte sie nur braunes, gelocktes Haar, das scheinbar längere Zeit keinen Friseur gesehen hatte. Unter dem schweißgetränkten Shirt war ein leichter Rettungsring auszumachen. Er drehte sich um und bemerkte die Frauen. Er war schätzungsweise um die Dreißig. Bei Katjas Anblick erhellte sich sein Gesichtsausdruck. Seine untere Gesichtshälfte verdeckte ein krauser Bart, der ebenfalls einen Trimmer benötigt hätte. Er hob die Hand zum Gruß. Katja verzog ihr Gesicht zu einem schalen Grinsen. Der Mann lächelte und widmete sich wieder seinem Workout.

„Hoffentlich ist er weg, wenn wir fertig sind", zischte Katja.

„Er macht einen netten Eindruck."

„Und Eisenstein ist ein Schmusebärchen. Glaub mir, im Gegensatz zu dir betrachte ich ausschließlich die Fakten."

Die Kombination der Worte Eisenstein und Schmusen ließen Bettys Unterleib vibrieren. „Hat er dir Avancen gemacht?", fragte sie Katja, um sich abzulenken.

„Er setzt immer diesen Blick auf, wenn er mich sieht."

„Was für einen Blick?"

„Als würden wir uns schon ewig kennen. Was wir aber nicht tun. Das ist total creepy!"

Betty lächelte. „Vielleicht steckt unter dem Wust von Haaren ein Traummann."

„Er ist das, was man sieht, ein Koalabär: süß, knuddelig und ein Gehirn von der Größe einer Walnuss. Lass uns schnell zu den Gymnastikräumen verschwinden."

„Katja!" Eine tiefe Bassstimme ließ die Frauen innehalten. Die Angesprochene rollte die Augen und drehte sich lächelnd zum Tresen um.

„Hi, Bo."

Betty folgte dem Blick der Freundin. „Oh, mein Gott!", entfuhr es ihr.

Erschrocken hielt sie sich die Hand vor den Mund. Hinter dem Tisch stand ein Bodybuilder. Auf dem kahlrasierten Kopf buhlten unzählige Tattoos um Aufmerksamkeit. Ebenso, wie auf der karamellfarbenen Haut seines Oberkörpers. Das schwarze Muskelshirt verdeckte kaum seine gewaltige Brust- und Armmuskulatur. Freundlich lächelte er sie aus kaffeebraunen Augen an.

„Das ist Betty", stellte Katja vor. „Ich nehm sie heute mit ins Pilates."

Bo nickte. Er reichte Betty die Hand.

„Sie haben imposante Tattoos", keuchte sie.

„Und du einen ordentlichen Händedruck."

Katja seufzte und wackelte mit den Augenbrauen. „Betty steht auf Männer mit Tattoos."

Bo grinste. „Und ich auf Frauen die zupacken. Ich kann dir gerne mal die Geschichten zu den Bildern erzählen."

„Das finde ich an Tattoos gerade so interessant", lächelte Betty.

„Lass die Frau in Ruhe, Bo", ertönte eine bekannte Stimme hinter ihr. „Sie ist für dich zu schlau und du bist für sie zu hässlich."

Bo schüttelte den Kopf. „Er hat eine Klappe wie ein Fischweib. Mach dein Training zu Ende!" Dann wandte er sich Katja zu. „Hast du einen Moment?", fragte er.

Sie presste die Lippen aufeinander, warf der Freundin einen entschuldigenden Blick zu und gesellte sich zu Bo hinter den Tresen.

Betty drehte sich um. Graue Augen blitzten ihr vergnügt entgegen.

„Die rudernde Ärztin vom Tennisclub", begrüßte Tom sie.

„Hallo, Tom." Ihr Blick schweifte nervös durch den Raum.

„Du willst zu Katja in die Stunde?", fragte Eisensteins Bruder.

Sie nickte. „Ich vernachlässige mein Training, seit ich in Deutschland bin."

„Ich sehe nichts, was an deiner Figur zu verbessern wäre", sagte Tom anerkennend.

Betty grinste. „Aber meine Kondition ist die einer halbvertrockneten Weinbergschnecke."

Tom nickte. „Ich muss dich leider warnen. Eine Bekannte von mir war letzte Woche bei Katja."

„Ich weiß, man sollte mit einem Muskelkater rechnen."

„Ronda hat einen Möbelpacker engagiert, der sie die Treppe hinauf in ihre Wohnung schiebt."

Betty warf den Kopf in den Nacken und lachte. „Das ist doch mal eine Geschäftsidee", sagte sie vergnügt.

Tom sah an ihr vorbei. „Siehst du, Bruderherz. Mit Witz erreicht man die Frauen." Betty rieselte ein Schauer über den Rücken.

„Der Witz ist Familienerbe", ertönte Eisensteins trockene Erwiderung.

Sie reckte das Kinn und drehte sich zu ihm um. Beim Anblick des Oberarztes versagten ihr fast die Knie. Er war verschwitzt, zerzaust und fünfhundert Prozent sexy. Sein ärmelloses Shirt gab den Blick frei auf fein modellierte Oberarmmuskeln. Und ein - sie sah ein zweites Mal hin - ihr Herzschlag setzte aus. Eisenstein trug ein fünf Zentimeter breites Tribal-Tattoo-Armband um den rechten Oberarm.

„Mein Bruder hat sich da hinten gerade einen Wolf gerudert. Geh von der Frau weg, bevor sie umfällt von deinem Gestank", witzelte Tom.

Sofort wich der Oberarzt einen Schritt zurück. Er wirkte peinlich berührt, obwohl Betty fand, dass er eher anregend roch. Sie gratulierte sich zu dem Oversized Shirt, das die Reaktion ihrer Brüste verbarg. Eisenstein schien wütend auf seinen Bruder zu sein. Seine Augen schossen dunkle Blitze in Toms Richtung. Sie sah zurück zu Tom, der immens mit sich zufrieden grinste.

„Sechs Kilometer! Ich kann nicht mehr", keuchte eine ihr unbekannte männliche Stimme. Der unscheinbare Mann von den Laufbändern trat zu der Gruppe. Unter seinem wuscheligen Locken rann der Schweiß die Schläfen hinab. Er wischte ihn mit dem Handtuch weg, das er um den Hals geschlungen trug.

„Schreibtisch-Tarzans wie wir müssen was für den Body tun", sagte Tom und klopfte ihm auf die Kehrseite. Der Mann warf einen hastigen Blick in Katjas Richtung.

„Lass das", zischte er Tom zu, der mit einem übermütigen Glucksen reagierte.

„Unser lieber Heiner hat ein Auge auf deine Freundin geworfen, Betty." Sie sah Toms Freund heftig erröten.

„Lass ihn in Ruhe, Tom", wies Eisenstein den Bruder zurecht.

Tom winkte ab. „Ihr seid sowas von langweilig." Er drehte den Rollstuhl in Richtung Tresen. „Komm, Heibutt. Lassen wir uns von Bo was mixen." Heiner folgte Tom und ließ sie mit dem Oberarzt allein.

Eine peinliche Stille entstand. Betty sah hilfesuchend zu ihrer Freundin. Katja war im Gespräch mit Bo vertieft. Ihrem Gesichtsausdruck nach erörterten sie ein ernsteres Thema. Betty war also noch einige Zeit mit Eisenstein auf sich alleine gestellt.

Warum drehte er sich nicht einfach um und ging? Angelegentlich musterte sie ihre Schuhspitzen und versuchte, seine verstörende Präsenz zu ignorieren. Dies war weder der richtige Ort, noch der richtige Zeitpunkt, um über den Vorfall in seinem Büro zu sprechen.

Langsam hob sie den Blick und blieb an dem Tattoo hängen. Genau genommen waren es drei schmale Bänder in unterschiedlichen geometrischen Strukturen, die in seine straffe Haut gezeichnet waren. Auf seinem Bizeps verbanden sich diese in der Abbildung eines Kompasses. Die Nadel war auf Süden ausgerichtet. Die Frage nach dessen Bedeutung brannte ihr auf der Zunge.

Er räusperte sich. Sie hielt die Luft an.

„Betty?" Katja stand vor dem Tresen und zeigte mit dem Finger auf die Gymnastikräume. Erleichtert nickte sie Eisenstein zu.

„Bis morgen", flüsterte sie und ließ ihn stehen. „Perfekt", murmelte auf dem Weg zu den Kursräumen. „Ich habe jetzt schon den Puls eines kopulierenden Wildkaninchens."

Die darauffolgende Nacht verbrachte Betty schlaflos auf dem Sofa.

Die Ereignisse des Tages ließen das analytische Räderwerk in ihrem Kopf heiß laufen. Krampfhaft überlegte sie, womit sie die Situation in Eisensteins Büro herausgefordert hatte. Im Nachhinein verschwamm das Szenario in einem emotionalen Wirrwarr. Und das Aufeinandertreffen im Fitnessclub war an Peinlichkeit nicht zu überbieten. Zum Glück waren die Männer bereits gegangen, nachdem die Pilatesstunde beendet war.

Betty stöhnte. Sie war nicht mehr Herrin ihrer Sinne. Ihr Verstand quittierte peu à peu den Dienst, sobald sie in Eisensteins Aura geriet.

‚Es ist nur Chemie', sagte die Ärztin in ihr beruhigend. ‚Eine Ausschüttung multipler Hormone bedingt durch ansteigende Körperwärme des Gegenübers und den damit verbundenen Ausdünstungen. Dies veranlasst deinen Körper zu übertriebenen Reaktionen. Viel Dopamin, wenig Serotonin.'

Ihr Verstand bestätigte die nüchterne Analyse. Ihr Unterleib schoss die wissenschaftlichen Fakten in den Wind und feierte seit diesem Kuss eine wilde Fiesta. Ein Zustand, den Kent in acht Jahren Beziehung nie entfacht hatte.

‚Schlag dir Eisenstein aus dem Kopf‘, mahnte sie sich. ‚Er ist vergeben.‘

Sie sah ihn im Trainingsoutfit vor sich stehen. Herr im Himmel, er hatte ein Tribal Tattoo! Ein Mann wie Eisenstein würde es nicht aus modischen Gründen tragen. Er war Segler. Hatte es damit zu tun? Sie stellte sich vor, wie sie die verschlungenen Linien auf seiner Haut mit der Zunge nachfuhr.

Welche Geheimnisse trug er mit sich herum? Sie hatte nicht das Recht, diese zu ergründen. Wütend, weil er mit dieser Frau liiert war, boxte sie in ihr Kissen. Sie würde eine rote Linie ziehen. Zwei Meter Abstand. Das war vertretbar. Und außerhalb der Gefahrenzone. Die perfekte Basis für ein erwachsenes Miteinander.

In den frühen Morgenstunden gab sie es auf, Schlaf zu finden. Sie nahm eine kalte Dusche und bereitete sich auf den Tag vor. Heute würde sie kein Kostüm tragen. Heute wäre sie nur Ärztin. Bei einem großen Becher Milchkaffee schrieb sie ihrer Mutter eine Nachricht.

Hi Mom, gibt's was Neues?

Sekunden später kündigte ein Ping die Antwort an. Betty sah sie im Geiste an dem runden Küchentisch ihres Bungalows sitzen. Wie sie selbst war Karin Krüger Frühaufsteherin. Ein leiser Anflug von Heimweh verengte ihre Brust.

Hallo, mein Schatz. Leider nein. Bob hat nichts erzählt. Wie geht es dir?

Alles OK. Was läuft es bei SAMDA?

Die ‚South African Medial Doctors Association‘ war ein Verband Ärzte, die ähnlich ‚Ärzte ohne Grenzen‘ humanitäre Hilfe in Krisengebieten leistete. Ihre Eltern gründeten die Organisation zusammen mit weiteren Medizinern unmittelbar nach ihrer Auswanderung.

Ich habe mit Lloyd und Wilson gesprochen. Sie geben dir keine Schuld.

Das Display verschwamm vor Bettys Augen. Lloyd Foster und Wilson Greene fungierten neben Karin Krüger als Vorstände des Verbandes. Und sie waren für Betty wie Onkel. Aktuell standen sie im Fadenkreuz südafrikanischer Ermittler.

Es tut mir so leid, Mom.

Mach dir keine Vorwürfe, Kind.

Soll ich es nicht doch Onkel Stefan erzählen? Er würde sich Sorgen machen um dich.

OMG! No! Ihn kann ich in der Sache am allerwenigsten gebrauchen.

Betty schmunzelte. Sie hegte den Verdacht, dass zwischen ihrer Mutter und Hohner eine spezielle Verbindung bestand. Obwohl beide dies auf Teufel komm raus verleugneten.

Ich liebe dich, Mom. XOXOXO

Ich liebe dich auch, Schatz. Pass auf dich auf. XOXOXO

Betty legte das Smartphone beiseite. Ein weiterer Grund, der gegen eine neue Beziehung sprach. Über ihr hing ein Damoklesschwert. Und der Faden drohte jeden Moment zu reißen. ‚Mindestabstand zwei Meter', wiederholte sie, einem Mantra gleich.

Um acht Uhr betrat sie die Kinderstation. Sie klopfte an Eisensteins Tür und hoffte einen winzigen Moment lang, er wäre nicht da. Die Hoffnung zerschlug sich. Von drinnen hörte sie ein knappes „Herein".

Sie atmete tief durch und betrat den Raum. ‚Verflixt! Wem machst du etwas vor?', schalt sie sich. Wie immer trug er einen grauen Anzug unter dem blütenweißen Kittel. Sie selbst hatte eine Burberry-Hose mit einer cremeweißen Bluse kombiniert, die sie unter dem Kittel trug.

„Kann ich dich einen Moment sprechen?", fragte sie.

Er sah von dem Computer auf. Seine Augen musterten ihre Gestalt, ehe er sich wieder dem Bildschirm zuwandte. Ihr Blick wanderte zu der Stelle an seinem Oberarm, wo unter dem Kittel, Anzug und Hemd das Tattoo lag.

„Kein Kostüm heute?", fragte er, ohne von seiner Tastatur aufzublicken.

Betty räusperte sich. „Es ist wegen gestern", setzte sie an.

Langsam lehnte er sich in seinem Stuhl zurück und verschränkte die Arme vor der Brust. Sie holte tief Luft.

„Es tut mir leid, dass ich handgreiflich geworden bin. Es gibt keine Entschuldigung dafür, einem anderen Menschen körperliche Gewalt anzutun. Und du hast Recht, was die Unterschrift anbelangt. Solange die Approbation nicht betätigt ist, werde ich den Titel selbstverständlich nicht führen." Sie heftete den Blick auf den Boden und wartete auf seine Antwort. Ihr Herz raste im Galopp.

Bedächtig stand er auf und trat auf sie zu. Sie wich einen Schritt zurück. Er stoppte und blieb in respektablem Abstand stehen.

„Tätliche Übergriffe sind in der Tat nicht tolerierbar", sagte er in beherrschtem Tonfall.

Betty erstarrte. War dies der Moment, an dem er sie hinauswarf? Ein dicker Kloß verengte ihren Hals.

„Und ich dachte, deine Eltern hätten dich besser erzogen", setzte er hinzu.

Ungehalten sah sie auf. Musste er das Messer in der Wunde umdrehen? Dieser Mensch besaß die Gabe, sie in Sekundenschnelle von demütiger Reue zu heißkochender Rage zu katapultieren.

Abwehrend hob er die Hände und lächelte. „Frau Dr. Krüger, Sie sollten wissen, dass es eine Frau dem Mann überlässt, sich zu entschuldigen, wenn er sich daneben benimmt." Er verschränkte die Arme hinter dem Rücken. „Und Sie sollten auch wissen, dass ein Mann, der sich einer Frau ohne deren Zustimmung nähert, mehr als nur eine Ohrfeige verdient hat." Sein Blick wurde distanziert und undurchdringlich. „Ich danke Ihnen, dass Sie mir das physisch verdeutlicht haben. Und ich entschuldige mich für mein gestriges Verhalten."

Er entschuldigte sich für den Kuss? Sie wäre bestens beraten, es dabei zu belassen. Nichts in seiner Miene deutete darauf hin, dass er von derselben Anspannung ergriffen war, mit der sie kämpfte. Hatte er sie geküsst, weil Margo nicht verfügbar war? Man konnte sexuelle Bedürfnisse über längere Zeit unterdrücken. Das wurde in Klöstern weitläufig praktiziert. Einmal erweckt, mutierte der Appetit oft zum unstillbaren Trieb.

„Lässt du mich an deinen Überlegungen teilhaben?", fragte er.

Erschrocken sah sie ihn an und hoffte inständig, ihr Gesicht zeige keine Anzeichen über die Richtung, in welche ihre Gedankengänge abgeschweiften. Sie schüttelte den Kopf.

Er hob die Augenbraue. „Das heißt, du nimmst meine Entschuldigung nicht an?"

„Doch!", entgegnete sie schnell. „Wir verzeihen uns einfach gegenseitig und gehen zur Tagesordnung über."

Er drehte sich um und setzte sich wieder hinter den Schreibtisch. Mit distanziertem Ton sagte er: „Visite beginnt um zehn Uhr, Frau Dr. Krüger."

Bettys Rücken versteifte sich. „Selbstverständlich, Herr Dr. Eisenstein-Benz."

„Das juckt ganz schön, oder?"

Das dreijährige Mädchen sah Betty aus braunen Augen an. „Tut auch weh", bestätigte das Kind. Die besorgte Mutter heftete den Blick auf die Ärztin.

Sie saßen im Untersuchungszimmer der Ambulanz. Das Fieberthermometer zeigte 36,2 Grad.

„Kein Fieber", beruhigte sie die Mutter.

„Warum sollte das ein Grund sein zur Beruhigung, Frau Kollegin?", ertönte Eisensteins kühle Stimme.

„Ich würde eine Kinderkrankheit ausschließen."

Er ließ nicht locker. „Was genau schließen Sie aus?"

„Röteln, Masern, Scharlach."

„Das Fieber könnte sich noch entwickeln."

Sie wandte sich der Mutter zu. „Seit wann hat Lissy den Ausschlag?"

„Seit einer Woche."

Betty warf Eisenstein einen demonstrativen Blick zu. Dessen Miene blieb gelassen. „Und die Atemnot?", fragte sie die Mutter.

„Das war heute Morgen zum ersten Mal. Wir sind wirklich erschrocken."

„Ihre Diagnose, Frau Kollegin?", fragte der Oberarzt.

Sie schenkte der jungen Mutter ein Lächeln. „Wir möchten Lissy gerne für eine Nacht hier behalten, um weitere Tests zu machen. Könnten Sie das einrichten?"

Die Frau seufzte. „Wenn es nicht anders geht. Ich muss meinen Mann informieren."

Lissy versteckte sich hinter ihrem Kuscheltier, einer bunten Giraffe. „Kommt der böse Doktor auch mit?", fragte sie mit leiser Stimme.

Eisenstein trat zu dem Mädchen. Er beugte sich zu ihr hinunter und schenkte ihr ein strahlendes Lächeln. Betty ächzte innerlich. Sein Tonfall war weich. Er deutete auf die Plüschgiraffe. „Wer ist denn das?", fragte er

„Giraffi", antwortete das Kind zögerlich.

„Hat Giraffi denn schon einmal wo anders geschlafen, als Zuhause in deinem Bett?" Das Kind schüttelte den Kopf. „Dann wird es Giraffi bei uns auf Station vielleicht gefallen. Wir haben sogar einen Clown."

Die Augen des Kindes wurden tellergroß. „Ist er da? Ich will ihn sehen", sagte sie.

„Er hat heute frei." Er warf Betty einen Seitenblick zu. „Aber vielleicht kommt er ja morgen als König der Löwen." Das Mädchen kicherte.

Betty übergab der Schwester die Krankenakte. Sie verabschiedeten sich von Mutter und Kind.

Auf dem Flur wirbelte sie zu ihm herum. „Was soll das?", zischte sie.

„Was soll was?"

Sie hätte ihm seinen unschuldigen Blick am liebsten aus dem Gesicht gewischt. „Demnächst schreibst du mir vor, dass ich Patienten nur von links, und nicht von rechts ansehen soll."

„Diagnostische Herangehensweise im Ausschlussverfahren. Das ist Standard", sagte er nüchtern.

„Du führst mich vor! Als könnte ich eine Blinddarmentzündung nicht von einer Lebensmittelallergie unterscheiden." Diese zuckende Augenbraue trieb sie zur Weißglut. Ein Gedanke schoss ihr durch den Kopf.

Sie lief zurück in das Untersuchungszimmer. Dort telefonierte die Mutter mit dem Ehemann. Das Kind saß auf der Untersuchungsliege und spielte mit seiner Giraffe. Betty nahm die Krankenakte zur Hand und notierte darin einen Allergietest zum Ausschluss einer Reaktion auf Kunststofffasern. Wenn sich dieser bestätigte, wäre die Trennung von Giraffi herzzerreißend.

Eisenstein erwartete sie auf dem Flur. Herausfordernd sah sie ihn an. „Welche Tiefschüsse habe ich heute noch zu erwarten, Herr Dr. Eisenstein-Benz?"

Er musterte sie von Kopf bis Fuß. Dann zuckte er die Schultern. „Du bist nicht im Kostüm. Also spielst du in meiner Liga. Mit Pippi Langstrumpf hätte ich ein Nachsehen gehabt."

Die Kinnlade fiel ihr herunter. Sie sah ihm in die Augen. Ihr törichtes Herz schlug Kapriolen. Rauchige Funken tanzten in seinem Blick. Seine Mundwinkel zitterten kaum merklich.

„Du ziehst mich auf!", rief sie atemlos.

Sein herzliches Lachen ließ ihren Magen flattern. Ihr Mund verzog sich ebenfalls zu einem breiten Grinsen. „Ich wollte sehen, wie lange es dauert, bis du es bemerkst", neckte Eisenstein sie.

„Das wird dich Einiges kosten", drohte sie gespielt streng.

Er zog kurz die Augenbrauen zusammen. Dann kratzte er sich am Kopf. „Hohner erzählte mir, dass du gern auf dem Wasser bist. Segelst du auch?"

„Früher einmal. An der Uni sind wir hin und wieder rausgefahren." Ihr Puls beschleunigte sich. „Warum fragst du?"

„Ich wollte Tom am Sonntag mitnehmen. Hättest du Lust, uns zu begleiten?"

„Es würde deinem Bruder nichts ausmachen?"

Er rieb sich den Nacken. „Tatsächlich ist das unsere erste Fahrt seit -" Er verstummte unangenehm berührt. Sie verstand.

„Wie lange ist das her?"

„Fast zehn Jahre", lachte er freudlos.

„Du bist zehn Jahre nicht gesegelt? Soll ich mein Testament machen, bevor ich mitkomme?", witzelte sie.

Er lächelte verschmitzt. „Bei mir ist es nicht ganz so lange her. Letzte Woche ging es jedenfalls noch ganz gut."

„Aber Tom mauert", schloss sie.

Er nickte. Bettys Herz schwoll an. Es wäre ein denkwürdiger Moment für die beiden Brüder. Und Eisenstein bat sie um ihre Unterstützung.

Sie sah ihn schelmisch an. „Muss ich als Captain Jack Sparrow kommen?"

Er schüttelte den Kopf. „Sei einfach nur Betty."

Sie nickte. „Dann bin ich gern mit an Bord, Skipper."

„Ich habe den dämlichsten Bruder auf der ganzen weiten Welt", wetterte Tom zum etwa hundertsten Mal. Nervös trommelte er mit den Fingern auf das Leder der Rückbank in Eisensteins Mercedes ein. Die Frequenz der Schläge hob an, je weiter sie sich Brunsbüttel näherten.

Eisenstein zwinkerte Betty zu, die auf dem Beifahrersitz saß. „Er liebt mich."

Sie lächelte warm. „Er weiß es nur noch nicht."

Tom zischte: „Ich kann euch hören."

Unauffällig musterte sie Eisenstein. Sein anthrazitfarbenes Polohemd betonte das Grau seiner Augen. Dazu trug er eine hellgraue Cargohose und gleichfarbige Bootsschuhe. Betty ignorierte bewusst den schmalen Streifen des Tattoos, das unter dem Bund des kurzen Ärmels hervorlugte. Um auf dem Wasser ihren Teint zu schonen, hatte sie sich ebenfalls für eine lange Sporthose entschieden. Das dunkle Blau passte zu ihrem Shirt, dessen Aufdruck ‚aye, aye, Käpt'n' Eisenstein ein Lächeln entlockt hatte. Tom ersetzte das Trommeln durch rhythmisches Klatschen auf seine Oberschenkel.

„Ich werde bei Strömer auf euch warten", sagte er.

„Du wirst mit uns rausfahren", erwiderte Eisenstein ungerührt.

Tom stieß die Luft aus. „Und wie soll ich an Bord kommen?" Er schniefte.

Bettys Herz blutete für den jungen Segler. Und für den Mann an ihrer Seite, der die Last des Bruders mittrug. Eisenstein krampfte die Hände um das Lenkrad. Seine Oberschenkel zuckten.

„Lass dich überraschen", sagte er leise und warf Betty einen gestressten Blick zu, als er den Parkplatz des alten Hafens Brunsbüttel befuhr.

Betty öffnete das Fenster, um die von jahrelang unterdrückten Emotionen überlagerte Luft im Wagen aufzufrischen. Eine salzige Brise wehte herein. Tom stöhnte.

„Du weißt genau, dass ich das hier nie mehr wieder wollte!", motzte er.

Eisenstein fuhr den Mercedes auf den Behindertenparkplatz. Durch den Rückspiegel sah er den Bruder an. „Wir bekommen nicht immer, was wir wollen." Er schnallte sich ab und verließ den Wagen.

„Ich schmeiß ihn von Bord", zischte Tom.

Betty drehte sich zu ihm um. „Das verstieße gegen die Naturschutzrichtlinien."

Tom lachte trocken. „Ich mag dich wirklich." Er deutete nach draußen, wo Eisenstein Toms Rollstuhl auseinanderklappte. „Ihn hasse ich!"

Betty schmunzelte. „Du liebst ihn", sagte sie. ‚Genau wie ich', gestand sie sich im Stillen hinzu.

Sie stieg aus dem Wagen. Eisenstein stellte den Rollstuhl neben die geöffnete Hintertür. Mithilfe seiner kräftigen Arme hievte Tom sich hinein. Trotz der lässigen Sporthose sah man deutlich Toms zurückgebildete Beinmuskulatur. Im Laufe der Jahre würde diese verkümmern, sodass er dauerhaft auf das Fortbewegungsmittel angewiesen wäre. Bis dahin war es angebracht, jede Form der Selbständigkeit zu unterstützen. Betty sah zum Hafen. Ihr Blick glitt über die Boote, die an den Stegen vertäut lagen.

„Welche ist die ‚Cassandra'?", fragte sie Tom.

Er rollte neben sie. „Der Einmaster mit der blauen Persenning." Sein tiefes Seufzen sprach für sich. „Home, Sweet Home", flüsterte er.

„Wie oft warst du früher hier?"

„Jedes verdammte Wochenende." Betty nickte. „Ich muss dich warnen", setzte er hinzu. „Falls du über Bord gehst. Zum Rettungsschwimmer tauge ich nicht mehr."

Betty zuckte die Schultern. „Dafür ich umso mehr zum Fischfutter." Tom lachte, rieb sich jedoch unruhig die Hände.

„Was ist so lustig?", fragte Eisenstein. Er trug eine Tasche geschultert.

Tom grinste. „Ein Insider-Witz." Er fuhr in Richtung der Stege davon.

Betty sah den Oberarzt prüfend an. „Alles O.K.?"

Er schüttelte den Kopf. „Das ist härter als gedacht."

Sie legte ihm eine Hand auf den Arm und drückte ihn aufmunternd. „Lass uns einfach rausfahren und sehen, was passiert", versuchte sie ihn aufzumuntern. Dankbar lächelte er ihr zu.

Tom stand schon vor der ‚Cassandra', als sie an der Liegestelle eintrafen. Seine Stirn war umwölkt. „Ich hab das Baby vermisst", bemerkte er heiser.

Eisenstein trug die Tasche an Bord und öffnete die Tür zum Niedergang. Dann montierte er die Persenning ab. „Was ist, Maat Betty?", rief er. „In der Kajüte liegen Sicherheitswesten." Sie salutierte und bestieg die Yacht. Ihre Tasche deponierte sie unter einer der Sitzbänke.

Die ‚Cassandra' beeindruckte sie. Die klassische Segelyacht maß etwa zehn auf drei Meter. Im Inneren vermochte selbst Eisenstein aufrecht zu stehen. Die Pantry war ausgestattet mit Gasherd, Kocher, Kühlschrank und Spüle. Im hinteren Teil befand sich sogar ein WC. Der Segler bot die Möglichkeit, bequem mehrere Tage auf See zu verbringen. Betty fand auf der Sitzbank die Sicherheitswesten und trug sie nach oben.

Tom war mittlerweile an eine für ihn günstige Einstiegstelle gefahren. „Was hast du da gemacht?", fragte er Eisenstein. Quer über das Boot waren Eisenstangen montiert.

„Die Querstangen sind für dich", antwortete er. „Zum leichteren Wechseln von Steuerbord nach Backbord."

Tom nickte. Er fixierte den Rollstuhl, beugte sich vor und hievte sich mit beiden Händen auf die Reling. Er strauchelte leicht. Betty wollte ihm zu Hilfe eilen, doch Eisenstein hielt sie zurück. Nacheinander hob Tom die Beine ins Boot und glitt auf die hölzerne Sitzbank. Er legte die Sicherheitsweste an, die Betty ihm reichte.

Aufmunternd klopfte Eisenstein dem Bruder auf die Schulter. „Willkommen zurück an Bord."

„Du bist trotzdem ein Despot." Tom rümpfte die Nase, doch ihr war sein sehnsüchtiger Seufzer nicht entgangen.

Eisenstein stieg auf den Steg und holte den Rollstuhl an Bord. Dann kletterte er zurück und löste die Leinen. Betty suchte sich einen Platz im Cockpit. „Fertig zum Ablegen", rief er, bevor er die Sonnenbrille aufsetzte, doch der angespannte Ausdruck in seinen

Augen versetzte Betty einen mitleidigen Stich. Er warf den Motor an und navigierte die ‚Cassandra' aus dem Hafen.

Nachdem sie die Schleuse passiert hatten, befuhren sie die Elbe flussabwärts. Im Nord-Ostsee-Kanal waren sie neben einem Containerschiff gestanden. Der ohrenbetäubende Lärm des Ozeanriesen jagte Betty einen gehörigen Respekt ein. Jetzt genoss sie den freien Blick über den breiten Fluss, der am heutigen Tag wenig befahren war. Tom hingegen schien regelrecht aufzublühen. Der Wind blies verheißungsvoll und zerzauste sein blondes Haar.

„Wie weit wollen wir?", fragte Betty.

Tom feixte in Richtung seines Bruders. „Vielleicht schaffen wir es bis Cuxhaven, wenn der Skipper sich mal entscheidet, die Kraft der Natur zu nutzen."

„Segel setzen", rief Eisenstein.

„Wer sagt's denn", murmelte Tom. Er sah Betty an, die beide Hände hob. Dann glitt sein Blick zu seinem Bruder, der im hinteren Teil des Cockpits an der Pinne saß. „Alter, ich -" Eisenstein unterbrach ihn.

„Stell dich nicht so an, als wärst du das erste Mal auf See. Setz dich auf die Querstange und mach die Vorschot", wies er ihn an.

Tom stieß zitternd die Luft aus und kletterte vorsichtig auf die Stange. Er begutachtete deren Beschaffenheit. Dabei presste er alle Farbe aus seinen Lippen. Sie sah Tränen in seinem Blick. Dann klatschte er in die Hände und sagte zu Betty: „Landratte, du hörst auf mein Kommando, nicht auf meinen Ochsen von Bruder. Egal wo ich hingehe." Sie nickte und schenkte Eisenstein ein schelmisches Augenzwinkern.

Dieser löste die Großschot. Das Segel flatterte nach oben und blähte sich in den Wind.

Die Sonne stand tief, als die ‚Cassandra' im alten Hafen Brunsbüttel einlief. Sie waren bis Cuxhaven die Elbe hinunter gesegelt. In der Elbmündung nahm der Seegang sportliche Ausmaße an. Dabei hatten sie einige Manöver und die Wende im Team mit Bravour gemeistert.

Toms anfängliche Abwehr wich der reinen Freude, wie beim Wiedersehen mit einem verloren geglaubten Freund. Gemeinsam vertäuten sie das Boot. Tom hangelte sich auf die Reling und schickte sich an, auf den Sitz des Rollstuhles zu klettern, den Eisenstein auf dem Steg platziert hatte, als ihn zwei Arme von hinten unterhakten. Mit einem kräftigen Ruck wurde er in den Stuhl gehievt.

„Das ist echt nett, aber -" Er drehte sich zu seinem Helfer um und stockte.

„Moin, Tom."

Eisenstein stieg auf den Steg. „Malte!" Er reichte dem jüngeren Mann die Hand. Dann half er Betty von Bord. „Betty, das ist Malte Petersen. Malte, Betty Krüger."

Sie erwiderte den Händedruck des Mannes, der etwa in Toms Alter war. Er glich in Größe und Statur den beiden Brüdern. Sein Unterarm war übersät mit Sommersprossen. Kupferrote Haare prangten darauf, wie auf seinem, von der Sonne geröteten Kopf. Verblüffend war das kobaltblau seiner Augen. Wie Kents Augen. Schnell entzog sie sich ihm. Nein, die beiden Männer waren grundverschieden. Maltes Blick war offen freundlich. Nicht charmant berechnend, wie Kents.

Trotzdem rieb sie die Hand an ihrem Oberschenkel. Eisenstein bemerkte es und hob eine Augenbraue. „Meine Handfläche schmerzt vom Segeln", wich sie aus.

„Zeig her." Er nahm ihre Hand und untersuchte sie.

„Das war vorhin die Vorschot." Sie entzog ihm ihre Finger, die verdächtig kribbelten.

„Das war Bettys erster richtiger Törn", sagte er zu Malte.

„Hey!", verteidigte sie sich. „Die Elbmündung ist nichts gegen die Tafelbucht!"

Malte hob fragend die Augenbrauen. „Wie kommst du nach Südafrika?."

„Das ist Bettys Heimat", erklärte Eisenstein.

„Obwohl ich eigentlich een Hamburger Deern bin."

Malte grinste. Betty fiel auf, dass Malte und Tom einander bewusst mieden.

Eisenstein quittierte das feindselige Verhalten seines Bruders mit einem konsternierten Seufzen. „Müsst ihr nach Hamburg zurück? Oder kommt ihr mit auf einen Schnack bei Strömer?", fragte Malte. Tom öffnete den Mund.

Dessen Bruder kam ihm zuvor. „Ich könnte was zu essen vertragen. Wie sieht es mit dir aus Betty?"

„Seeluft macht hungrig", bestätigte sie.

„Ich will nach Hause", sagte Tom entschieden.

„Du bist überstimmt", widersprach Malte.

Das Lokal ‚Bei Strömer' lag am Hafen, sodass es bequem zu Fuß erreichbar war. Sie fanden Platz in einer Nische des beliebten Fischlokals. Tom und Betty bestellten Biere, Eisenstein blieb als Fahrer bei Mineralwasser.

„Ich hätte nicht gedacht, dass ich dich so bald wieder hier draußen sehe", sagte Malte zu dem Oberarzt. Dieser ignorierte den anklagenden Blick seines Bruders.

„Der Übergriff war also von langer Hand geplant", ätzte Tom leise.

„Es hat dir gut getan, oder?", hielt ihm Eisenstein vor Augen.

Tom wischte sich mit dem Handrücken über die Nase. „Du hast beschissene Methoden, Idiot."

„Hey", fuhr Malte dazwischen. „Spricht man so mit seiner Familie?"

Tom sah ihn giftig an. Ein stummes Kräftemessen entstand zwischen den beiden Männern. Die Spannung war greifbar. Tom brach den Blickkontakt ab und starrte auf sein Glas.

„Seid ihr Schulfreunde?", fragte Betty, um die Stimmung aufzulockern. Die Männer lachten.

„Wir alle sind seit unserer Kindheit Mitglied im Segelclub", klärte Eisenstein sie auf. „Malte ist aktuell Jugendleiter dort."

Ungehalten Tom fuhr dazwischen: „Ich war ja in dem Glauben, mein Bruder hätte mich vor Jahren abgemeldet. So wie es meinem Wunsch entsprochen hätte."

Die Kellnerin servierte das Essen. Eine Weile widmeten sie sich stumm ihrer Mahlzeit. Malte unterbrach die Stille.

„Ich betreue seit zwei Jahren ein paralympisches Segelteam."

Tom knallte sein Besteck auf den Teller, was das Geschirr gefährlich klirren ließ. „Come on!", rief er und starrte seinen Bruder anklagend an.

Dieser sah sich unangenehm berührt um. Sein Blick blieb an Betty hängen. „Entschuldige, bitte." Sie lächelte ihm aufmunternd zu und wandte sich dann an Malte.

„Gibt es hier in der Nähe einen Stützpunkt?", fragte sie.

„Wir sind gerade im Aufbau. Ich bin erst seit Kurzem wieder in Deutschland."

„Wo warst du?"

„Mal hier, mal dort. Hauptsächlich Australien und Polynesien." Tom stieß ein abfälliges Schnauben aus.

Eisenstein lächelte wehmütig. „Das war einmal unser Traum: Inselhopping durch den Pazifik. Auf den Spuren der Maori zu schippern."

„Hast du daher dieses Tattoo?", fragte sie ihn.

Malte stimmte in Eisensteins Lachen ein. „Das entstand während eines Abends auf der Reeperbahn", erklärte er.

Eisenstein kratzte sich am Kopf. „Maltes achtzehnter Geburtstag. Die beiden haben mich betrunken gemacht. Am nächsten Tag hatte ich das Tattoo am Oberarm."

Malte nickte. „Wir dachten, wenn schon nicht Polynesien in echt, dann wenigstens auf dem Arm."

Der Oberarzt lächelte verschmitzt. „Wir haben alle drei so ein Tattoo."

Tom stieß einen erstickten Laut aus. Das Grau seiner Augen war eisig auf Malte geheftet. „War es so, wie du erwartet hast? Die Tour?"

„Die Realität weich oft ab von dem, was wir uns vorstellen", erwiderte er leise und hielt Toms Blick stand.

„Malte hat die ‚Cassandra' umgebaut", bemerkte Eisenstein.

„Na, vielen Dank auch." Toms Stimme troff vor Sarkasmus. Seine Wangen glühten. Wütend stierte er zurück auf seinen Teller. „Was immer ihr vorhabt, die Antwort lautet: Nein!", sagte er heiser.

Malte spießte ungerührt eine Karotte auf seine Gabel. „Hat jemand ein Angebot gemacht?", fragte er unbeeindruckt. Betty sah, wie sich die Härchen auf seinem Unterarm aufstellten.

Tom bedachte ihn mit einem bohrenden Blick. Dann nahm er das Besteck wieder zur Hand. „Du kannst froh sein, dass ich Hunger habe."

„Sonst was?", fragte Malte gelassen.

„Hättest du den Pannfisch auf deinem rostigen Metallschädel." Tom schob eine Gabel Kartoffeln in den Mund und kaute demonstrativ darauf herum. Nur Betty schien zu bemerken, dass Maltes Mundwinkel verdächtig zuckten.

„Ende gut, alles gut."

Eisenstein stöhnte. Sein Sprachzentrum neigte dazu, in Bettys Gegenwart Plattitüden zu produzieren. Er parkte den Wagen in einer Lücke vor dem Wohnhaus im Zentrum St. Paulis. Mittlerweile waren sie alleine. Nachdem Tom die Rückbank des Mercedes auf der Heimfahrt in eine schweigsame Gruft verwandelt hatte, war er ohne ein weiteres Wort im Haus verschwunden. Eisensteins Angebot, ihn zur Wohnungstür zu begleiten, quittierte er mit einem bitterbösen Blick. Diese Seite seines Bruders war ihm fremd. Inständig hoffte er, nach den Eltern nicht auch noch Tom zu verlieren.

Er nahm die Hände vom Lenkrad und sah Betty an. Ihre blonden Locken schimmerten im Licht der Straßenlaternen. Sie löste den Sicherheitsgurt und wandte sich ihm zu.

„War das heute eine meiner dümmsten Ideen?", fragte er heiser.

Ihr Blick schwamm von Gefühlen. Eisensteins Herz schlug hart in seiner Brust. Sie holte tief Luft, schlang die Arme um seinen Hals und zog ihn in eine feste Umarmung. Ein Beben durchfuhr seinen Körper.

„Ist schon gut", tröstete sie ihn mit ihrer melodischen Stimme. Sein Nacken gab nach. Er legte die Stirn auf ihrer Schulter ab, badete in ihrem Mitgefühl. Dann löste er sich aus ihren Armen und fuhr sich mit der Hand über die Augen.

„Das hat mich mehr mitgenommen als befürchtet."

„Es war vielleicht etwas viel auf einmal für Tom."

Eisenstein schüttelte den Kopf. „Er ist normalerweise nicht so zart besaitet."

„Hat er eine Therapie bekommen? Nach der Diagnose?"

Er hob eine Augenbraue. „Ein Fall für Schwester Betty?"

„War ich deshalb heute mit von der Partie?"

Einen Moment sah er nachdenklich auf den Asphalt der Straße, der im Schein der Laternen dunkel glänzte. Dann schüttelte er den Kopf. „Ich habe dich aus rein egoistischen Gründen gebeten, mitzukommen. Mehr als einmal war ich kurz davor, ihn am Straßenrand auszusetzen."

Betty faltete die Hände im Schoß.

„Meine Einschätzung, Herr Kollege: Ich konnte kein tieferes Vermeidungsverhalten gegenüber dem Segelsport feststellen. Die anfängliche Skepsis hat sich schnell gelegt. Danach war Tom voll in seinem Element." Sie schmunzelte. „Er hat mich auf der ‚Cassandra' ganz schön herumgescheucht."

Eisenstein gluckste. „Obwohl ich der Steuermann war." Ihr Lächeln wärmte ihn.

„War Malte Toms Segelpartner?", fragte sie.

Er nickte. „Nach dem Unfall brach Tom den Kontakt ab, ohne ein weiteres Wort, soviel ich weiß."

„Das hat Malte einfach so hingenommen?"

„Anfangs erkundigte er sich regelmäßig nach Tom. Dann wurden seine Anrufe seltener."

„War das Treffen heute abgesprochen?"

Er hob die Schultern. „Ich habe ihm von meinem Plan erzählt. Aber ich wusste nicht, dass Malte heute am Hafen sein würde."

Betty nickte. „Er hat sich sehr gefreut, Tom wiederzusehen."

„Und Tom hätte ihn am liebsten erwürgt."

„Ist ihr Verhältnis eventuell tieferer Natur?"

Er stutzte. „Du meinst -?" Der Gedanke schien ihm absurd.

Sie legte den Kopf schief. „Ich hatte so ein Gefühl."

„Sie waren beste Freunde. Nach dem Unfall war Tom nur ein halber Mensch. Und emotional aufgewühlt, was ich auf die Diagnose zurückführte."

„Schockiert dich die Vorstellung?"

„Himmel, nein", sagte er schnell. Seine Eltern kamen ihm in den Sinn. „Meine Mutter hingegen – vielleicht lasse ich deine Theorie bei meinem nächsten Pflichtanruf einfließen." Der Gedanke an ihre Reaktion amüsierte ihn.

„Ihr habt kein besonders gutes Verhältnis?"

„Wir beschränken uns auf das Nötigste."

„Warum sprichst du immer von einem Unfall?", fragte Betty.

„Tom nennt es so. Vielleicht, um die Endgültigkeit der Diagnose zu umschiffen." Sie schwiegen.

„Ich geh dann mal rein", sagte sie. Schnell ergriff er ihre Hände.

„Betty." Er rang nach Worten. „Du musst mir glauben, dass Margo und ich -"

„Du musst mir nichts erklären." Sie versuchte, sich ihm zu entziehen. Er hielt sie fest.

„Margo und mich verbindet eine geschäftliche Beziehung. Nicht mehr. Jedenfalls nicht von meiner Seite aus."

Ihre Augen waren schwarz im spärlichen Licht des Wageninneren. „O.K.", flüsterte sie. Ein Stein fiel ihm vom Herzen.

„Danke, dass du heute mitgekommen bist", sagte er heiser.

Sie sah ihn groß an. „Ich habe nicht sonderlich viel getan."

„Du warst da." Er verflocht seine Hände mit ihren. Sein Daumen strich sanft über ihr Handgelenk, ertastete ihren Puls, der sich unter seiner Berührung beschleunigte. Ihre Blicke glitten ineinander. Er schluckte. „Ich würde dich jetzt gerne küssen, aber dann riskiere ich wieder eine Ohrfeige."

Sanft legte sich ihr Mund auf den seinen. Reine Freude entflammte in ihm. Ihre Lippen neckten ihn mit ihrer Weichheit. Das Streicheln ihrer Zunge ließ seinen Unterleib pulsieren. Blut rauschte in seinen Ohren. Zarte Finger schoben sich in seinen Nacken, streichelten zärtlich seine Wange. Ein Schauer lief über seinen Rücken. Er erwiderte zögernd die Liebkosung ihrer Zunge, zwang mit Mühe seine Hände in den Schoß. Dies war ihr Kuss. Und er genoss ihn in vollen Zügen.

Langsam löste sie sich von ihm und wich zurück auf den Beifahrersitz. Ihre Locken flirrten um ihren Kopf. Zitternd atmete sie aus.

Sie fuhr mit der Zunge über ihre Lippen. „Sie können die Verantwortung für diesen Kuss auf mich schieben, Herr Kollege."

„Betty", flüsterte er heiser. Er griff nach ihr und zog sie an sich. Sein Mund plünderte den ihren, bekundete seinen Anspruch, verdeutlichte seine Intentionen. Ihr stoßweiser Atem kollidierte mit dem seinen. Sie schlang die Arme um seinen Hals und drängte sich fordernd an ihn, soweit es der beengte Raum des Fahrzeugs zuließ. Seine Handfläche wanderte an ihrer Seite nach oben, umfing die Rundung ihrer weichen Brust, wie er sich das in unzähligen Nächten ausgemalt hatte.

Ein lautes Hämmern ertönte. Erschrocken fuhr Betty zurück und entzog ihm ihre Wärme. Eine Gruppe Partygänger entfernte sich grölend den Bürgersteig entlang. Betty hob die Hand vor den Mund und brach in atemloses Gelächter aus.

„Oh, mein Gott", rief sie. „Wir knutschen im Auto wie zwei Teenager." Ihr nervöses Lächeln brachte ihn fast um den Verstand. Sie atmete tief, um sich zu sammeln. Er wappnete sich für das, was kommen würde.

Leise sagte sie: „Ich gebe zu: Da ist etwas zwischen uns. Aber ich brauche noch Zeit. Wäre das für dich O.K.?" Sie sah ihn bittend an. Er nickte.

„Lass uns einfach rausfahren und sehen, was passiert", wiederholte er Bettys Spruch vom Vormittag. Sie gab ihm zum Abschied einen sanften Kuss und stieg aus.

„Betty?", rief er, bevor die Tür ins Schloss fiel.

Sie lehnte sich zu ihm ins Wageninnere.

„Wirst du für mich noch einmal das Hot-Dog-Shirt tragen?", fragte er.

Ihr verheißungsvolles Schnurren würde ihn die ganze Nacht hindurch begleiten.

6

Der Clown war zurück! Und zwar in voller Pracht. Mit Regenbogenperücke, phänomenalen künstlichen Wimpern, knallbuntem Clownkleid und überdimensionalen Tretern.

„Wie läuft man mit solchen Schuhen?", fragte Eisenstein skeptisch.

„Eine Frau kann in jeder Art von Schuhwerk laufen", erwiderte Betty.

„Und wie heißt der Clown?"

Sie legte den Kopf schief. „Ribillinissimus", sagte sie.

„Ein Sprachtest, auch gut", lachte er und zwinkerte ihr zu. „Zur Visite, Frau Dr. Ribillinissimus."

Sein Pager piepte. Er warf einen kurzen Blick darauf. „Ein Notfall. Komm mit", sagte er und lief los.

Betty schlüpfte aus den Clownschuhen und folgte ihm. Mit halbem Auge sah er auf ihre Füße. „Gymnastikschuhe. Du erstaunst mich immer mehr."

Ihre Wangen glühten nach seinem unverhofften Kompliment. Sie liefen die Treppe hinunter in die Räume der Notaufnahme. Eine Schwester kam ihnen entgegen.

„Dr. Simmer versorgt gerade einen Patienten. Deshalb habe ich Sie angefunkt, Dr. Eisenstein."

„Kein Problem. Was haben wir?"

„Ein Junge. Fahrradunfall. Beinfraktur links. Fraglich Schädel-Hirn-Trauma. Aktuell bei Bewusstsein. Einlieferung durch RTW, ersthelferisch versorgt."

Betty folgte Eisenstein in das Behandlungszimmer. Auf der Liege lag ein Junge. Sein Bein war verbunden. Der Oberarzt studierte das Einlieferungsprotokoll.

„Hallo, Jason", sagte er freundlich. „Hat dein Fahrrad keine Bremsen?"

Eisenstein trat ein Stück zur Seite und bot Betty freie Sicht auf den Patienten. Der Junge war afrikanischer Herkunft. Er schaute zuerst den Arzt, dann Betty, aus braunen Augen ängstlich an.

„Mein Bein tut weh", jammerte er.

Betty wurde übel. Ihr Blickfeld löste sich auf, fokussierte sich auf den Jungen. Er war im gleichen Alter. Braune Augen, dichtes dunkles Kraushaar. Schmerz. Panik. Erinnerungen brachen über sie herein. Sie bekam keine Luft. Metall rieb kreischend aneinander. Sie brauchte Sauerstoff. Ihre Lungen versagten. Ihre Ohren dröhnten. Ein Druck blähte sich darin auf, schwoll an. Drohte zu platzen. Wie Luftballons, die man zu sehr aufblies. Sie hörte leises Jammern, laute Rufe. Braune Augen, die langsam den Glanz verloren.

„Help, please. Help him."

Verzweifeltes Weinen einer Frau. Sie ballte die Hände zur Faust. Ihre Fingernägel gruben sich in die Handflächen.

Sie nahm eine Berührung am Oberarm wahr. Eisensteins graue Augen sahen sie fragend an. Seine Lippen bewegten sich. Sie hörte dumpfe Laute, wie durch einen Schal gesprochen. In Panik schüttelte sie den Kopf, schwankte und stolperte zur Tür hinaus. Im Flur rannte sie um ein Haar gegen eine Liege, auf der ein älterer Mann lag. Sie entschuldigte sich abwesend. Verzweifelt suchte sie den Ausgang. Sie drohte zu ersticken.

Eine Schiebetür öffnete sich. Frische Luft strömte in den Flur. Gehetzt lief sie nach draußen. Hektisch sog sie den Sauerstoff in die Lungen, zwang sich zu gleichmäßigen Atemzügen. Allmählich beruhigte sich ihr Puls. Der Schrecken des Flashbacks verlor seine Macht. Eine sonore Stimme drang an ihr Ohr.

„Dia duit, mo Chroa."

Sie riss die Augen auf und wirbelte herum. Vor Entsetzen versagten ihr die Knie. ‚Ich bin zurück in meinem eigenen Alptraum', schoss es ihr durch den Kopf, ehe die Welt um sie in Dunkelheit versank.

Kälte kroch ihr den Rücken hinauf. Ihr Kopf lag schmerzend auf der hart gepolsterten Unterlage. Jemand trat auf leisen Sohlen hin und her. Körperwärme bestrahlte ihren Oberarm. Im Hintergrund hörte sie zwei Männerstimmen miteinander sprechen. Hin und wieder fiel ihr Name.

Sie kämpfte gegen die Watte in ihrem Kopf. Was war geschehen? Sie erinnerte sich, wie der Boden auf sie zugekommen war. Ihre Stimmbänder waren mit Klebstoff bedeckt. Vergeblich versuchte sie zu schlucken. Eine weiche Hand legte sich auf ihren Unterarm.

„Ich glaube, sie kommt zu sich", sagte eine leise Frauenstimme.

Betty hob die Lider. Helle Lichter blendeten sie. Sie erkannte die Spots und resümierte, dass sie in einem Behandlungszimmer der Notaufnahme lag.

„Da sind Sie ja wieder." Die Krankenschwester streckte die Arme nach oben. In Bettys rechter Hand entstand ein kaltes Gefühl. „Dr. Eisenstein?" Die Schwester wandte sich um. Schnelle Schritte näherten sich.

„Babe."

Betty zuckte zusammen. Kents Stimme. Es war kein Traum. Ihr Magen drehte sich um von seiner falschen Freundlichkeit, die nur ihr aufzufallen schien.

„Ich hätte dich fast nicht erkannt als Clown." Er grinste die Schwester an. Diese wandte sich errötend ab. Das Aroma von Moschus und Ylang Ylang, das er verströmte, reizte ihre Nase. Früher hatte sie den Duft geliebt. Heute erregte er in ihr einen massiven Fluchtinstinkt. Er beugte sich herab, um sie zu küssen.

Sie wandte den Kopf zur Seite. Seine Lippen trafen ihre Wange. Langsam richtete er sich auf und setzte sich auf die Kante der Liege.

Betty bemerkte Eisenstein, der einen Schritt näher trat und die Hände hinter dem Rücken verschränkt hielt. Seine Miene war versteinert, die grauen Augen zeigten keinerlei Regung.

„Sie haben uns einen schönen Schrecken eingejagt, Frau Dr. Krüger", sagte er in frostigem Tonfall. Er warf Kent einen kurzen Blick zu. „Zum Glück hat Ihr Verlobter Dr. O'Brady Sie aufgefangen, bevor Sie sich ernsthafte Verletzungen zuzogen."

Die Betonung auf dem Wort ‚Verlobter' drang in ihren Kopf. Ehe sie die Möglichkeit zu einer Erklärung bekam, nickte Eisenstein Kent zu.

„Ich muss zurück auf Station." Er deutete auf die Infusion an ihrem Arm. „Lassen Sie das durchlaufen und gehen Sie dann nach Hause."

Die Endgültigkeit seiner Worte schmerzte. Sie sah, wie er mit steifen Schritten hinaus marschierte. Die Tür fiel hinter ihm ins Schloss, bevor sie ihn zum Bleiben auffordern konnte. Sie war gefangen und allein.

Abschätzend betrachtete sie ihren Exfreund. Er grinste wie eine Katze, die einen Topf Sahne ausgeleckt hatte. Früher hatten sie Kents attraktive Gesichtszüge mit Besitzerstolz erfüllt. Wie sie erfahren hatte, war er kein Kind von Traurigkeit. Die kupferfarbenen Haare und Bart hielt er effizient kurz geschnitten. Bei ihren Einsätzen für die SAMDA waren Waschgelegenheiten eher dürftig, eine übermäßige Körperbehaarung hinderlich. Er sah sie aus kobaltblauen Augen an.

Sie wechselten in ihre Muttersprache. „Was machst du hier?", fragte sie forsch.

Er warf lachend den Kopf in den Nacken und ließ seine perfekten Zahnreihen sehen. In der Bräune seines Gesichtes schimmerten sie übertrieben weiß. „So unfreundlich? Wir haben uns wochenlang nicht gesehen, Cumann."

„Ich mag es nicht, wenn du mir irische Kosenamen gibst."

Eindringlich sah er sie an. Sein Atem roch nach Pfefferminz, war so kalt wie sein Blick. „So abweisend, Babe?"

„Wie hast du mich gefunden?", fragte sie erstickt.

„Das war nicht leicht. Du bist auf die Nordhalbkugel geflüchtet", bemerkte er.

„Ich bin nicht geflüchtet", sagte sie mit einer Souveränität, die sie nicht empfand.

Ihre Freunde in Mombasa, Gaborone und Okahandja kamen ihr in den Sinn. Das waren Orte, an denen SAMDA medizinische Zentren unterhielt. Hatte er sie dort gesucht? Sie hoffte, es ging ihnen allen gut. Mühsam setzte sie sich auf. Lichter tanzten vor ihren Augen. Kents große Hand drückte sie zurück. Er schnalzte tadelnd mit der Zunge.

„Du bleibst liegen", er kontrollierte die Infusionsflasche. „Mit so einem Schwächeanfall ist nicht zu spaßen."

Betty legte eine Hand auf die Stirn. Ihr Puls raste. „Ich hatte kein Frühstück. Das ist alles."

„Du bist wieder rückfällig?", seufzte Kent.

Sie schluckte und schenkte ihm einen vernichtenden Blick. „Ich esse regelmäßig." Er tätschelte ihren Arm. Sie entzog sich ihm und widerstand dem Drang, seine Berührung wegzukratzen. „Was willst du?", fragte sie abermals.

„Dich zurück in die Heimat holen."

Sie lachte freudlos. Niemals wieder würde sie diesem Menschen ihr Vertrauen schenken. „Ich lebe nicht mehr in Afrika", betonte sie. ‚Ich bin hier zuhause', fügte sie in Gedanken hinzu. Eisensteins abfällig Miene erschien vor ihrem inneren Auge. Entsetzt starrte sie ihren Exfreund an. „Du hast dich als meinen Verlobten vorgestellt?"

„Du trägst meinen Ring", antwortete Kent ungerührt.

„Ich habe dir den Ring nach Mombasa geschickt."

Er zog die Luft durch die Zähne. „Die Wohnung ist seit Monaten aufgelöst." Dann tätschelte er nachsichtig ihre Schulter. „Ich werde dir einen Neuen kaufen."

Sie setzte sich hastig auf, ignorierte den Schwindel, der, wie sie selbst diagnostizierte, psychosomatischer Natur war. Sie schlug nach seiner stützenden Hand. „Ich habe dir geschrieben, dass es vorbei ist."

Wieder griff er besitzergreifend nach ihrer Schulter. Leise raunte er in ihr Ohr: „Du hast mich mit deiner Abreise in Bedrängnis gebracht."

Sie riss sich los und stand auf. Er hielt sie am Unterarm fest. „Du tust mir weh", schnappte sie, worauf er den Griff löste.

„Wo sind die Beutel?", fragte er.

„Ich weiß nicht, wovon du sprichst", wich sie aus.

Der Infusionsständer wackelte bedrohlich. Sie hatte vergessen, dass sie mit ihm verbunden war. Hastig entfernte sie den Stecker des Schlauches von der Nadel und eilte zum Verbandstisch. Kent schlich ihr hinterher, wie ein Panter vor dem Sprung.

„Lass mich das machen."

Sie entzog ihm ihre Hand. „Hör endlich auf, mich ständig anzufassen!", zischte sie. Sie zog die Nadel mit einem Ruck von ihrer Handoberseite und nahm einen Tupfer, um die Blutung zu stoppen.

Kent blieb neben ihr stehen und hielt sich die Hand auf die Brust. „Es bricht mir das Herz, dein Blut zu sehen", sagte er theatralisch, nahm eine ihrer Haarlocken und wand sie sich um den Finger. Erst jetzt fiel ihr auf, dass man ihr die Regenbogenperücke abgenommen hatte.

„Früher hast du meine Scherze geliebt." Angewidert holte sie das Verbandszeug aus der Schublade.

„Siehst du mich lachen?" Sie klebte ein Pflaster auf die Einstichstelle.

Kent grinste breit. Dann wurde er schlagartig ernst. „Wo sind die Beutel?", wiederholte er seine Frage. Ungerührt hielt sie seinem eindringlichen Blick stand.

„Ich habe keine Beutel."

Er mahlte mit den Kiefern und schüttelte ungehalten den Kopf. „Was soll ich nur mit einer Lügnerin wie dir machen?" Er packte ihren Unterarm. Sein Griff quetschte ihre Haut. Sie unterdrückte einen Aufschrei. „Sie waren in meiner Tasche. Jetzt sind sie weg. Ich frage zum letzten Mal. Wo sind die Beutel?"

„Zum letzten Mal: In deiner Tasche waren keine Beutel", sagte sie entschieden. Mit einer geschickten Drehung befreite sie ihre Hand.

Sie verließ den Behandlungsraum, vorbei an der verdutzten Schwester, die gekommen war, um ihr die Infusionsnadel abzunehmen. Kent folgte ihr den Weg entlang bis in die Eingangshalle der Klinik. Er drängelte sich vor sie und schnitt ihr den Weg ab. Sie stoppte und wich einen Schritt zurück.

„Wenn ich falle, fällt deine Mutter mit", drohte er.

„Was hättest du gegen sie in der Hand?", fragte sie gespielt unwissend.

„Ich bitte dich, Babe. Ich soll dir glauben, du hättest dir die Unterlagen nicht angesehen?"

„Was für Unterlagen?"

Er grinste hinterhältig. „Ich fand deine Intelligenz schon immer sexy. Wo sind die Beutel?"

„Wie oft soll ich dir noch sagen -" Er unterbrach sie.

„Du würdest sie nicht entsorgen, weil du sie gegen mich verwenden kannst. Wem hast du sie gegeben?"

„Ich rufe die Polizei", kündigte sie an.

„Um was zu sagen? Wie tief du in einen medizinischen Skandal verwickelt bist?", höhnte er.

Säure stieg ihr in die Kehle. „Welchen Skandal?"

Er zog wütend die Luft ein und sah sich in der belebten Halle um. „Wenn wir alleine wären – ich hätte Mittel und Wege die Wahrheit aus dir herauszupressen."

Betty zweifelte keinen Moment an der Ernsthaftigkeit seiner Drohung. Die letzten Jahre lebten sie eher nebeneinander her. Von den glücklichen Anfängen ihrer Beziehung blieb nur der Hauch einer fernen Erinnerung. Heute wusste sie, Kents Bestrebungen ihr gegenüber waren gezeichnet von eiskaltem Kalkül.

„Komm mit mir nach Afrika und wir bringen das Ganze zu einem gütlichen Ende", sagte er sanft.

„Damit du mich über die Klinge springen lässt?"

„Da täuschst du dich." Er lächelte nachsichtig. „Ich war ungehalten, ja. Du hast die Unterlagen versehentlich in die Hände bekommen. Zugegeben, ich habe an deiner Loyalität gezweifelt." Er kratzte sich am Kinn. „Aber vielleicht warst du sauer, dass du nichts abbekommen hast." Sie riss ungläubig die Augen auf. Er legte den Kopf schief. „Das ist ein großes Ding. Ich hätte dich einbinden sollen. O.K. Sagen wir: dreißig, siebzig?"

Sie schüttelte den Kopf. „Du bist so ein Mistkerl."

„Vierzig, sechzig. Mein letztes Wort."

Ein dumpfer Schmerz wallte von ihrem Nacken aus in die Schläfen. Sie wankte und suchte nach Halt. Kent stützte sie. Dabei drückte er schmerzhaft seine Finger in ihren Ellbogen. „Ich will dein Blutgeld nicht", spie sie ihm entgegen.

„Ich spreche von einer Beteiligung."

Sie öffnete den Mund, um ihm die passende Antwort zu geben, da ertönte Hohners Stimme. „Sehe ich richtig oder ist das Kent O'Brady?"

Erfreut kam er ihnen durch die Lobby entgegen und streckte dem Iren die Hand zum Gruß hin. Dieser gab Betty widerstrebend frei und erwiderte den Händedruck des älteren Mannes. Spielend wechselte er ins Deutsche.

„Dr. Hohner, ich freue mich, Sie wiederzusehen."

„Was führt Sie denn nach Hamburg, Kent?"

Dieser warf einen übertrieben innigen Blick auf Betty. „Ich hatte Sehnsucht nach meinem Babe."

Hohner sah überrascht zu ihr und lachte. „Der Clown ist zurück! Ich hatte gerade nach dir gesucht."

Betty reagierte blitzschnell. Sie legte Kent eine Hand auf den Arm. „Geh doch mit Onkel Stefan in sein Büro. Ich muss nur das Kostüm ausziehen und komme dann nach." Argwohn blitzte in seinen kobaltblauen Augen.

Hohner legte dem Iren eine Hand auf die Schulter. „Gute Idee. Komm mit und erzähl mir, wie es mit SAMDA im Moment so läuft."

Kent rührte sich nicht von der Stelle. „Ich wollte Betty gerade nach Hause bringen. Sie ist in der Nothilfe umgekippt."

Hohner sah sein Patenkind besorgt an. „Ist alles in Ordnung mit dir, mein Kind?", fragte er.

Sie nickte schnell. „Kent kann mich nach Hause bringen, nachdem ich mich umgezogen habe." Sie deutete auf ihr Kostüm. „Wenn ich so durch Hamburg laufe, lande ich noch in der Psychiatrie." Ihr Lachen klang hohl in ihren Ohren.

„Lass mich nicht zu lange warten, Babe", rief Kent ihr über die Schulter hinweg zu und folgte Hohner zu seinem Büro. „Darauf kannst du wetten", flüsterte sie, ehe sie eilig die Klinik verließ.

Eisenstein stapfte die Treppe hinauf in den dritten Stock. Das Brennen seiner Lungen begrüßte er, wie den Ratschlag eines vedischen Lebenshilfe-Gurus.

Nachdem er das Untersuchungszimmer verlassen hatte, in dem Betty nach ihrem Zusammenbruch verarztet wurde, war er wie ein Berserker aus der Klinik gestürmt. Er war durch die Straßen gelaufen, um die Aggressionen in den Griff zu bekommen, die seinen Körper von innen heraus zerfraßen. Waren es Minuten oder Stunden, die er unterwegs war? Es interessierte ihn nicht.

Er war ein Esel. Ein idiotischer, naiver Esel. Er hatte sich einlullen lassen von dem Mary-Poppins-Charme einer heuchlerischen Tropenärztin. Er hatte Schuldgefühle entwickelt, nachdem sie ihm sein erbärmliches Verhalten Margo gegenüber vor Augen geführt hatte. Er war zu Kreuze gekrochen, obwohl, entgegen ihren schändlichen Vorhaltungen, zwischen ihm und der Institutsleiterin nichts im Gange war. Und jetzt präsentierte sie einen Verlobten. Einen Verlobten!

Wütend warf er die Stationstüre hinter sich zu. Wenn er Dr. Bethany Krüger eines zu verdanken hatte, dann die Erkenntnis, dass das glücklichste Wesen der Welt ein Mann ohne Frau war. Er betrat sein Arztzimmer und setzte sich an seinen Computer, um zu arbeiten. Sein Allheilmittel.

Der Bildschirm fuhr hoch. Er las den Text, den er heute Morgen verfasst hatte, bevor ihm Bettys Anblick das Gehirn vernebelte. Verärgert entdeckte er eine Unmenge idiotischer Schreibfehler. Leise fluchend hackte er auf die Delete-Taste ein. Sie hatte seine Lebensbereiche infiltriert, Beruf und Privatleben. Abermals stahl sich ihr Bild vor seine Augen. Wie sie an der Reling der ‚Cassandra' saß. Er war eifersüchtig gewesen auf den Wind, der mit ihren blonden Locken spielte. Dann hatte sie ihn angelächelt und er war glücklich, wie seit Jahren nicht mehr. Erbost fegte er die Erinnerung beiseite.

Sie war ein trojanisches Pferd, nein, ein trojanischer Clown.

Das Herz war ihm stehen geblieben, als dieser Kerl mit Betty auf den Armen die Notaufnahme betreten hatte. Unter der bunten Perücke war sie kalkweiß.

Er erinnerte sich an ihren panischen Blick, bevor sie davongerannt war. Er hatte den Eindruck, sie habe eine Art Flashback erlebt. Da er den Jungen untersuchte, hatte er die Schwester beauftragt, Betty zu folgen. Um herauszufinden, wie es ihr ginge. Nur mit Mühe gelang es ihm, sich auf Jason zu konzentrieren. Zum Glück war er durch den Ersthelfer perfekt versorgt. Er überwies den Jungen für eine Bildgebung in die Radiologie.

Vom ersten Moment an konnte er diesen Kerl nicht ausstehen. Da Betty den Status des anderen Mannes nicht verneinte, entwickelte seine Wut die Stoßkraft einer Panzerhaubitze. Empfand er Bettys Lebenslauf gegenüber einen Hauch von Missgunst, erzeugte dieser aufschneiderische Charmebolzen in ihm nichts als blanken Hass. Diese beiden Ärzte lebten seinen Traum von Abenteuern, fernab vom bescheidenen hanseatischen Klinikleben.

Und sie träumte ihn mit diesem Mr. Nice Guy, nicht mit ihm.

Bei den lüsternen Blicken, die O'Brady der Kehrseite der jungen Schwester geschenkt hatte, hätte er dem anderen Arzt am liebsten die perfekten Zahnreihen in den Hinterkopf verlagert.

„Du bist ein Volltrottel, Eisenstein", schalt er sich und legte den Kopf in die Hände, um den Druck hinter seinen Augen zu mildern.

‚Lass uns rausfahren und sehen, was passiert', hatte sie gesagt. Und da war er. Auf hoher See. Bei Windstärke 9. Alleine. Der Drang, auf etwas einzuschlagen, wurde übermächtig. Er atmete tief durch und straffte die Schultern. Sollte sie doch mit ihm gehen. Er hatte Wichtigeres im Sinn. Es war an der Zeit, sich Frau Dr. Bethany Krüger ein für alle Mal aus dem Kopf zu schlagen. Auch wenn dabei sein Herz scheibchenweise in Teile gesäbelt wurde.

7

Blind warf Betty ihre Habseligkeiten in den Koffer. Von der Klinik aus war sie auf direktem Weg zur WG gelaufen, hatte den Clown abgestreift und sich in Windeseile umgezogen. Kent würde sich von dem Professor ihre Adresse erschmeicheln. Dann wäre es nur eine Frage der Zeit, ehe er hier in der Wohnung auftauchte.

Tilly tänzelte ins Zimmer. Ihr bunter Kaftan flatterte hinter ihr her und ihr Aroma von Vanille und Zimt erfüllte den Raum. Wie immer sprach sie schon an der Türschwelle.

„Stell dir vor, ich habe heute beim Bäcker eine Frau getroffen. Die haben eine Wohnung frei. Gleich hier um die Ecke. Ein Loft. Wunderschön. Gar nicht teuer." Sie brach ab und musterte Betty. „Oder hast du schon was gefunden?", fragte sie erstaunt.

Betty lachte bitter. „Sowas in der Art."

Tilly trat zu ihr. „Und du musst da sofort einziehen, sonst ist die Wohnung weg?"

„Es ist komplizierter."

„Warum packst du, als ginge es um Leben und Tod?"

„Das trifft es annähernd."

„Ach, Süße. Kann ich irgendwie helfen?" Betty verneinte und packte weiter. „Scheinbar ist es so schlimm, dass du weg musst. Keine Sorge. Ich stelle keine Fragen. Du würdest es mir von alleine erzählen. Soll ich dich irgendwo hinfahren?"

„Kannst du mich zum Flughafen bringen?"

Tilly fiepte. „Es ist so schlimm, dass du gleich außer Landes musst? Hast du jemanden umgebracht?"

„Nein."

„Einen Mord beobachtet?"

„Nein."

„Du kennst jemanden, der einen Mord begangen hat?"

„Ich nehm mir ein Taxi", winkte Betty ab.

Besänftigend hob ihre Freundin die Hand. „Ich hole meine Schlüssel." Die Wohnungstür klackte. Tilly sah irritiert auf ihre Armbanduhr. „Warum ist sie denn schon zuhause?", überlegte sie.

In der Wohnzimmertür erschien Lola. Wie immer war sie von Kopf bis Fuß in schwarz gekleidet und trug ihre Kopfhörer. In der Hand hielt sie ihr Smartphone.

„Warum bist du nicht auf der Arbeit?", fragte Tilly.

Lola zuckte mit den Achseln. „Überstundenabbau." Sie entdeckte Bettys Koffer. „Wir haben eine Abreise?" Ihr Ton blieb gewohnt ausdruckslos.

Tillys rote Locken wippten, als sie aufgeregt nickte. „Betty muss weg. Aber sie hat niemanden umgebracht."

„O.K.", sagte Lola gedehnt.

Betty stöhnte und hielt sich den Kopf. Tilly nahm sie tröstend in den Arm.

„Ach, Süße. Können wir dir nicht doch irgendwie helfen?"

„Ich bin in Afrika in eine Sache hineingeschlittert. Es betrifft die Organisation meiner Mutter." Betty sah in die fragenden Gesichter der Freundinnen und schüttelte den Kopf. „Besser für euch, wenn ihr das alles gar nicht wisst." Sie klappte den Koffer zu und verschloss ihn. „Fährst du mich nun?"

Tilly nickte und hob drei Finger ihrer rechten Hand. „Ich schwöre, ich frage nicht weiter."

Betty musterte die Freundinnen. Tilly wirkte betont desinteressiert, obwohl sie mit Sicherheit platzte vor Neugier. In Lolas dunklen Augen standen Sorge und Scheu. Tränen verschleierten Bettys Blick. Sie würde die beiden vermissen. Katja kam ihr in den Sinn. Von ihr würde sie sich gar nicht verabschieden, was sie am allermeisten schmerzte.

„Und warum haust du ab?", fragte Lola.

„Mein Exfreund aus Afrika ist in der Klinik aufgetaucht."

„Und ist das schlimm, weil... ?"

„Ich habe etwas, das er zurück haben will."

Tilly flüsterte. „Es ist irgendetwas Kriminalistisches. Frag nicht weiter."

Lola sah Betty verständnislos an. „Warum gehst du nicht zur Polizei?"

„Es wird bereits ermittelt. In Südafrika."

Tillys Arme schlossen sich wieder fest um sie. „Ach Betty, du musst nicht immer alles alleine durchstehen."

Beherzt blinzelte Betty die Tränen weg. „Fahren wir?", krächzte sie.

Tilly löste sich von ihr und griff nach ihrer Handtasche. „Hab ich doch versprochen."

Betty umarmte Lola. Die junge Frau hing linkisch in ihren Armen, obwohl sie ein leises Zittern nicht zu unterdrücken vermochte.

„Wenn Kent hier auftaucht, öffnest du auf keinen Fall die Tür", forderte Betty sie auf.

„Wie erkenne ich ihn?", fragte Lola.

„Groß, rote Haare, blaue Augen. Irischer Charme." Die Freundin nickte.

Sie legte eine Hand an Lolas Wange. „Nach dem Regen, kommt Sonne", sagte sie.

„Nach dem Weinen wird gelacht.", kam die leise Antwort.

Im Treppenhaus platzte Tilly vor Neugier. „Was ist das mit dem Regen?", fragte sie.

„Lola wird es dir erzählen, wenn sie bereit dazu ist."

„Na, prima", schnaubte die Freundin. „Jetzt liege ich wochen- oder monatelang wach. Wegen dir und Lola!"

„Du musst an deinem Wissensdurst arbeiten."

„Ich hatte immer gedacht -"

„Und an deinem Erwartungsmanagement"; sagte Betty streng und erntete dafür ein unwilliges Knurren.

Vor dem Haus warf Betty den Koffer in Tillys Mini und setzte sich auf den Beifahrersitz. Dort entspannte sie sich für den Moment. Schwungvoll wie gewohnt steuerte Tilly den Wagen aus der Parklücke. Dabei ignorierte sie das laute Hupen hinter ihr.

„Du solltest nach Paris umziehen", bemerkte Betty.

„Ich mag keinen Milchkaffee", antwortete die Freundin fröhlich. Dann wurde sie ernst. „Es hilft, wenn man über seine Probleme spricht."

Betty stieß ein kurzes Lachen aus. „Hallo? Ich bin Neurologin."

„Und ich Medium. Ich spüre, wenn etwas im Busch ist."

„Ein Medium spürt nicht, ein Medium hört oder sieht."

„Und erfühlt Schwingungen. In deinem Fall beutelt es mich wie einen Zitteraal. Nenn mich übersinnlich. Oder sensibel. Klingt weniger geistesgestört."

Seufzend gab Betty nach. „Kent und ich waren acht Jahre lang zusammen. Gemeinsam arbeiteten wir für die SAMDA. Im letzten Jahr lief es nicht mehr so gut."

„Acht Jahre? Ich habe es bisher nicht einmal acht Wochen mit einem Mann ausgehalten."

„Wir waren oft auf unterschiedlichen Einsätzen unterwegs. Zusammengerechnet haben wir uns weniger als die Hälfte des Jahres gesehen."

„Lass mich raten: Du warst nicht die Einzige für ihn."

Betty stöhnte. „Das auch. Aber das ist nicht der Punkt." Sie verfiel in nachdenkliches Schweigen. Tilly kaute auf ihrer Unterlippe. Ein untrügliches Zeichen, dass sie gebannt nach einer Antwort gierte. Betty beschloss, sie in den weniger gefährlichen Teil der Geschichte einzuweihen.

„Vor vier Wochen besuchten wir die Hochzeitsfeier eines befreundeten Ärztepaares in Stellenbosch. Es wurde spät, aber es war ein wunderbares Fest. Wir hätten dort übernachten können. Doch Kent bestand darauf, zurück nach Kapstadt zu fahren." Sie schluckte und sah aus dem Fenster. „Es war drei Uhr morgens, als Kent mich loseisen konnte. Wir hatten nur eine kurze Strecke nach Hause, etwa vierzig Minuten Fahrzeit. Kent hatte getrunken, also setzte ich mich ans Steuer. Kaum, dass ich losgefahren war, schlief er ein."

Tilly lenkte den Wagen auf die Bundesstraße 433 in Richtung Airport. „Um drei Uhr nachts wäre ich halbtot!", keuchte sie.

„Zuerst war ich aufgekratzt von der Party. Dann konnte ich die Augen kaum offen halten. Mir wurde schwindlig. Plötzlich gab es einen Ruck. Der Wagen schlingerte. Ich wusste nicht, ob ich in ein Schlagloch geraten oder kurz eingeschlafen war. Wie aus dem Nichts tauchten Lichter vor uns auf. Ein Wagen hupte. Dann kollidierten wir."

„Um Himmels willen!", rief Tilly aus. „Ist dir was passiert?"

Betty verneinte. „Wir waren angeschnallt. Kent wachte auf und schimpfte herum, weil der Wagen geleast war."

„Und das andere Auto?", fragte Tilly.

„Ich stieg aus und sah, dass wir einen Kleinbus von der Straße gedrängt hatten. Die Front des Wagens war eingedrückt und die Vorderräder wie weggeklappt. Er steckte in einer Böschung fest."

Tilly kramte in der Mittelkonsole. Sie fand ein Päckchen Taschentücher und hielt es Betty vor die Nase. Erstaunt registrierte sie, dass ihr Tränen über die Wangen liefen. Sie nahm ein Tuch aus der Verpackung und schnäuzte sich. Dann atmete sie zitternd durch.

„Ich holte meine Arzttasche aus dem Kofferraum. Wie ich später erst feststellte, war es Kents Tasche. Ich lief zu dem Bus, um nach Verletzungen zu sehen. Auf der Vorderbank saßen ein Mann und eine Frau in den Zwanzigern. Der Kleidung nach einfache Leute vom Land. Sie waren angeschnallt und ansprechbar. Der Wagen musste geschleudert sein, bevor er zum Stillstand kam. Halswirbeltraumata waren nicht auszuschließen. Auf der Rückbank quengelte ein Baby. Es war auf seinem Sitz festgeschnallt, also schätzungsweise unverletzt." Betty zwang sich, im nüchternen Berichtston einer Ärztin zu sprechen. Sie schluckte den Kloß hinunter, den ihr die Erinnerung in den Hals getrieben hatte.

„Zwischen Hinterbank und Vordersitzen steckte ein Junge fest, etwa neun Jahre alt. Scheinbar hatte er auf der Rückbank gelegen und geschlafen. Die Wucht des Aufpralls hatte ihn gegen die Lehnen katapultiert."

Tilly keuchte. „Konntet ihr ihn retten?"

Betty verkrampfte die Hände um das Taschentuch. „Ich wollte Kent zu Hilfe holen, aber der Wagen stand nicht mehr da."

Der Mini bremste ruckartig an einer roten Ampel. Tilly sah mit großen Augen zu ihr herüber. „Er hat dich da stehen lassen?", rief sie erbost. Betty zuckte mit den Schultern. „Was war mit dem Jungen?", fragte Tilly leise.

Betty schüttelte den Kopf.

„So ein Mist", keuchte Tilly. Lautes Hupen ertönte. Die Ampel stand auf Grün. Sie drehte den Kopf und flötete: „Entschuldigung." Dann legte sie mit einem kräftigen Ruck den ersten Gang ein und fuhr los.

„Das war unterlassene Hilfeleistung. Wie kommt er damit durch als Arzt?", schimpfte Tilly.

„Seit dem Unfall war er untergetaucht."

Tillys Smartphone klingelte. „Kannst du mal nachsehen?", forderte sie. Betty nahm das Telefon von der Konsole, in die ihre Freundin es geworfen hatte.

„Es ist Lola", las sie.

„Dann ist es was Wichtiges. Geh ran."

Betty wischte über das Display. „Mach auf Lautsprecher", verlangte Tilly.

„Hey, Lola. Was ist los?", rief sie.

Aus dem Smartphone ertönte Lolas monotone Stimme. „Es hat vorhin geklingelt. War dieser Rothaarige."

Tilly kreischte. „Du hast doch nicht die Tür geöffnet?"

„Nö. Aber ihr solltet mal auf die Seite von Antenne Hamburg gehen."

„Warum?", fragte Tilly.

„Schau selbst. Unter den News." Ein Piepton signalisierte, dass Lola die Verbindung unterbrochen hatte.

Tilly stieß ein Knurren aus. „Eines Tages dreh ich ihr den Hals um. Geh mal ins Internet. Der Datenverkehr ist an."

Betty öffnete den Browser und navigierte auf die Onlineseite des Senders. Die Meldung, die ihr ins Auge sprang, ließ ihr das Blut gefrieren.

„Fahr bitte rechts ran", stöhnte sie.

„Was ist denn?", fragte Tilly.

Betty ließ das Smartphone zurück in die Konsole gleiten und hielt sich die Hand vor den Mund. Schnell suchte Tilly eine freie Stelle am Straßenrand und parkte den Mini. Ruckartig stürzte Betty aus dem Wagen. Ein paar Schritte entfernt beugte sie sich über einen Gully und erbrach sich.

Tilly ergriff das Handy und las den Artikel, der eingeblendet war.

„Du verdammter Mistkerl", schnaubte sie und schlug wütend mit der Hand auf das Lenkrad.

„Kannst du mir das hier erklären?"

Margo legte ihr Handy auf Eisensteins Schreibtisch. Blinzelnd schüttelte der Oberarzt den Kopf. Ein Blick zur Uhr verriet, dass er seit über einer Stunde an diesem einen Brief saß. Er hatte nicht einmal gemerkt, dass jemand sein Zimmer betreten hatte. Unmut glänzte in Margos Katzenaugen.

„Was gibt es zu erklären?", fragte er.

„Wenn das wahr ist, haben wir mehr als nur ein Problem."

Irritiert betrachtete er das Smartphone. Margo schnaubte und nahm das Gerät wieder an sich.

„Geh auf die Seite von Antenne Hamburg in deinem Computer.", wies sie ihn an. „Da kannst du es ohnehin leichter lesen."

Er öffnete die Website, wie Margo vorgeschlagen hatte. Dort sprang ihm eine Schlagzeile ins Auge.

‚Alkoholisierte Tropenärztin begeht Fahrerflucht in Südafrika.'

Daneben stand ein Bild von Betty, das sie mit Kindern zeigte. Es musste während eines Einsatzes für die SAMDA entstanden sein, denn sie trug ein T-Shirt mit dem Aufdruck der Organisation.

„Das soll wohl ein Witz sein", brummte er und überflog den Artikel.

Darin wurde berichtet, die junge Ärztin Bethany Krüger habe vor kurzem einen Autounfall verursacht, und anschließend Fahrerflucht begangen. Nach einer Party setzte sie sich alkoholisiert ans Steuer. In dem Fahrzeug des Unfallgegners saß eine junge südafrikanische Familie, die auf der Rückfahrt aus einem Urlaubsort die nächtliche Ruhe der Straßen nutzte. Bei dem Aufprall kam der neunjährige Sohn ums Leben. Frau Krüger war mit ihrem Lebenspartner Kent O'Brady, ebenfalls Arzt, im Wagen gesessen. Der Mediziner wurde bei dem Unfall verletzt, wie gegenüber dem Sender versichert wurde. Besonders beunruhigend stelle sich die Tatsache dar, dass Frau Krüger derzeit auf der Kinderstation der Selenius Privatklinik in dem Hamburger Stadtteil Altona praktiziere. Die Ärztin habe die letzten Monate psychotische Züge entwickelt und sei diesbezüglich sogar ärztlich behandelt worden. Der Kontakt zu Kindern sei unter diesen Gesichtspunkten äußerst bedenklich.

Eisenstein knallte die Faust auf den Tisch. „Was sind denn das für Lügen?"

„Woher willst du wissen, dass es nicht wahr ist?"

„Hohner wüsste darüber Bescheid. Er würde der Klinik niemals Schaden zufügen."

Margo legte ihm die Hand auf die Schulter. „Du siehst in allen nur das Gute. Mir war die Frau ja von Anfang an suspekt."

Er sah sie aus verengten Augen an. „Inwiefern?"

„Ich bitte dich. Dieser Verkleidungswahn, diese irrigen Therapiemethoden. Wenn das kein Hinweis ist auf ein gestörtes Verhalten. Die Selenius Privatklinik ist kein Tummelplatz für Psychopaten."

Eisenstein knurrte. „Betty ist keine Psychopatin. Sie hat einen anerkannten Fachabschluss und einen beachtlichen Lebenslauf."

„Geisteskrankheit ist keine Frage des Bildungsniveaus", gab Margo zu bedenken.

Widerwillig stimmte er ihr zu. Nicht selten hatte er Kollegen erlebt, die dem Druck der Verantwortung des Ärzteberufes nicht standhielten. Er knirschte mit den Zähnen. Hatte er die Zeichen in Bettys Fall ignoriert? Oder war sie eine zu durchtriebene Schauspielerin? Andererseits hatte sie ihm ihren Verlobten verschwiegen, obwohl sie beide sich näher gekommen waren.

Margo fasste seine Hand und zog sie weg von seinem Mund. Entsetzt registrierte er, dass er an dem Daumennagel gekaut hatte.

„Ich weiß, sie hat euch alle um den Finger gewickelt" schnurrte sie und lächelte lasziv. „Aber diese Person ist nun endgültig Geschichte. Ich habe meine Beziehungen spielen lassen. Der Klinik werden daraus keine negativen Folgen entstehen."

„Margo, du solltest nicht -"

Ein heftiger Ruck drehte seinen Stuhl in Margos Richtung. Völlig überrumpelt sah er zu ihr auf. Mit entschlossener Miene sank sie langsam vor ihm auf die Knie.

„Was wird das, Margo?", fragte er heiser.

Sie fixierte ihn durch die verlängerten Wimpern. „Die kleine Tropenärztin ist weg. Aber ich bin hier." Ihre manikürten Finger nestelten an den unteren Knöpfen seines Kittels.

„Margo, lass das, bitte", wies er sie an und fasste nach ihren Händen, um sie daran zu hindern, was immer sie im Schilde führte. Ein entschlossener Ausdruck trat in ihre Augen.

„Das wird dich auf andere Gedanken bringen", raunte sie. Dann senkte sie blitzschnell den Kopf und presste ihre Lippen durch den Stoff seiner Anzughose auf seine Männlichkeit. Sein Körper reagierte auf ungewollt natürliche Art.

„Margo, ich...", versuchte er, sie abzuwimmeln, da klopfte es an der Tür.

Vor Schreck verkrampften seine Glieder. Wärme schoss in seine Ohren und ließen sie auf Hochtouren glühen. Er legte die Hand auf Margos Kopf, um ihn unter dem Tisch zu fixieren.

„Keinen Ton!", zischte er und hoffte inständig, die Person auf dem Flur würde sich entfernen. Die Tür öffnete sich. Ein blonder Lockenkopf erschien.

Betty lächelte ihm entschuldigend entgegen. Das Clownskostüm vom Vormittag hatte sie gegen Jeans, weißes Shirt und eine schwarze Lederjacke getauscht.

„Ich brauche deine Hilfe", sagte sie leise. Ihre Augen waren rot umrandet und zeugten davon, dass sie geweint hatte.

„Es ist im Moment etwas unpassend", erwiderte er.

Sie betrat das Zimmer und schloss die Tür. Kalter Schweiß brach ihm aus allen Poren. „Kent und ich, das ist nicht so wie es aussieht."

„Es hat sich mir mehr als deutlich dargestellt."

Verzweifelt hob sie die Schultern. „Wir sind nicht verlobt. Nicht mehr."

„Du hast die Verlobung gelöst?", fragte er gedehnt.

Sie schniefte leise. „Ich habe ihm einen Brief geschickt, den er wohl nicht erhalten hat."

Er hob eine Augenbraue und deutete auf seinen Bildschirm. „Und bist dann vor der Verantwortung deines Handelns geflohen."

Ihre Schultern sanken. „Du hast den Artikel gelesen?" Er nickte. Sie trat auf den Schreibtisch zu. „Die Tatsachen werden völlig verdreht. Ich weiß nicht mehr, was ich tun soll."

Abwehrend hob Eisenstein die Hand, als sie mit flehendem Blick einen weiteren Schritt auf ihn zutrat. Abrupt blieb sie stehen, erkannte die Ablehnung in seinen Augen. Ihre Schultern fielen herab.

„Entschuldige. Ich habe kein Recht, dich in meine Angelegenheiten hineinzuziehen", sagte sie mit zitternder Stimme.

Margo befreite ihren Kopf und richtete sich mit einem genüsslichen Grinsen im Gesicht auf. „Warum sollte Dr. Eisenstein Interesse an etwas bekunden, das mit einer ehemaligen Mitarbeiterin zu tun hat?", fragte sie abfällig.

Betty erbleichte und schüttelte langsam den Kopf. Das Blau ihrer Augen verschwamm. Ungewollt kam er sich vor wie der letzte Schuft. Wie sie im Moment dastand, fiel es ihm schwer, den Aussagen dieses Artikels Glauben zu schenken. Sie drehte sich um und lief zur Tür.

„Warte, Betty", rief er und stand auf.

„Hier vergeude ich nur meine Zeit", sagte sie.

In der geöffneten Tür drehte sie sich um und sah zu ihm zurück. An seiner Mitte blieb ihr Blick hängen. Er sah an sich herab. Die Knöpfe des Kittels standen bis zum Bauch offen. Darauf prangten Lippenstiftflecken. Keine Magic-Lippenfarbe, wie er vermutete. Er wand sich wie ein Wurm.

Betty atmete tief durch, ehe sie leise sagte: „Dr. Eisenstein-Benz, die wahre Qualität einer Crew zeigt sich erst ab Windstärke 8."

Mit sanftem Klicken fiel die Tür hinter ihr ins Schloss. In seinen Ohren klang es wie das Auslösen eines Schafotts.

„So eine unverschämte Person", keuchte Margo.

„Hast du völlig den Verstand verloren?", bellte er sie an.

„Findest du dieses Verhalten hinnehmbar?"

Eisenstein warf die Hände in die Luft. „Du sprichst von angemessenem Verhalten?"

Ungerührt zuckte sie die Achseln. „Wir beide sind zwei gesunde junge Menschen mit einem Faible füreinander."

„Verdammt nochmal, Margo!", fluchte er. „Wie kommst du dazu, mir hier in diesem Zimmer derartige Avancen zu machen?"

„Du hast es genossen. Du hast meinen Kopf gestreichelt."

„Ich wollte verhindern, dass sie dich entdeckt. Sie ist Hohners Patentochter. Was glaubst du, was passiert, wenn sich herumspricht, was sie hier gesehen hat?"

Margo verschränkte die Arme vor der Brust. „Hohner ist zu beschäftigt mit dem Skandal, den sie über uns gebracht hat."

Verzweifelt fuhr er sich mit der Hand durch die Haare. Wie kam dieser Kerl dazu, mit der Geschichte zum Radio zu gehen? Und was waren das für Schwierigkeiten, in denen Betty steckte? Er drehte sich zum Fenster und sah hinaus in den Garten, krampfhaft bemüht, seine Wut zu bändigen.

Margos Oberkörper lehnte sich an seinen Arm. „Warum konzentrierst du dich nicht wieder auf deine Institutsarbeit? Lass diese leidige Episode endlich hinter dir."

Er unterdrückte das Gefühl der Abscheu nicht länger. Jetzt wäre genau der Zeitpunkt, ihre Übergriffigkeiten zu beenden. Wenn ihn das seine Zukunft im Institut kostete, würde er damit leben. Er trat einen Schritt zur Seite.

„Margo, wir müssen reden", sagte er brüsk und sah in den Garten hinunter, um die passenden Worte zu finden.

Eine bekannte Gestalt fiel ihm ins Auge. Er sah genauer hin, um sich zu vergewissern. Sein Magen zuckte. Abermals berührten Margos Brüste seinen Oberarm.

„Ich bin ganz Ohr, Herr Doktor", hauchte sie.

„Das darf doch nicht wahr sein", keuchte er.
Eilig drehte er sich um, schob sie beiseite und lief aus dem Zimmer.

Betty stand vor der beigefarbenen Holztür und kämpfte mit den Kloß in ihrem Hals.

Von drinnen ertönte das heitere Lachen des einzigen Menschen, der ihr nach ihrer Mutter der Liebste war. Und den sie enttäuschen würde. Sie hob die Hand und klopfte an, wartete aber nicht auf eine Erwiderung, sondern drückte die Klinke.

Hohner saß hinter dem Schreibtisch und hielt sein Telefon am Ohr. Bei Bettys Anblick erhellte sich seine Miene. Breit lächelnd bedeutete er ihr, näher zu treten. Sie schloss die Tür und wartete.

„Da ist sie ja schon, Karin", sagte er erfreut.

Bettys Herz sank. Er telefonierte mit ihrer Mutter. Seiner Fröhlichkeit nach zu urteilen war er noch nicht eingeweiht.

Während Hohner den Worten am anderen Ende der Leitung lauschte, analysierte Betty ihr eigenes Verhalten. Sie war in alte Fahrwasser verfallen, was sie erkannt hatte, nachdem sie sich vorhin auf offener Straße erbrochen hatte. Sie lief weg, statt sich ihren Problemen zu stellen. Sie hatte reagiert, anstatt zu agieren.

„Es freut mich, dass du endlich nach Hamburg kommst", sagte Hohner mit einem warmen Lächeln.

Bettys Herz zuckte wehmütig. Zu dieser Reise würde es womöglich nicht kommen. Der Startschuss war gefallen.

Hohner deutete auf den Hörer. „Möchtest du mit deiner Mutter sprechen?"

„Ich rufe sie später an", erwiderte sie kopfschüttelnd.

„Hast du gehört? - Das wünsche ich dir auch." Er verabschiedete sich und legte auf. „Setz dich, mein Kind. Ich habe großartige Neuigkeiten."

Betty trat an Hohners Schreibtisch. Er wühlte in einem Stapel Unterlagen.

„Wo hab ich es denn?", fragte er ungehalten. Dann zog er ein Blatt hervor und lachte. „Was lange währt, wird endlich gut", triumphierte er und übergab Betty das Papier. Ihre Approbation für Deutschland. Sie stieß zitternd die Luft aus.

„Das ist ganz wunderbar, Onkel Stefan."

Er runzelte die Stirn. „Das sieht nicht aus, als würdest du dich freuen."

Betty senkte den Kopf und gab es auf, ihre Tränen einzudämmen, die ungehindert aus ihr heraus flossen. Hohner umrundete den Schreibtisch und nahm sie tröstend in den Arm, geduldig wartend, bis das Schluchzen nachließ und die Tränen versiegten. Er reichte ihr eine Box Papiertaschentücher. Dankbar griff sie nach einem Tuch und trocknete ihr Gesicht.

„So habe ich dich zuletzt weinen sehen, als Buddy gestorben ist", sagte er milde. Betty lachte heiser und beruhigte ihren Atem.

„Es war ein gnädiger Tod für ein achteinhalb Jahre altes Zwergkaninchen."

Hohner seufzte. „Der Traum jedes altersschwachen Männchens. Tod durch Coitus."

„Wir hätten ihm nicht dieses junge Weibchen unterjubeln dürfen."

„Der alte Knabe hatte was zu Erzählen im Kaninchenhimmel", schloss er schulterzuckend.

Bettys Miene wurde ernst. „Ich fliege heute noch zurück nach Südafrika."

„Willst du mir erzählen, was vorgefallen ist?", fragte er.

Sie schüttelte den Kopf, was er mit einem tiefen Ächzen bedachte.

„Ganz die Mutter", seufzte Hohner ergeben.

Beschwichtigend legte sie ihm eine Hand auf die Brust. „Mir tut das alles so entsetzlich leid. Aber ich werde es wieder gut machen." Abermals traten Tränen in ihre Augen. „Wie sagst du immer: Wir bekommen nicht das, was wir uns wünschen, sondern das, was wir brauchen."

Hohner lenkte den Blick zur Decke. „Manchmal verfluche ich meine Weisheit."

„Wenn es eine andere Möglichkeit gäbe..." Sie unterbrach sich. Die Trauer in seiner Miene brach ihr das Herz.

„Warum werde ich das Gefühl nicht los, dass du dabei bist, eine Dummheit zu begehen?", fragte er. Sie wich seinem forschenden Blick aus.

Für einen Moment erwog sie, ihn einzuweihen, seinen Rat einzuholen, den sie so dringend brauchte. Umgehend verwarf sie den Gedanken. Aus dem Garten ertönten laute Männerstimmen. Überrascht hob Hohner den Kopf.

„Was ist denn da los?", murmelte er und trat ans Fenster. Betty folgte ihm.

Im Patientengarten standen sich Eisenstein und Kent O'Brady wie zwei Kampfhähne gegenüber. Schwester Hildegard schien vermittelnd auf beide einzureden. Um sie herum verfolgten einige Patienten gespannt die Szenerie.

„Was macht der denn schon wieder hier?", fragte Hohner. Er berührte ihren Oberarm. „Entschuldige, mein Kind. Ich muss nachsehen, was da unten vor sich geht."

Sie gab ihm einen Kuss auf die Wange. Er taxierte sie streng. „Dieses Gespräch ist noch nicht beendet."

Damit verließ er den Raum und ließ Betty am Fenster zurück.

Schwer atmend lief Eisenstein durch die Lobby der Klinik hinaus in den Patientengarten. Er versuchte erst gar nicht, den roten Nebel vor seinen Augen zu lichten, befeuerte ihn sogar mit jedem Schritt. Dieser Kerl besaß die Stirn, im Garten zu stehen und Smalltalk zu betreiben.

Er stürzte auf den Iren zu, der neben Schwester Hildegard stand und mit einem aalglatten Lächeln auf sie einredete.

„Was wollen Sie noch hier?", herrschte er ihn an.

Die Augenbrauen des Kontrahenten schossen nach oben. „Schwester Hildegard plant einen Barfußpfad. Ich gebe nur nützliche Tipps."

„Verschwinden Sie! Sofort!", rief Eisenstein. Er hörte das leise Keuchen der Oberschwester, unterdrückte jedoch den Anflug von Gewissensbissen.

„Das ist ein freies Land", bemerkte O'Brady ungerührt.

Der Oberarzt knirschte mit den Zähnen. „Verlassen Sie augenblicklich das Gelände. "

Schwester Hildegard griff nach seinem Arm. „Eisenstein. Die Patienten schauen schon."

Seine Nasenflügel bebten. „Dieser Kerl hat ein Interview auf Antenne Hamburg veröffentlicht, das den Ruf unserer Klinik beschädigt."

„Was habe ich getan?", fragte er.

„Sie haben Betty der Fahrerflucht bezichtigt."

O'Bradys Gesichtszüge entglitten für einen Moment. Dann versteckte er sich wieder hinter einem nichtssagenden Lächeln. „Jeder Mann ist freundlich, bis die Kuh in den Garten kommt."

Eisenstein packte den anderen Arzt am Kragen und zog ihn zu sich heran. „Sie werden sofort zum Sender gehen und ihre Geschichte dementieren."

„Warum sollte ich das tun?"

„Lassen Sie ihn los, Eisenstein", forderte Hildegard erneut.

Ihre Mahnung drang in sein Bewusstsein. Er gab den Iren frei, der ein paar Schritte zurück stolperte, und schüttelte die Hände aus, um sie zu lockern.

Die Oberschwester wandte sich an O'Brady. „Bitte seien Sie so gut und gehen Sie. Hier sind Kinder."

Feixend verschränkte dieser die Arme vor der Brust. „Wo ist Betty?"

„Sie werden sie in Ruhe lassen", brüllte Eisenstein. Mit übermenschlicher Beherrschung ballte er die Hände an den Seiten, bekämpfte den überbordenden Druck in seinem Magen. Im Augenwinkel sah er, wie Katja über die Rasenfläche angerannt kam.

„Hau ab von hier, du Drecksack!", rief sie O'Brady entgegen. Drohend baute sie sich vor ihm auf. Der Ire lachte hämisch auf ihre winzige Gestalt hinunter.

Ungeduldig warf Schwester Hildegard die Hände in die Luft. „Kinder!", rief sie. „Hier sind doch Kinder anwesend."

Bei anderer Gelegenheit hätte Eisenstein über diese irrige Aussage gelacht. Heute brachte ihn die Tatsache, dass an den

Fenstern der Klinik mittlerweile viele Patienten Zeugen der Vorgänge im Garten wurden, in Rage.

„Tilly hat angerufen. Dieser Kerl hat irgendwas mit Betty veranstaltet. Wir können sie nirgendwo finden", verteidigte sich Katja.

Eisenstein trat einen Schritt auf den Iren zu. „Zum letzten Mal, O'Brady. Verlassen Sie das Gelände und stellen Sie Bettys Ruf wieder her."

Dieser bleckte unverschämt die Zähne. „Jetzt verstehe ich. Sie ist also aus meinem Bett direkt in das Ihre gestiegen." Eisensteins Kiefer verkrampften. Die eiserne Gewalt, mit der er sich im Zaum hielt, drückte ihm schier die Luft ab. „Wussten Sie überhaupt von mir?", provozierte der Ire weiter.

„Zum letzten Mal-"

Sein Gegenüber ließ nicht locker. „Das dachte ich mir. Frauen tun nie, was man ihnen sagt. Auch wenn man es ihnen noch so gut besorgt."

Seine Faust landete in O'Bradys Gesicht.

Ein scharfer Schmerz durchfuhr Eisensteins Fingerknöchel. Er schüttelte die Hand aus, um ihn zu lindern. Der Kerl hatte einen Kopf aus Granit. Er wollte O'Brady am Kragen packen, da traf ihn ein Schwinger in die Magengrube. Für einen Moment wurde ihm übel.

„Du hast dich mit dem Falschen angelegt", keuchte der Ire und griff seinerseits mit den Händen nach Eisensteins Revers. Er zog ihn zu sich heran und stierte ihm wutentbrannt in die Augen.

„Du glaubst, Betty würde sich ernsthaft mit jemanden wie dir abgeben?", versetzte O'Brady verächtlich. „Eine Frau wie Betty braucht einen Mann. Keinen verweichlichten Lackaffen."

Eisenstein holte mit dem Kopf aus und rammte ihn mit voller Wucht auf die Stirn seines Kontrahenten. Der Ire verdrehte für einen Moment die Augen, ließ ihn aber nicht los. Stattdessen löste er die rechte Hand von dem Arztkittel und holte aus. Der Kopf des

Oberarztes wich zur Seite, wodurch der Schlag ins Leere ging. O'Bradys Hand verlor den Halt und Eisenstein war frei.

„Was, zum Teufel, ist hier los?", ertönte Hohners wütende Stimme. Er kam mit schnellen Schritten auf die Gruppe zugelaufen.

O'Brady spuckte aus und sah ihm entgegen. „Ist das Standard dieser Klinik, auf Besucher einzudreschen?", ätzte er.

„Wenn Eisenstein zuschlägt, wird er einen dafür Grund haben", bemerkte der Professor, warf dann dem Oberarzt einen tadelnden Blick zu. „Auch wenn ich körperliche Gewalt nicht tolerieren kann."

Eisenstein öffnete den Mund zu einer Erwiderung, da entdeckte er am Fenster von Hohners Büro Bettys Gestalt. Der verletzte Ausdruck in ihren Augen schnürte ihm die Kehle zu. Er hob die Hand, um sie zu trösten, da explodierte sein Gesicht.

Die Welt um ihn drehte sich im Karussell. Wie durch einen Nebel hörte er Hohners wütende Stimme, die übertroffen wurde von Katjas Gekreische. Einem Billardball gleich schoss ein stechender Schmerz in seinem Kopf zwischen Nase und Schädelwand hin und her. Dazu drehte sich sein Gehirn wie die Walzen eines einarmigen Banditen.

Sanfte Hände legten ihm etwas Kühlendes in den Nacken. Ein Stück Stoff wurde unter seine Nase gepresst. Er griff an die lädierte Stelle, um es selbst zu halten. Ein metallischer Geschmack verbreitete sich in seinem Mund. Er glitt mit der Zunge über seine Zähne. Erleichtert atmete er auf, als er keine Lücken ertastete.

Zwei Arme griffen ihm unter die Achseln und zogen ihn auf die Füße. Die unangenehme Kälte an seinen Hosenbeinen sagte ihm, dass er mit den Knien auf dem Rasen gelandet war. Grasflecken gingen beim Waschen nicht wieder heraus, fuhr es ihm idiotischer Weise durch den Kopf. Ein Bild trat vor sein inneres Auge. Betty entfernte Lippenstiftflecken von seiner Brust. Sie lächelte ihn an. Süße kleine Schwester Betty. Seine Beine waren weich wie

Grütze. Er wäre gefallen, hätten ihn diese kräftigen Hände nicht auf den Füßen gehalten.

„Ist Ihnen übel?", fragte eine sachliche Stimme.

Er schüttelte den Kopf und ruderte gleich darauf vor Schwindel mit den Armen. Seine Hand erfasste einen weichen Ärmel. Allmählich schwanden die Sterne vor seinen Augen. Sein Blick wurde klarer. Hohner stand neben ihm und musterte ihn vorwurfsvoll und besorgt.

„Wo ist der Kerl?", fragte er den Chefarzt mit kratzender Stimme.

„Er ist gegangen. Was fällt Ihnen bloß ein, Eisenstein?"

Der Oberarzt spuckte aus, um den üblen Geschmack in seinem Mund zu vertreiben. „Haben Sie die Polizei verständigt?"

Hohner hob eine Hand und brachte ihn zum Schweigen. „Erst kümmern wir uns um Ihre Verletzungen. Dann erzählen Sie mir alles. Können Sie laufen?"

Eisenstein rümpfte empört die Nase und bereute es sofort. Ein ekelerregender Schmerz durchbohrte sein Gesicht. „Waren wir nicht schon einmal beim Du?", fragte er gequält.

Der ältere Freund schnaubte. „Nicht, wenn Sie sich wie ein prügelnder Schuljunge benehmen." Der Professor ergriff seinen Arm und stützte ihn auf dem Weg ins Gebäude. Bevor sie das Haus betraten, warf Eisenstein den Blick hinauf zu Hohners Büro. Bettys Gestalt war verschwunden.

8

Die Lehne des Vordersitzes war mit buntem Stoff bezogen. Bei längerem Hinsehen verschwammen die Muster, wie in einem 3D-Bild. Nur kam keine Zahl oder ein Tier zum Vorschein. Abermals zweifelte sie daran, die richtige Entscheidung getroffen zu haben.

Wieder einmal war sie geflohen, anstatt sich Kent entgegenzustellen. Er hatte sie an Onkel Stefans Fenster entdeckt, nachdem er Eisenstein zu Boden gestreckt hatte. Die Mordlust in seinen Augen jagte ihr eine Heidenangst ein. Ihr Herz blutete für die lieben Menschen, die sie verteidigten. Und die ihr Hamburg zu einer wahren Heimat werden ließen.

Sie griff nach ihrem Smartphone. 21 neue Anrufe. Katja. Sie überlegte einen Moment, sie zurückzurufen, entschied sich dann dagegen. Es hätte ihren Entschluss womöglich ins Wanken gebracht. Stattdessen sandte sie ihr eine Nachricht, um sie zu beruhigen.

Sie verfasste eine weitere Mail an ihre Mutter, in der sie detaillierte Anweisungen gab. Betty hoffte, dass sie diese so schnell wie möglich las. Dann steckte sie das Gerät in ihre Tasche und beugte sich zum Fahrer, um ihre Rechnung zu begleichen.

Als sie aus dem Taxi stieg, klingelte ihr Smartphone. Sie las den Namen der Anruferin und stieß erleichtert die Luft aus.

„Hi, Mum", seufzte sie in das Gerät, nachdem sie den Anruf entgegengenommen hatte.

„Betty, Liebes. Wie geht es dir?" Die Stimme der Mutter klang besorgt.

„Kent ist hier."

Kurzes Schweigen entstand am anderen Ende der Leitung. „Das hatte ich befürchtet. Er wurde zuletzt in Mombasa gesichtet. Dann haben sie ihn aus den Augen verloren", sagte Karin. „Mich wundert, wie er es geschafft hat, den Kontinent zu verlassen."

Betty schloss die Augen. Wusste Kent, dass er im Fadenkreuz der Ermittler stand?

„Seit wann lässt Ben nach ihm fahnden?", fragte sie.

„Offiziell erst seit letzter Woche. Du weißt, wie das hier läuft."

Betty stieß gequält die Luft aus. Nach dem Flugzeugabsturz ihres Vaters hatte es Jahre gedauert, bis die tatsächlichen Umstände geklärt waren. Was zunächst wie ein Unfall aussah, entpuppte sich als politisch motivierter Anschlag einer Gruppe von Regierungsgegnern.

„Mom, du musst Ben die Beutel geben. Ich habe sie im Pavillon versteckt. Am Bottelary Lake." Ben Carlsen war Privatermittler und arbeitete eng mit der Capetown-Police zusammen.

„Was ist in diesen Beuteln?", fragte Karin.

„Lieferlisten. Und Kundendaten."

„Kennst du den Inhalt?"

„Ich habe sie nur kurz überflogen. Es waren keine mir bekannten Leute darunter." Aber es war durchaus möglich, dass die Listen Namen von Personen enthielten, deren Verbindung zu Kent politische Brisanz bedeutete.

„Ich rufe Ben an. Er wird wissen, was zu tun ist", sagte ihre Mutter.

Bettys Augen füllten sich mit Tränen. „Ich wusste davon nichts, Mom. Das musst du mir glauben."

„Ach, mein Kind." Der warme Tonfall brach ihr das Herz. „Komm nach Hause", bat die Mutter. „Und pass gut auf dich auf."

Betty atmete entschlossen durch. „Ich werde das hier zu Ende bringen. Danach komme ich heim." Sie verabschiedete sich und steckte das Handy in ihre Tasche.

Mit gemischten Gefühlen sah sie die Fassade des Gebäudes hinauf. Dann nahm sie einen tiefen Atemzug, um sich Mut zuzusprechen, und schritt auf die große Glastür zu. Dahinter empfing sie ein angenehm kühles Klima.

Sie trat auf den Tresen zu. Eine Frau mittleren Alters tippte geschäftig auf einer Tastatur. Fragend hob diese den Blick.

„Was kann ich für Sie tun?", fragte die Empfangsdame. Betty straffte die Schultern. „Ich bin Dr. Bethany Krüger", stellte sie sich vor. „Und ich habe eine interessante Geschichte zu erzählen."

„Au, verdammt nochmal!"

Der Professor schnalzte mit der Zunge. „Stell dich nicht so an, mein Junge. Ich muss sehen, ob was gebrochen ist."

Unwillig wischte Eisenstein Hohners Hand beiseite. „Die Nase ist nicht gebrochen." Er griff nach dem Coolpack, das auf dem Sideboard des Untersuchungszimmers lag und hielt es sich auf die misshandelte Stelle.

Hohner fischte einen Leuchtstift aus der Tasche und blinkte in Eisensteins Pupillen. „Alles normal", stellte er fest.

Der Oberarzt kniff die Augen zusammen. „Ich habe keine Gehirnerschütterung, denn ich war nie bewusstlos."

„Du bist mein Patient und ich werde dich gründlich untersuchen." Hohners Ruhe ging ihm gegen den Strich.

Er wich der tastenden Hand des älteren Arztes aus. „Ich nehme eine Tablette, der Rest gibt sich." Hohner trat an den Medikamentenschrank und kramte darin herum. „Mich würde interessieren, wo dieser Mistkerl jetzt ist", knurrte Eisenstein.

„Ich habe ihm Hausverbot erteilt", sagte der Professor. „Das hätte ich schon tun sollen, als ich heute Vormittag mit ihm gesprochen habe." Er kam zurück und hielt dem Oberarzt eine Tablette und einen Becher vors Gesicht.

„O'Brady war heute schon einmal bei dir?" Eisenstein schob das Dragee in den Mund und schluckte es hinunter. Das angebotene Wasser ignorierte er.

Der Professor stieß einen abfälligen Laut aus und stellte den Becher auf das Sideboard. „Ich kenne ihn aus Südafrika und hielt ihn anfangs für einen prima Kerl. Aber er war nicht gut für Betty." Er ließ ein trockenes Lachen hören. „Als er Andeutungen über Betty machte, wäre ich beinahe handgreiflich geworden."

Eisenstein spuckte aus. „Er hat ein Interview auf Antenne Hamburg gegeben, das Betty und die Klinik aufs Schlimmste diskreditiert. Scheinbar waren Betty und er in Südafrika in einen Unfall verwickelt, der einem Jungen das Leben kostete. Angeblich hätte Betty Fahrerflucht begangen."

„Betty? Niemals." Der Blick des Älteren verfinsterte sich. „Was verspricht sich O'Brady davon, mit der Geschichte an die Öffentlichkeit zu gehen? Wenn er selbst in den Unfall verwickelt war."

„Das ist etwas, das ich auch nicht verstehe", sagte Eisenstein stirnrunzelnd.

„Du glaubst ihm doch nicht?", fragte Hohner.

Eisenstein zuckte die Achseln, kannte er Betty erst seit wenigen Wochen. Dann schüttelte er langsam den Kopf. „Ich glaube nicht ein Wort von dem, was der Kerl sagt."

Hohner schmunzelte. „Allein für die Bedenkpause hätte Katja dir eins auf deine kaputte Nase gegeben."

„Ich habe keine kaputte Nase", beharrte Eisenstein und bedachte seinen Chef mit einem forschenden Blick. „Was ist wirklich in Südafrika passiert? Können wir nicht Bettys Mutter fragen?"

Hohner tigerte verärgert auf und ab. „Die spricht mit mir lieber über Flora und Fauna ihres Gemüsegartens, anstatt mich in dieses üble Spiel einzuweihen. Betty kam schwer angeschlagen nach Hamburg, was mich jetzt nicht weiter verwundert."

Mitgefühl verengte Eisensteins Kehle. Jeder Arzt hatte mit dem Verlust eines Patienten zu kämpfen. Umso mehr, wenn Kinder betroffen waren. Hohner kratzte sich nachdenklich am Kopf.

„Dieser Unfall, die ganzen Einsätze in Afrika. O'Brady ist ein Adrenalinjunkie. Er hat Betty die letzten Jahre quer über den Kontinent gehetzt. Das Mädel war ein Schatten ihrer selbst.".

„Deshalb mimt sie den Clown", folgerte Eisenstein und Hohner nickte zustimmend. Ein Mensch wie Betty, der gab, ohne zu fordern, sollte nicht mit Dämonen kämpfen. Er wollte sie beschützen. Wollte sie auf Händen tragen. Wollte der Held sein, der Drachen für sie tötete. Stattdessen wurde sie Zeuge, wie er, Dr. Jan Peter Eisenstein-Benz, durch den simplen Armschwinger ihres Exfreundes zu Boden ging. Und der Kerl hatte sich ungestraft davongemacht, war womöglich immer noch hinter ihr her.

Ein toller Held bin ich, ging er mit sich ins Gericht.

Dabei war er selbst nicht zimperlich mit ihr umgesprungen. Vor Schamgefühl verkrampfte sich sein Nacken. Er begegnete dem abwartenden Blick seines Gegenübers.

„Ich liebe Betty", gestand er nicht nur dem älteren Mann, sondern auch sich selbst ein.

Hohner nickte. „Das dachte ich mir."

Die Tür flog auf und Margo trat ins Zimmer. Als sie das lädierte Gesicht des Oberarztes sah, hob sie eine Hand vor den Mund.

„Oh, mein Liebster. Tut es sehr weh?"

Betreten sah Eisenstein zu Hohner. Dieser lächelte verständig. „Ich lasse Sie beide alleine", murmelte er und verließ den Raum.

„Margo, wir müssen reden."

Sie hob eine Hand, um ihn zu unterbrechen. „Ehrlich gesagt: ich bin enttäuscht von dir."

Er stutzte. „Ich verstehe nicht."

„Seit diese Frau hier ist, bist du nicht mehr wieder zu erkennen. Du vernachlässigst deine Forschungen. Du prügelst dich auf dem Klinikgelände, vor den Augen aller Patienten."

„Der Kerl ist eine Bedrohung für unsere Klinik", verteidigte er sich.

„Diese Frau hat dich so durcheinander gebracht, dass du um ein Haar den Erfolg unserer Veranstaltung gefährdet hast."

„Womit sollte ich das getan haben?"

„Du warst abwesend. Konntest deine Augen kaum abwenden von dieser Person."

„Margo, ich kann das nicht mehr", seufzte er.

Ungläubig riss sie die Augen auf. „Was kannst du nicht mehr?"

„Die Studien, die Klinik. Ich stehe am Rande eines Nervenzusammenbruchs."

Sie zuckte unbeeindruckt mit den Achseln. „Ich kenne einen hervorragenden Neurologen."

„Herrgott, Margo!"

„Das ist auch so etwas. Seit ich dich kenne, hast du dich nie zu diesen verbalen Entgleisungen hinreißen lassen."

Er sah sie mit ernster Miene an. „Und das genau ist die Frage. Margo. Kennst du mich?"

„Das ist eine äußerst dämliche Frage."

„Kennst du mich?", wiederholte er.

„Natürlich kenne ich dich."

„Weißt du, dass ich diese grauen Anzüge verabscheue?"

„Elbsillon ist ein Top-Modelabel. Du kannst als Oberarzt nicht herumlaufen wie ein Clochard. Und Grau steht dir."

„Weißt du, dass ich es hasse, vor Menschen zu stehen? Weißt du, wie unwohl mir ist, wenn ich mit vielen Fremden zusammen in einem Raum bin. Weißt du, dass die einzigen Menschen, mit denen ich wirklich ungezwungen reden kann, Kinder sind?"

Sie betrachtete ihn mit gerunzelter Stirn. „Du brauchst Erholung, das habe ich verstanden."

Traurig schüttelte er den Kopf. „Ich werde etwas ändern, Margo. Und ich bezweifle, dass du dich mit dem wahren Jan Peter Eisenstein-Benz arrangieren könntest."

Sie schluckte. „Als ich dir den Artikel auf Antenne Hamburg zeigte, bin ich davon ausgegangen, du würdest entrüstet sein darüber, wie die Klinik diskreditiert wird. Aber du warst nicht darüber erbost, nicht wahr?"

„Nein", antwortete er schlicht. Sie atmete tief ein.

„Du liebst diese Frau", sagte sie leise.

Er straffte die Schultern. „Ja, das tue ich."

Sie lachte freudlos. „Das mit uns hätte wirklich groß werden können."

„Vielleicht, Margo. Aber wir verfolgen unterschiedliche Ziele."

Trotz aller Abwehr versetzte ihm ihr bittersüßes Lächeln einen leisen Stich.

„Mein Fehler im Erwartungsmanagement", sagte sie schulterzuckend. Er bedauerte das Missverständnis, denn er hatte Margo nie verletzten wollen.

Sie trat nah an ihn heran und fragte: „Wenn sie nicht hier aufgetaucht wäre: Hätte ich eine Chance gehabt?"

Wie beantwortete man so eine Frage, wenn man erst vor wenigen Tagen aus dem Tiefschlaf erwacht war? „Ich weiß es nicht", sagte er wahrheitsgemäß. Einen Moment sah sie ihn starr an, dann warf sie ihre Haare aus dem Gesicht.

„Nun gut. Davon geht die Welt nicht unter", sagte sie in ihrer gewohnt nüchternen Art.

Erleichtert ließ er die Schultern fallen und kratzte sich dann am Kopf. „Margo, diese Nacht. Ich muss mich in aller Form bei dir entschuldigen."

Sie hob eine Augenbraue. „Wofür genau entschuldigst du dich?"

„Habe ich dich überwältigt?" Galle stieg ihm bei der Vorstellung in die Kehle.

Sie legte eine Hand an seine Wange und sah ihn mitleidig an.

„Ich könnte das jetzt ausnutzen. Aber ich wäre nicht so erfolgreich, wenn ich nicht wüsste, wann ein Projekt aussichtslos ist."

„Das ist keine Antwort auf meine Frage."

Sie legte ihre Lippen an sein Ohr. „Ihr Kittel ist blütenweiß, Herr Oberarzt."

Er reckte den Kopf zurück und sah ihr ins Gesicht. „Kannst du mir bitte endlich sagen, was genau vorgefallen ist?"

Sie seufzte affektiert. „Man würde doch meinen, ein Mann müsse sich selbst im volltrunkenen Zustand erinnern, wenn er Sex mit mir hatte."

„Margo, bitte!", rief er.

„Als wir in meinem Schlafzimmer ankamen, bist du auf mein Bett gefallen und augenblicklich eingeschlafen. Sehr charmant."

„Aber ich war nackt."

„Der Eisenstein, den ich kenne, würde niemals in verknitterter Kleidung nach Hause gehen wollen."

Er lachte erleichtert und zog Margo in eine feste Umarmung.

Die Tür schwang auf und knallte gegen die Wand. Katja rauschte ins Zimmer und stöhnte laut auf. „Könnt ihr euer Gedöns nicht außerhalb der Klinik aufführen?", schnappte sie. „Wo ist der Professor?"

Eisenstein löste sich aus Margos Armen. „Er war eben noch hier. Warum?"

Katja hob ihm ihr Handy vor die Nase. „Betty schreibt kryptische Nachrichten. Wahrscheinlich macht sie irgendeinen Scheiß."

„Zeigen Sie her", forderte er und nahm ihr das Smartphone aus der Hand. Er las die Textnachricht.

Katja, ich weiß jetzt, was ich tun muss, damit alle in Sicherheit sind. Und es tut mir leid, dass ich euch da mit hineingezogen habe. XOXOXO Betty.

„Wo ist sie gerade?", fragte er harsch.

„Wenn ich das wüsste, würde ich ja nicht hier stehen. Vielleicht in der WG? Keine Ahnung."

„Kommen Sie mit. Ich fahre", bellte Eisenstein und lief zur Tür hinaus. Katja heftete sich an seine Fersen.

„Auf keinen Fall fahren Sie. Sie haben eine Kopfverletzung."

„Ich habe keine Kopfverletzung." Zweifelnd deutete sie auf sein geschwollenes Gesicht. Er seufzte ergeben. „Dann fahren eben Sie."

„Wenn Sie so hier raus gehen, hält uns die Polizei sofort auf." Sie rümpfte die Nase und musterte ihn von Kopf bis Fuß.

Er blieb stehen und sah an sich herab. Sein sonst so akkurater Kittel war übersät mit Blutspritzern. „Das ist mein Blut", erwiderte er pikiert und nestelte an den Knöpfen.

„Was es nicht weniger gruselig macht", bemerkte sie.

Er entledigte sich des Kleidungsstückes und drückte den verknüllten Stoffball einer Schwester in die Hand, die an ihnen vorbei lief. „Jetzt kommen Sie endlich", blaffte er Katja an und verließ die Klinik.

Auf dem Parkplatz steuerte Eisenstein auf seinen Mercedes zu. Er warf Katja den Schlüssel hin und stieg auf der Beifahrerseite ein. Sie klemmte sich hinter das Lenkrad.

„Gibt es irgendein Klischee, das Sie nicht bedienen?", fragte sie.

Er sah sie verwirrt an. „Was meinen Sie?"

„Silbergrau", murrte sie und schüttelte den Kopf, ehe sie die Zündung betätigte. Mit einem schnurrenden Brummen fuhr der Wagen an. Sie lenkte das Fahrzeug vom Parkplatz und reihte sich in den regen Feierabendverkehr ein.

Eisenstein trommelte ungeduldig mit den Fingern auf seinen Oberschenkel.

„Ich mag Sie nicht, Dr. Eisenstein-Benz." Sein Blick schoss zu ihr hinüber.

„Vielen Dank auch", erwiderte er und sah zurück auf die Straße.

„Sie sind eingebildet und arrogant. Sie sind rückgradlos und lasch. Und Sie haben einen lausigen linken Haken."

Er verschränkte die Arme vor der Brust und sah sie aus schmalen Augen an. „Noch mehr Komplimente?"

Unbeirrt fuhr sie fort. „Ich nehme Sie nur aus einem einzigen Grund mit. Damit Sie Betty sagen können, dass Sie ihr keine Schuld geben an dem Imageschaden, der für die Klinik entstanden ist."

Seine Augenbraue zuckte nach oben. „Darf ich Sie darauf hinweisen, dass wir in meinem Wagen sitzen. Also nehme faktisch ich Sie mit."

Katja machte einen äffenden Gesichtsausdruck. Sein Mundwinkel verzog sich amüsiert. Diese Frau hatte Feuer im Blut. Und sie kämpfte wie eine Löwin für ihre Liebsten. Das imponierte ihm. Dennoch reizte es ihn, sie zu necken. „Bei ihrem Fahrtempo hätten wir allerdings gleich zu Fuß gehen können."

„Hallo?", rief sie. „Das ist ein Mercedes!"

„Es ist ein Auto", entgegnete er ungerührt. „Sollte ich als Oberarzt ihrer Meinung nach einen Kleinwagen fahren?"

Trotzig verzog sie das Gesicht. „Ich kann mir nur die Normalo-Haftpflicht leisten. Nicht dieses All-inclusive-Zeugs wie Sie, Herr Oberarzt."

Er atmete nach Geduld heischend durch. Wie erwartet hatten sie eine unterschiedliche Auffassung von Humor. „Was ist so falsch an Silbergrau?", fragte er.

Katja lachte laut. „Solide, verlässlich, praktisch. Kein Mann für Überraschungen. Einer, der immer nur abwartet, aber nie die Initiative ergreift."

Er presste die Lippen aufeinander. Die Farbe des Autos hatte er in erster Linie aufgrund deren Schmutzunempfindlichkeit gewählt. Trotzdem fuhr er den Wagen zwei Mal wöchentlich durch die Waschanlage. Sie hatte Recht. Er war ein Spießer. Dennoch verzog er streng das Gesicht.

„Jetzt bedienen Sie die Klischees", murrte er.

Sie warf ihm einen Seitenblick zu. „Seit drei Jahren arbeite ich in dieser Klinik und ich habe Sie auf Station noch nie ohne einen Anzug gesehen. Allein das ist schon so ein Ding. Sie sind wahrscheinlich der einzige Kinderarzt Deutschlands, der rumläuft wie ein Bankmanager."

„Das vermittelt Respekt", erwiderte er und wurde sich bewusst, dass dies in erster Linie Margos Argumentation entsprach. Die Frau neben ihm bekam einen weiteren Lachanfall.

„Klar. Wenn Sie den Kindern eine Kapitallebensversicherung verkaufen wollen", japste sie vergnügt über den eigenen Witz.

Um zu untermauern, wer der Herr im Wagen war, stellte er das Radio an. Klassische Musik ertönte, was Katja mit einem hämischen Grinsen quittierte. Ein weiteres Stereotyp.

Mürrisch betätigte er die Suchtaste des Radioempfanges. Ein wilder Beat ließ die Plastikverkleidung des Wageninneren vibrieren. „Zufrieden?", fragte er bissig.

Katja lächelte schelmisch vor sich hin und bewegte das Kinn im Takt der Musik. Der Song endete. Eine männliche Stimme ertönte.

„Sie hören Antenne Hamburg, ihr Nach-Hause-Kommen-Radio am Mittwochabend. Am Mikrofon für Sie: Jens Jensen."

Eisenstein lachte spöttisch auf. Katja blitzte ihn verärgert an.

„So heißt doch kein Mensch", sagte er.

„Jens Jensen kommt aus St. Peter-Ording und ist der Top 1 Ladykiller in Hamburg." Ihren roten Wangen nach zu schließen, stand die Krankenschwester auf den nordfriesischen Womanizer.

„Selbstverständlich", frotzelte er.

Der Jingle der Sendung endete und die Stimme aus dem Äther fuhr fort: „Ein handfester Skandal um die Selenius Privatklinik in Hamburg Altona sorgte an diesem Tag für großen Wirbel. Eine junge Ärztin, die in einen Unfall in Südafrika verwickelt war, wurde in einem Artikel auf unserer Online-Seite als Unfallverursacherin dargestellt. Nun haben wir Frau Dr. Krüger hier bei uns im Studio. Hallo, Frau Dr. Krüger."

„Oh, mein Gott!", kreischte Katja.

„Seien Sie still", zischte Eisenstein und lehnte sich näher an das Radio.

„Guten Tag, Herr Jensen", erklang Bettys gefasste Stimme aus der Box.

Der Mercedes kam ruckartig zum Stehen. Im Reflex stemmte sich Eisenstein gegen das Armaturenbrett. Hinter ihnen quietschen Bremsen. Zu seiner Erleichterung blieb der befürchtete Crash aus.

„Sie ist zum Radio gegangen", flüsterte Katja matt.

„Sind Sie verrückt?", rief Eisenstein. „Fahren Sie weiter." Er sah nach hinten. Ein lautes Hupkonzert ertönte. Katja startete den Wagen und ließ ihn wieder anfahren.

Abermals ergriff Jensen das Wort. „Frau Dr. Krüger, erzählen Sie uns von den Vorfällen in Südafrika."

Betty berichtete ihre Version des Unfallhergangs in sachlichem Ton der Ärztin. Der Oberarzt verstand die Tragik und litt körperlich mit.

„Suchen Sie die Adresse des Senders im Internet", zischte Katja hektisch und wedelte mit einer Hand zu ihm herüber.

Er fischte sein Smartphone aus der Hosentasche und öffnete den Browser.

Bettys Stimme im Radio sagte: „Es ist nicht einfach, immer das Richtige zu tun. Und manchmal verschlimmern wir die Dinge, um die Menschen zu schützen, die wir lieben."

„Oh, Mann, Betty! Warum machst du immer alles mit dir alleine aus?", schimpfte Katja.

„Da vorne müssen Sie links abbiegen." Auf dem Smartphone verfolgte Eisenstein die Route zum Sender, seine Ohren hingen an der Stimme der Frau im Radio.

Man hörte Bettys leises Seufzen. „Meine Mutter betreibt ein afrikaweites Netzwerk von Ärzten. Mein Ex-Freund Kent O'Brady und ich waren häufig im Dienste dieser Organisation unterwegs. Was ich nicht wusste: Diese Einsätze wurden genutzt, um einen Handel mit illegalen Substanzen zu betreiben."

Eisenstein atmete heftig ein. Der Kerl war ein Verbrecher und auf freiem Fuß. Wenn er nur halbwegs richtig lag in seiner Einschätzung, dann schwebte Betty in Gefahr.

„So ein Scheißkerl", kommentierte Katja.

„Ein schwerer Vorwurf", bemerkte Jensen. „Haben Sie dafür Beweise?"

Betty wich aus. „Darüber möchte ich nicht weiter sprechen."

„Kluges Mädchen", lobte Katja.

„Und Sie hatten nie einen Verdacht?", bohrte Jensen nach.

„Lass sie in Ruhe, du Mistkerl", sagte Katja grimmig.

„Kent und ich führten eine gute Beziehung." Eisenstein knurrte unwillig.

„Warum sind Sie nach Deutschland gekommen?", fragte Jensen.

„Ich habe Freunde hier."

„Können Sie nicht schneller fahren?", fuhr Eisenstein die Fahrerin an und krallte die Hand in sein Knie.

„Bleiben Sie dran. Gleich geht es weiter mit dieser spannenden Geschichte", bellte Jensen ins Mikro, ehe der metallische Beat eines Rapsongs das Wageninnere ausfüllte.

„Ich fahre, und damit basta!", ätzte Katja. Etwas Blaues schoss an ihnen vorbei und ließ sie abrupt bremsen.

„Jetzt überholen uns schon die Fahrradfahrer! Halten Sie da vorne rechts an. Wir wechseln."

„Aber Sie können nicht -"

„Fahren Sie, verdammt nochmal, rechts ran!", forderte er lautstark.

Katja bremste an der angegebenen Stelle und stieg widerstrebend aus. Eisenstein glitt hinter das Steuer.

„Ich hoffe, Sie haben eine gute Versicherung", sagte sie schneidend und schnallte sich auf dem Beifahrersitz an.

Er bedachte sie mit einem schelmischen Seitenblick. „Sogar, wenn jemand anderer das Fahrzeug lenkt, sofern ich nur mit im Wagen sitze."

„Wie könnte es auch anders sein." Trotzig verschränkte sie die Arme vor der Brust.

Eisensteins Knöchel traten hervor, so fest umklammerte er das Lenkrad. „Margo und ich sind nicht zusammen."

„Sagen Sie das jemanden, der sie nicht inflagranti ertappt hat."

„Ich hatte nie etwas mit ihr."

„Sehe ich so aus, als würde ich noch an den Weihnachtsmann glauben?"

Er wand sich auf seinem Sitz. „Ich brauche ihre Zustimmung nicht. Aber Sie scheinen für Betty eine Art Schwester zu sein. Sie sollten also wissen, dass ich ernste Absichten bezüglich Betty hege."

Katja kniff die Augen zusammen. „Sie haben sie ganz schön durch die Mangel gedreht. Entgegen ihrer äußeren Coolness ist Betty sehr verletzlich. Sie haben sie zum Weinen gebracht. Ich weiß nicht, ob ich Ihnen das durchgehen lassen kann."

„Was das betrifft, hat Betty ihrerseits mein Innerstes nach außen gekehrt", gestand er leise. Die Freundin nickte verständig.

„Fahr zu, du Vollidiot!", brüllte Eisenstein.

Katja zuckte zusammen und brach dann in lautes Gelächter aus. „Vielleicht mag ich Sie in ferner Zukunft ja doch." Er ignorierte den Seitenhieb und überholte das Auto vor ihm rechts.

„Da vorne links und dann sind wir auch schon da!", wies sie ihn an.

Die Musik im Radio verstummte. Jens Jensens Stimme kehrte zurück. „Da sind wir wieder. Im Studio bei mir Frau Dr. Betty Krüger zu den brisanten Neuigkeiten über einen Drogenring in Südafrika."

„Warum plaudert sie sowas im Radio aus?", rief Katja entsetzt.

Eisenstein schauderte. „Sie steht im Moment so unter Druck, dass sie gar nicht mehr denkt."

Jensen fragte: „Frau Dr. Krüger, möchten Sie noch etwas hinzufügen?"

„Ich möchte meine Freunde um Verzeihung bitten", antwortete Betty heiser. „Ich weiß, dass ich sie enttäuscht habe und das tut mir leid."

„Ein wunderbares Schlusswort. Wir möchten unsere Hörer darauf hinweisen, dass mittlerweile ein internationaler Haftbefehl gegen Dr. Kent O'Brady vorliegt. Ein Fahndungsfoto finden Sie auf unserer Homepage unter www.antenne-hh.de."

Katja erbleichte im Sitz neben ihm und sah ihn beunruhigt an. „Wenn O'Brady Betty erwischt, dann braucht sie mehr als nur einen guten Schutzengel."

Er krallte die Hände um das Lenkrad. Das würde nicht geschehen, denn vorher würde er sie finden. Und dann nie wieder loslassen.

Die Bremsen des Mercedes quietschten, als Eisenstein den Wagen in zweiter Reihe vor dem Gebäude des Senders parkte. Er riss die Fahrertür auf und lief in das Haus, dicht gefolgt von Katja. Hinter dem Empfangstresen biss eine Frau mittleren Alters in einen gefüllten Bagel.

Eisenstein beugte sich über den Tresen und herrschte sie an: „Mein Name ist Dr. Jan Peter Eisenstein-Benz. Wo ist das Studio?"

Die Frau sah ihn verdattert an. Katja wiederholte die Frage moderater.

„Wo findet das Interview mit Frau Dr. Krüger statt?"

Die Empfangsdame brauchte ein paar Anläufe, um den großen Bissen in ihrem Mund hinunterzuschlucken. „Ich kann Sie nicht so einfach hier hereinlassen", sagte sie. „Wir haben Sicherheitsbestimmungen."

Eisenstein baute sich drohend vor ihr auf. „Sie sagen uns besser gleich, wo wir Frau Dr. Krüger finden." Katja schob sich vor ihn und unterbrach seine Tirade.

„Ich bin Frau Doktor Krügers Schwester. Wir machen uns große Sorgen um sie."

Die Empfangsdame nickte. „Das Interview war vor einer Stunde", teilte sie hochnäsig mit.

Eisenstein ließ die Hand auf den Tresen knallen. „Wollen Sie uns auf den Arm nehmen? Man hört sie doch gerade im Radio!"

„Ich kann gerne den Sicherheitsdienst rufen", blaffte die Frau, die sich merklich gefasst hatte und ein professionelles Empfangsdamengesicht aufsetzte „Was sie im Radio hören, ist eine Aufzeichnung", fügte sie distanziert hinzu. „Sie wurde vor einer Stunde produziert und wird gerade ausgestrahlt."

„Und ist Frau Dr. Krüger noch im Haus?", fragte Katja hoffnungsvoll.

Die Dame schüttelte den Kopf. „Sie ist gleich nach der Aufzeichnung gegangen."

„Wohin ist sie gegangen?", bellte Eisenstein.

„Woher sollte ich das wissen?", stellte sie die Gegenfrage und ließ eine Augenbraue nach oben wandern.

Eisenstein fluchte unflätig. Katja schenkte der Frau einen um Nachsicht heischenden Blick. „Er leidet unter einem Tourette-Syndrom."

„Und ist Arzt? Womöglich auch in dieser Privatklinik?"

Katja zuckte die Achseln. „Was tut man nicht alles für die Quote. Entschuldigen Sie, bitte." Sie zog ihn an seinem Sakko vom Tresen weg.

„Haben Sie mich gerade als Quotenbehinderten tituliert?", fragte er konsterniert.

„Sie entwickeln sich langsam zum Vollzeit-Rambo", rügte sie ihn.

„Ich weiß nicht, was das heute ist mit Ihrer Klinik", schnappte die Frau hinter dem Tresen. „Diese Dr. Krüger, war ja sehr freundlich. Aber diese andere Person. Und jetzt Sie." Ihr spitzer Finger stach in Eisensteins Richtung.

„Eine andere Person?", fragte er. „Meinen Sie Dr. O'Brady."

„Falls das so eine gestelzte Ärztin ist. Sie kennt den Programmchef. Die Art dieser Frau war mehr als indiskutabel."

Er verengte die Augen. „Beschreiben Sie die Frau", verlangte er, obwohl er sich die Antwort bereits ausmalte.

„Groß, dürr, arrogant. Sie hat die ganze Story erst angeleiert."

Eisenstein sah Katja an. „Margo", bestätigten sie unisono.

Er baute sich vor dem Empfangstresen auf. „Ich entschuldige mich in aller Form. Selbstverständlich entspricht rüdes Verhalten in keinster Weise den Standards unserer Klinik. Sie können versichert sein, dass dies Konsequenzen nach sich ziehen wird."

Er zog eine Visitenkarte aus der Tasche und legte sie auf den Tresen. „Falls Sie Kinder haben oder Bekannte mit Kindern, können Sie sich jederzeit an uns wenden. Wir haben sogar einen Clown."

Die Frau musterte ihn skeptisch. „Das sehe ich."

Ihm fiel ein, dass sein Gesicht nach dem Zusammenstoß mit O'Brady keinesfalls vertrauenswürdig aussah. „Ein Unfall", erklärte er.

„Selbstverständlich", erwiderte die Frau mokant.

Er nickte ihr zum Abschied zu und verließ den Sender. Vor der Tür blieb er stehen und fuhr sich verzweifelt mit der Hand durch die Haare.

„Dieses Miststück von Margo!", schimpfte Katja. „Wie ist sie überhaupt an Kent gekommen?"

„Margo spielt keine Rolle mehr. Mich interessiert nur, wo Betty ist."

In Katjas Augen las er die gleiche tiefe Besorgnis, die ihn umtrieb. Plötzlich zog sie scharf die Luft ein.

„Rufen Sie Tom an!", rief sie.

„Was hat Tom damit zu tun?"

„Rufen Sie an!"

Er zog sein Telefon aus der Tasche. Tom hob beim zweiten Klingeln ab.

„Hey, Bruderherz", meldete er sich. „Du hast Glück. Hier ist gerade Kaffeepause." Katja entriss Eisenstein das Smartphone.

„Hey, Tom. Hier ist Katja. Betty hat sich doch diese Fitness-App von Euch auf ihr Handy geladen." Sie stemmte eine Hand an die Hüfte. „Ich will, dass du sie trackst."

Aus dem Telefon rief Tom laut: „What?"

„Stell dich nicht an", blaffte Katja. „Betty ist weg und macht irgendeinen Scheiß. Wir sind auf der Suche nach ihr. Also: mach den verdammten Track!" Sie wartete auf seine Antwort. Dann rollte sie die Augen. „Ein Typ wie Heiner ist mit seinem Computer verwachsen. Also erzähl mir nicht, für ihn gäbe es sowas wie Offline." Wieder hielt sie abwartend die Luft an.

Tom sprach am anderen Ende der Leitung. Katja reagierte auf seine Rückmeldung, indem sie den Blick wütend an den Himmel richtete und stöhnte. Mit ätzender Stimme äffte sie seinen Bruder nach. „Heiner sagt, er muss erst nachschauen. - Wie mich dieser Typ nervt!"

„Geben Sie mir das Handy zurück." Er streckte die Hand aus. Sie gab ihm das Gerät und lief nervös auf und ab.

„Katja?", ertönte Heiners Stimme nach einiger Zeit aus dem Hörer.

„Hallo, Heiner. Hier ist Eisenstein."

„Ihr wisst, dass das gegen die Datenschutzgrundbestimmung verstößt."

„Wir machen uns die größten Sorgen um Betty."

„Trotzdem darf ich dir nicht sagen, dass das Handy vor etwa einer halben Stunde ein Signal vom Airport gefunkt hat." Ein Stich der Erleichterung durchfuhr ihn. „Heiner, du hast was gut." Er steckte das Handy ein.

„Zum Flughafen!", rief er Katja zu und sprang in den Mercedes.

Das Aroma von frisch gemahlenem Kaffee verwöhnte Bettys Nase. Gierig inhalierte sie den geliebten Duft und entspannte sich zum ersten Mal seit Stunden. Den Koffer hatte sie am Check-in-Schalter aufgegeben. Ihr Flug nach Kapstadt würde spätabends abheben.

Alles in ihr rebellierte. Anstatt froh zu sein, in die Heimat zurückzukehren, empfand sie einen bohrenden Schmerz. Als würde sie etwas Lebenswichtiges zurücklassen.

„Bitteschön. Einen doppelten Cappuccino-to-go." Der Mann hinter dem Tresen stellte den Einwegbecher auf die Ausgabefläche. Betty legte den passenden Geldbetrag in die dafür vorgesehene Schale und ergriff den Becher. Den ersten Schluck des herben Getränkes genießend, steuerte sie in Richtung Wartebereich des Abflugterminals.

„Ach, Betty. Das war so unklug", ertönte eine leise Männerstimme in ihrem Nacken.

Vor Schreck entglitt ihr der Cappuccino und klatschte in einer braunen Pfütze vor ihre Füße. Einige Spritzer trafen ihr Hosenbein.

„Es hätte auch nicht so böse werden müssen", setzte er nach.

Sie schoss herum und sah Kent mit schreckgeweiteten Augen an. Ein Fremder stand vor ihr. Nichts war zu sehen von dem irischen Sonnyboy. Sein Gesicht zeigte eiskalte Entschlossenheit. Seine kräftigen Finger ergriffen ihren Oberarm und dirigierten sie von der Flughafengastronomie weg Richtung Ausgang.

„Wer ist denn zuerst an die Presse gegangen?", schnauzte sie.

Er lachte hämisch. „Du meinst den Sender? Das war diese dämliche Alte. Ich bin kaum so blöd, mich selbst ans Messer zu liefern."

„Von wem sprichst du?"

„Die Schlampe deines Oberarztes."

Es klang logisch. Sie war Margo ein Dorn im Auge. Den angeknacksten Ruf der Klinik würde sie mit ihren Beziehungen glorreich wiederherstellen.

„Aber ich bin ihr sogar dankbar", sagte Kent.

„Ich verstehe immer noch nicht-"

„Sie hat im Internet nach dir gesucht und ist auf diesen Artikel von uns gestoßen. ‚Junges Ärztepaar mit SAMDA unterwegs im Dschungel'. Über die Homepage hat sie mich kontaktiert." Er lachte boshaft. „Was für ein Glück, dass Jackson so eine Schlafmütze ist."

Betty schloss stöhnend die Augen. Der junge Batswana war mit der Systemadministration der SAMDA betraut und bekannt für seine Lässigkeit, die seine Arbeitseinstellung einschloss.

Hinter ihnen hupte ein elektronischer Koffertransporter. Einen Moment lockerte Kent den Griff. Betty nutzte die Gelegenheit und befreite sich. Sie rannte in Richtung des Boardingbereichs davon. Nach ein paar Schritten hatte Kent sie eingeholt und drückte sie auf eine kleine Sitzgruppe, die etwas abseits stand.

Er glitt neben sie und legte einen Arm auf ihre Schulter. Grob zog er sie zu sich heran. Sein fester Kuss auf ihrer Wange ließ ihren Magen rebellieren. Ein älteres Paar ging auf einen Kofferwagen gestützt vorbei. Sie warfen ihnen einen abschätzenden Blick zu. Kent lächelte breit zurück.

„Flitterwochen", grinste er.

Die Frau kicherte errötend und wandte den Blick ab. Der Mann lachte wissend. „Das waren noch Zeiten", rief er und zwinkerte Ken zu.

Für Außenstehende wirkten sie wie ein Liebespaar. Betty taxierte die Umgebung und überschlug ihre Fluchtchancen.

„Hier sind überall Leute. Falls du mir etwas antun willst." Sie sah ihm trotzig ins Gesicht, obwohl sie innerlich bebte.

Kent legte die Lippen an ihr Ohr. „Ich werde dir jetzt sagen, wie das abläuft. Wir werden aufstehen und ganz ruhig zum Ausgang gehen. Und du wirst mein liebendes Weibchen geben."

„Was ist nur mit uns passiert, Kent?", fragte sie, um Zeit zu schinden. Wenn sie erst den Flughafen verließen, wäre ein Entkommen deutlich schwieriger.

Sein Griff verstärkte sich. „Es lief doch seit Jahren nicht mehr zwischen uns. Du musstest diese Paartherapeutin anschleppen, die dir in den Floh ins Ohr setzte, wir sollten mehr Zeit miteinander verbringen. Hätten wir es dabei belassen, dass du in Kapstadt bleibst und ich die Einsätze fahre, wer weiß?"

„Du wolltest mich fernhalten, weil du so in Ruhe deine Geschäfte machen konntest", folgerte sie.

„Ganz genau", bestätigte er mit eisiger Stimme. „Und mehr braucht dich nicht zu interessieren." Er grinste kalt. „Ich habe Bekannte in Hamburg, die freuen sich ganz besonders, dich kennenzulernen."

„Warum tust du das?", fragte Betty.

Kent bleckte die Zähne. „Du hast mein Lebenswerk zerstört. Ich zeige mich nur erkenntlich."

Sie sah ihn mit großen Augen an. „Du warst der Kopf der Bande? Ich hatte Joel in Verdacht."

„Joel? Der könnte nicht einmal einen Ameisenhaufen verwalten." Kent fischte ein Smartphone aus der Tasche und tippte mit dem Daumen eine Nachricht ein.

Betty beobachtete ihn, erkannte für einen Moment den jungen Mann, der ihr an einem Sonntagvormittag am Bloubergstrand ein Zitroneneis spendiert hatte, nachdem er sie fast über den Haufen rannte, weil er im Gehen auf sein Handy starrte. Tränen traten ihr in die Augen.

„Warum, Kent? Du hast bei SAMDA bestens verdient.",

„Wir wachsen mit unseren Ansprüchen", tat er ihre Frage schulterzuckend ab. Mit einem festen Ruck zog er sie auf die Füße und dirigierte sie in Richtung Ausgang.

Eine Gruppe Asiaten versperrte ihnen den Weg. Betty knickte leicht mit einem Bein ein, sodass Kents Hand von ihrer Schulter glitt. Sie sprang über die Koffer der Reisegruppe hinweg und lief los. Nach ein paar Metern hatte der Ire sie ergriffen und hielt sie an seine Seite gepresst. Er schnalzte mit der Zunge.

„So unvernünftig", tadelte er.

Ein harter Gegenstand drückte sich aus seiner Jackentasche gegen ihre Rippen. Schweiß trat ihr auf die Stirn. Er trug eine Waffe! Sie gab sich betont unbeeindruckt.

„Im Ernst, Kent. Du würdest mich hier vor allen Leuten erschießen? Ist das nicht ein bisschen viel Bruce Willis."

Wieder legte er seine Lippen an ihr Ohr. Sie wich ihm aus, worauf er seine Hand an ihren Kopf presste und sie zu sich heran zerrte. Dabei riss er ihr ein Paar Haare aus. Sie zog scharf die Luft ein vor Schmerz.

„Mit einem Unterschied", flüsterte er. „Bruce Willis ist immer einer von den Guten." Sie hatten fast den Ausgang erreicht, da tauchte Katja vor ihnen auf. Abrupt blieb Kent stehen. Bettys Herz sank.

„Lass sie los, du Misthund", fauchte die Freundin.

Betty schüttelte warnend den Kopf und deutete mit dem Kinn auf ihre Seite. Katjas Augen wurden groß.

„Echt jetzt? Du machst einen auf Bruce Willis?", sagte sie kalt.

„Bitte, Katja. Geh aus dem Weg", flehte Betty.

Die Freundin verschränkte die Arme vor der Brust. „Ich denke gar nicht dran."

„Ich würde auf sie hören", feixte Kent.

Katja erwiderte seinen Blick mit einem frechen Grinsen. „Du hast gar nicht die Eier, mich abzuknallen!"

„Willst du es drauf ankommen lassen? Du blöde-"

Mit einem erstickten Laut unterbrach er sich, lockerte den Griff um Bettys Seite und ließ sie frei.

„Mach ihn alle, Eisenstein!", rief Katja.

Betty wirbelte herum und sah, wie der Oberarzt auf Kents Rücken hing. Der Ire versuchte, sich mit den Händen aus dessen Würgegriff zu befreien, wobei sein Gesicht eine ungesunde Farbe annahm.

„Er hat eine Waffe", brüllte Katja.

Um sie herum entstand Panik. Menschen liefen durcheinander. Im Augenwinkel bemerkte Betty einen schwarz gekleideten Mann, der in ein Funkgerät sprach.

„Ich bring dich um, du Stück Scheiße", keuchte Eisenstein.

„Gib's ihm, Eisenstein!", feuerte Katja ihn an.

Kent vollzog eine geschickte Drehung und brachte seinen Gegner auf den Boden. Er setzte sich auf ihn und legte die Hände um den Hals des Oberarztes.

„Einmal ist dir nicht genug, dämlicher Lackaffe", ätzte er.

Betty warf sich mit einem Satz auf Kents Rücken, ergriff seine Oberarme und versuchte, ihn von Eisenstein wegzuziehen.

Der Oberarzt faltete die Hände vor der Brust und ließ sie ruckartig nach oben schießen. Einen Moment später war er frei. Überrumpelt verlor der Ire den Halt und fiel rückwärts zu Boden. Dabei quetschte er Bettys Arm unter sich ein. Ein scharfer Schmerz ließ sie aufschreien.

Eisensteins Miene verzerrte sich vor Wut. Er zog Kent am Kragen nach oben und griff in dessen Jackentasche, um die Waffe herauszuholen. Erstaunt hielt er ein klappbares Buschmesser zwischen den Fingern. Der Ire grinste unverschämt und zuckte lässig mit der Schulter.

Eisenstein ließ das Messer fallen, hob die Hand, und mit der Präzision des Mediziners platzierte er seine Faust direkt unter Kents Nase. Diesmal verdrehte sein Gegner die Augen und sank bewusstlos zu Boden. Keuchend stand Eisenstein über seiner erlegten Beute. Dann hob er die Arme zur Decke und schickte sich an, in barbarisches Kriegsgeheul auszubrechen.

Eine Sekunde später lag er mit dem Gesicht nach unten auf dem kalten Steinboden der Abflughalle.

9

Die flackernde Neonlampe raubte ihm beinahe den Verstand. Wofür zahlte er dreißig Prozent seines Einkommens an den Fiskus, wenn mit dem sauer verdienten Geld nicht einmal die Dienststuben der Polizei in adäquatem Zustand gehalten wurden?

Und bot man bei Zeugenbefragungen nicht ein Getränk an? Zumindest war das in Fernsehserien so üblich. Er schluckte. Sein Mund fühlte sich an wie frisch tapeziert. Er überlegte, wann er zuletzt den Fernseher angeschaltet hatte? Es war Monate her.

„Wissen Sie, dass heute mein letzter Dienstabend ist vor meinem Urlaub."

Der blau uniformierte Beamte streckte seine gewaltige Körpermitte und legte die Hände in den Nacken. Zwei riesige Schweißflecken zeugten von der Qualität seines Deodorants. Eisenstein bedachte ihn mit einem teilnahmslosen Blick.

„Jetzt weiß ich es", entgegnete er. Der Mann wirkte nicht gesund. Er hatte den Urlaub nötig. „Und ich liefere Ihnen einen international gesuchten Schwerverbrecher. Ihr Glückstag würde ich sagen."

Der Beamte seufzte und senkte die Arme. „Ich muss Berichte schreiben und Protokolle, mehr als sonst, nur weil ein -" Er beugte sich vor. „Was sind Sie nochmal?"

„Ich bin Facharzt für Pädiatrie."

Der Beamte musterte ihn zweifelnd. „Sie sehen aus wie ein Banker."

Eisenstein rümpfte die Nase. „Das sagte man mir."

Der Staatsdiener schüttelte den Kopf. „Das nächste Mal, wenn Ihnen wieder ein international gesuchter Schwerverbrecher über den Weg läuft, dann nehmen Sie Ihr Handy, rufen die 110 an und überlassen die Sache uns Profis."

Eisensteins Augenbraue zuckte. „Auch wenn Gefahr in Verzug ist?"

Die Fäuste des Beamten knallten auf den Tisch. „Besonders, wenn Gefahr im Verzug ist." Der Oberarzt verzog keine Miene. „Und vor allem dann, wenn der Täter bewaffnet ist", setzte der Polizist nach.

„Er hatte nur ein Taschenmesser bei sich."

„Bewaffnet ist!", wiederholte sein Gegenüber dröhnend. Dessen Gesicht nahm eine tiefrote Farbe an. Eisenstein verkniff sich einen ärztlichen Ratschlag.

„Sie haben den Mann bewusstlos geschlagen", führte der Beamte an.

„Ich neige manchmal zu nervösen Zuckungen."

„Und Sie haben meinen Kollegen beleidigt."

„Tourette-Syndrom."

Der Mann sah ihm prüfend ins Gesicht. „Woher haben Sie das Veilchen?"

„Ich bin gegen eine Türe gelaufen."

„Koordinationsprobleme?", fragte der Beamte gedehnt.

„Unter anderem", erwiderte Eisenstein gelassen.

Das Papier raschelte, als der Polizist Blatt für Blatt die Unterlagen durchsah.
„Selenius Klinik. Ich muss mir das notieren, falls ich je in Verlegenheit komme, dort eingeliefert zu werden. Bei dem Personal."

„Haben Sie alle Daten, die Sie benötigen, Herr Wachtmeister?", fragte Eisenstein mit wachsender Ungeduld. Er saß seit einer Stunde hier. Die Ungewissheit, was mit Betty war, setzte ihn unter Strom. Womöglich war sie in dieses verdammte

Flugzeug gestiegen und auf dem Weg nach Südafrika. Nervös wippte er mit den Füßen.

„Restless-legs-Syndrom?", mutmaßte der Beamte, ohne aufzublicken.

„Exakt", bestätigte Eisenstein und zwang die Beine zur Ruhe.

Der Mann legte ihm den Stapel Papier vor und sagte: „Sie bekommen von mir eine Anzeige wegen Ruhestörung in öffentlichen Anlagen." Eisenstein öffnete den Mund, um zu protestieren. Der Polizist kam ihm zuvor. „Unterschreiben Sie. Sonst muss ich Sie für diese Nacht unterbringen."

Unwillig unterschrieb er die Papiere. Sein Anwalt würde sich hierum kümmern.

Er erhob sich von dem unbequemen Stuhl und nickte kurz zum Abschied, ehe er die Stube der Flughafenpolizei verließ.

Vor der Tür empfing ihn Professor Hohner. Im Vergleich zu heute Morgen schien dieser um Jahre gealtert. Eisenstein wand sich unter dem tadelnden Blick des väterlichen Freundes.

„Auf dem Weg von der Klinik nach Hause hörte ich im Radio von einer Schießerei auf dem Airport Hamburg, in die zwei Ärzte der Selenius Privatklinik verwickelt seien."

Eisenstein zuckte gelassen die Schultern. „Wir mausern uns langsam zum Presseliebling."

„Das ist nicht witzig", sagte Hohner forsch. Dann stieß er einen tiefen Seufzer aus. „Eisenstein! Was soll ich nur mit dir machen?"

Für einen Moment wurde ihm flau im Magen. „Willst du die Kündigung?", fragte er leise und hielt Hohners Blick tapfer stand.

Dieser trat auf ihn zu und zog ihn in eine feste Umarmung. Überrascht versteifte er sich zunächst, klopfte dann aber dem älteren Mann beschwichtigend auf den Rücken. Als Hohner sich zurückzog, bemerkte er einen verräterischen Schimmer in dessen Augen.

„Wenn du dich das nächste Mal umbringen willst, dann wähle bitte etwas weniger Spektakuläres", witzelte er.

„Der Beamte nannte es ‚das Verhalten eines Geistesgestörten'."

Hohner schmunzelte. „Es ist das, was die Frauen aus uns Männern machen."

Eisensteins Mundwinkel zuckten. Dann fiel ihm Betty ein. „Wo ist sie?", fragte er angespannt.

Hohner deutete in Richtung der Flughafengastronomie. „Die Mädchen wollten sich was Warmes zu trinken kaufen."

Erleichtert stieß er die Luft aus. Sie war noch da.

Sie passierten den Wartebereich der Abflughalle. Am späten Abend starteten wenige Maschinen, sodass nur vereinzelt Menschen an den Check-in-Schaltern standen.

Eisenstein beschlich ein Gefühl der Beklemmung, als er die Stelle erkannte, an der er mit O'Brady gekämpft hatte. Was, wenn dieser eine echte Schusswaffe bei sich getragen hätte? Er verbat es sich, das Szenario auszumalen. Betty hatte in Gefahr geschwebt und er hatte gehandelt, ohne seinen Verstand zu benutzen. Der Beamte hatte Recht, er war gemeingefährlich.

Die Frauen saßen an einem der Tische, vor sich zwei große Tassen. Sie schwiegen, als wäre alles gesagt. Bettys Schultern hingen herab. Ihre sonst so quirlige Körpersprache wirkte erschöpft, fast traumatisiert. Sofort durchzuckte ihn Wut auf den Kerl, der ihr das angetan hatte. Der Drang, zu ihr zu laufen, sie in die Arme zu ziehen und ihr den Mond und die Sterne zu versprechen, wurde übermächtig. Nur die öffentliche Lokalität ließ ihn neben Hohner verharren.

Betty erblickte sie. Ihre Miene verschloss sich. Sie straffte die Schultern und stand auf, bevor die Männer zu ihnen traten.

‚Der Fluchtmodus', diagnostizierte er.

Hektisch umrundete sie den Tisch und zog Katja in eine Umarmung. Die Freundin schniefte.

„Bist du dir sicher?", fragte Katja.

Betty nickte und ließ sie los. Mit traurigem Blick sah sie Hohner an. „Mein Flug geht bald. Ich muss rein."

Eisensteins Herzschlag setzte aus. Sie wollte weg? Warum?

„Wo willst du hin?", fragte er herrisch.

Sie versteifte sich und reckte ihr Kinn. „Ich fliege nach Hause. Zu meiner Mutter", entgegnete sie.

Das ergab keinen Sinn. Ihr Zuhause war hier, bei ihm. Hier wurde sie gebraucht, nicht in Afrika.

Hohner schnaubte. „O'Brady war der Kopf dieser Drogenbande. Ist das zu fassen?"

„Wir haben vorhin mit Karin telefoniert", sagte Katja. „Die Police of Capetown war doch tatsächlich mal schnell. Sie haben die restlichen Mitglieder der Organisation dingfest gemacht."

Hohner hielt sich die Hand an die Brust. „Gott sei Dank! Die Sorge um Euch würde mich vorschnell ins Grab bringen."

Betty sah den Professor händeringend an. „Es tut mir so leid, Onkel Stefan. Wenn ich geahnt hätte, dass euch die Sache in Schwierigkeiten bringt, wäre ich nie nach Deutschland gekommen."

Er nahm seine Patentochter in den Arm. „Nichts auf dieser Welt kann so schlimm sein, dass es mich von dir oder deiner Mutter fernhält."

Betty löste sich aus der Umarmung. Ihre Augen schimmerten verdächtig. „Ich verspreche dir, Onkel Stefan. Wenn ich mich wieder mit einem Mann einlasse, dann schicke ich ihn vorher zum gründlichen Checkup zu dir."

Hohner lächelte wehmütig und sah Eisenstein mit auffordernder Miene über ihren Scheitel hinweg an. Betty wandte sich ihm zu, vermied es, in seine Augen zu sehen.

„Ich danke dir für deine Heldentat", sagte sie.

„Das war für mich selbstverständlich", bestätigte er rau. Sie lächelte ihn kurz an. Ein Hoffnungsschimmer durchzuckte ihn. Dann umwölkte sich ihr Blick.

„Ich hoffe, du bekommst keinen Ärger", hauchte sie und überwand den Abstand zwischen ihnen. Ihre Lippen trafen zögernd seine Wange. Ihr Duft von Maiglöckchen hüllte ihn ein. Dann strich sie sanft über seinen Brustkorb.

„Leb wohl", krächzte sie, ehe sie zurückwich und nach ihrem Rucksack griff. „Ich schreibe euch, wenn ich angekommen bin." Sie nickte ein letztes Mal und schlenderte den Gang hinunter davon.

Eisenstein sah ihr sprachlos hinterher. Der Schock nagelte seine Schuhsohlen auf dem Steinboden fest. Was passierte hier?

„Das darf doch wohl nicht wahr sein!", holte ihn Katjas wütende Stimme aus seiner Lethargie. Er sah die Krankenschwester an, die ihn mit fassungslosem Blick taxierte. Dann stieß sie abfällig die Luft aus.

„Du bist so ein Arsch", schimpfte sie und wandte sich an den Professor. „Kann ich mit dir fahren?"

Hohner nickte mit traurigem Blick und klopfte Eisenstein abschließend auf die Schulter, ehe die beiden ihn alleine zurückließen.

Sein Kopf schmerzte, als er versuchte, das Ungreifbare zu begreifen. Warum, zum Teufel, verließ sie ihn? Dieses Verhalten war völlig absurd. Zwar müsste sie im Verfahren gegen Kent aussagen, aber das könnte sie via Amtshilfe in Deutschland ableisten. Es sei denn -

Ein Gedanke formierte sich in seinem Kopf. Sie war der Überzeugung, er sei mit Margo liiert, so, wie sie ihn und die Institutsleiterin heute vorgefunden hatte. Das musste er richtigstellen. Dann konnte sie bleiben und alles wäre gut.

Er lief den langen Gang hinunter, in den sie vorhin verschwunden war. An dem Security-Check vor dem Abflugbereich entdeckte er ihre Locken. Schnell steigerte er das Tempo, um sie abzufangen. Sie legte ihre Tasche auf das Band. Zwei Schritte und der Duty-free-Bereich hätte sie verschluckt. Er holte Luft, um nach ihr zu rufen, aber seine Kehle war wie ausgedörrt. Seine Stimmbänder produzierten nicht einen Ton. Dies war öffentlicher Raum. Unmengen von Augen wären im Nu auf ihn gerichtet. Er verfluchte sein verdammtes Handicap.

Schwer atmend erreichte er den Schalter, den Betty durchschritten hatte. Durch die Glasfront beobachtete er, wie sie sich mit dem Rücken zu ihm auf einen Sitz sinken ließ. Er trat an die Schiebetür. Ein Zollbeamter hielt ihn zurück.

„Ihr Ticket?", fragte er.

„Ich muss da hinein", erklärte Eisenstein.

„Zeigen Sie mir ihr Ticket", forderte der Beamte nochmals.

„Ich habe keines. Aber ich muss dort drinnen dringend mit jemanden sprechen."

„Der Zutritt zu diesem Bereich ist nur mit einem gültigen Ticket möglich."

„Es handelt sich um einen medizinischen Notfall." Der Beamte musterte ihn kritisch. „Ich bin Arzt", bekräftigte Eisenstein ungeduldig.

Sein Gegenüber lächelte süffisant. „Sie sehen aus wie ein-"

„Es geht um Leben und Tod", unterbrach er ihn.

Der Mann hielt seinem Blick ungerührt stand. „Kaufen Sie sich ein Ticket und ich lasse Sie durch."

Wütend wandte Eisenstein sich ab und sah erneut durch die Glasfront. Der Platz war leer, an dem Betty vor einigen Minuten gesessen hatte. Er suchte den Raum ab und entdeckte sie. Sie saß in der Hocke vor einem Kleinkind. Mit tränennassen Wangen drückte es den Kopf an die Seite einer Frau. Höchstwahrscheinlich die Mutter. Betty griff in ihren Rucksack und holte einen kleinen roten Ball heraus. Sie setzte ihn auf ihre Nase und machte ihr Oh-Gesicht. Das Mädchen lachte. Eisensteins Brust verkrampfte sich schmerzhaft. Betty stand auf und reichte dem Kind die Hand. Diese ergriff sie beherzt und lächelte. Zusammen entschwanden sie seinem Blickfeld.

Und da gestand er sich die volle Wahrheit ein: Sie hätte bleiben können. Sie hätten weiter zusammengearbeitet, hätten gemeinsam sehen können, wie sich ihre Beziehung entwickeln würde. Sie hätte ihnen beiden eine Chance geben können. Vorausgesetzt, dass sie das wollte. Doch Gefühle ließen sich nicht erzwingen. Und deshalb musste er sie gehen lassen.

Ihm schwindelte und er lehnte sich gegen die Wand, um sich zu sammeln. Zitternd atmete er durch.

Dann flüsterte er mit rauer Stimme: „Leb wohl, Schwester Einfach-Nur-Betty."

10

Am darauffolgenden Tag machte Dr. Jan Peter Eisenstein-Benz etwas, das er in den ganzen Jahren seiner Tätigkeit an der Selenius Privatklinik nie getan hatte: Er meldete sich krank.

Nachdem er den Flughafen verlassen hatte, lenkte er den Mercedes durch die Hamburger Nacht nach Hause. In seiner Wohnung angekommen, realisierte er zum ersten Mal, dass sie komplett in Grautönen gehalten war. Selbst das Bild eines Sonnenunterganges im Wohnzimmer war eine Schwarzweiß-Photographie. Solide, beständig und langweilig.

Er holte den Glenfiddich 40 YO Single Malt Whisky aus der Vitrine, ein Geschenk seiner Eltern zur Approbation. Wie man ihm sagte, war die feine Spirituose ein Vermögen wert. Er öffnete die Flasche, schenkte sich vier Finger breit in ein Wasserglas und stürzte die goldene Flüssigkeit in einem Zug hinunter. Dabei empfand er gleichermaßen Genugtuung über die verschwenderische Handhabung des edlen Getränks, als Ärger bezüglich seiner jämmerlichen Schwärmerei für einen Clown.

‚Never fuck the Company‘, brummte er wie ein Mantra vor sich her und schenkte sich nach.

Bei dem folgenden Glas ließ er die vergangenen Tage Revue passieren. Zugegeben, er hatte Fehler begangen, was die Sache mit Margo anging. Er hätte dem Ganzen früher den Riegel vorschieben sollen. Wäre er nicht mit seinen Gefühlen heillos überfordert gewesen, hätte er ihre Intrigen durchschaut. Er beglückwünschte Hohner zu seinem Entschluss, dauerhaft Junggeselle zu bleiben.

Das dritte und vierte Glas leerte er, untermalt durch Johnny Cashs rotziges ‚It ain't me, Babe', wobei er durch sein Wohnzimmer wankte und am Fenster die Nachbarschaft mit ungezügeltem Gesang beglückte. Ab diesem Zeitpunkt verschwammen seine Erinnerungen.

Den hämmernden Kopf in die Hände gestützt, saß er auf dem steingrauen Ledersofa. In seinem Mund lag ein Geschmack von altersschwachem Wasserbüffel. Sein Magen samt Speiseröhre glich einer Methangasgewinnungsanlage. Stirnrunzelnd betrachtete er die im Raum verteilten Papiertaschentücher.

Vage hörte er im Hinterkopf Garth Brooks gefühlvolle Bardenstimme singen: „I could have missed the pain. But I'd have had to miss the dance." Seine Kehle verengte sich. Sein Blick verschwamm. Angewidert von sich selbst, schüttelte er die Emotionen ab.

Die Taschentücher entsorgte er in der Küche. Eine Meisterleistung automatisierter Motorik, denn sein Gehirn glich einer Masse fluoreszierender Götterspeise. Anders sein Herz, das trostlos und zerfleddert in seinem Brustkorb hing.

Er griff sich ans Handgelenk und checkte seinen Puls. Er klang regelmäßig, solide, verlässlich und arschlangweilig.

Ein Summen drang an sein Ohr. Er nahm das Smartphone zur Hand, das er auf dem Küchentisch abgelegt hatte. Mit kratzender Stimme meldete er sich.

„Eisenstein?", bellte Hohner mit der Lautstärke eines Düsenjets aus dem Gerät.

„Nicht so laut", entgegnete er flüsternd.

„Wie geht es dir? Hast du Sehschwächen? Kannst du gerade gehen?"

„Ich habe keine Gehirnerschütterung", knurrte er.

Hohner seufzte. „Mein Gott, dich hat es ordentlich erwischt."
Eisenstein bekam einen lautlosen Lachanfall. „Soll ich jemanden vorbei schicken?", fragte der Professor.

„Nein. Ich brauche nur Ruhe."

„Dann kurier dich aus, Junge", befahl Hohner mit milder Stimme. „Und nimm noch eine Tablette."

Eisenstein dankte ihm für dessen Besorgnis, legte auf und wankte in sein Schlafzimmer. Dort überließ er sich der lindernden Wirkung der Schmerztablette, die er vorhin in seinem Badezimmerschrank entdeckt hatte.

Er stieß einen tiefen Seufzer aus, ehe er zurück in die Gleichgültigkeit sank.

Professor Dr. Stefan Hohner betrat die Abflughalle des Hamburg Airport.

Nachdem er Karins beängstigenden Anruf erhalten hatte, war er umgehend in seinen Wagen gestiegen und hatte alle einschlägigen Plätze abgefahren. Die Sorge um diese jungen Menschen würde ihn schneller als geplant vor seinen Schöpfer bringen.

Suchend ließ er den Blick über die Menschenmenge gleiten. Da heute Freitag war, standen viele Wochenendurlauber an den Schaltern. Er stieg die Treppen zur Empore hinauf, von der aus er sich eine bessere Sicht versprach.

Oben angekommen entdeckte er sie. Sie saß auf einer Bank und sah durch die große Fensterfront hinaus auf das Rollfeld, wo im Minutentakt Flugzeuge unterschiedlichster Bauart abhoben. Erleichtert stieß er die Luft aus, ging zu ihr und setzte sich leise stöhnend auf den Platz neben sie.

Betty sah ihn aus ihren blauen Augen an. Augen, die ihm am Tag ihrer Geburt das Herz gestohlen hatten. Sie legte den Kopf auf seiner Schulter ab und gab einen wohligen Laut von sich.

„Deine Mutter hat seit dem gestrigen Abend nichts von dir gehört", sagte er.

„Mein Akku ist leer", seufzte Betty.

„Du bist nicht in die Maschine gestiegen?", folgerte er zögernd.

Sie blieb einen Moment still. Dann sagte sie: „Ein Triebwerkschaden. Der Flug ist ausgefallen."

Hohner nickte und legte seinen Arm um ihre Schultern. „Wann fliegst du?"

Sie zuckte die Achseln und schniefte.

Er berührte mit seiner Wange kurz ihren Scheitel, ehe er fragte: „Erinnerst du dich noch, wie ihr damals nach Südafrika ausgewandert seid?"

Betty löste sich aus seiner Umarmung und schüttelte den Kopf. „Ich war noch zu klein. Vor Jahren fanden wir ein Album auf dem Dachboden. Mit Bildern der Wohnung, in der wir zu viert gehaust haben."

Hohner lachte leise. „Gehaust. Das trifft es aufs Wort." Seine Miene wurde ernst. „Ich habe mich von meiner schlechtesten Seite gezeigt, als meine zwei besten Freunde beschlossen, das Land, und vor allem mich zu verlassen."

„Warum bist du nicht mit uns gekommen?"

Hohner schüttelte den Kopf. „Ich bin Hanseat mit Leib und Seele. Das Studium in Heidelberg bereitete mir Höllenqualen."

„Da habt ihr euch kennen gelernt. Mama und du."

Er nickte. „Dann kam sie mit mir nach Hamburg, wo sie diesen smarten, blonden Assistenzarzt aus Südafrika getroffen hat. Nicht, dass du das falsch verstehst. Deine Mutter und ich, wir sind gute Freunde. Aber als ihr nach Kapstadt seid, war ich derjenige, der zurück blieb."

„Ihr habt euch Jahre nicht gesprochen. Erst nach Dads Unfall."

Der Gedanke an den Flugzeugabsturz ihres Vaters würde sie immer schmerzen. Gleichzeitig verband sie freudige Erinnerungen mit dieser Zeit, denn Hohner war mit Katja nach Kapstadt gekommen, wo sie ein Jahr lang geblieben waren. Gerührt sah er sie an.

„War das wirklich erst gestern, dass ich dich in Windeln auf den Armen hielt?"

Sie lächelte. „Manchmal wünsche ich mich da wieder hin."

„Jeder muss seine Heimat selbst finden", erwiderte er.

Betty straffte die Schultern und sah hinaus auf die startenden Flugzeuge.

Er folgte ihrem Blick. „Ich konnte diesem Lied nie etwas abgewinnen. Über den Wolken."

„Mums Lieblingslied", bestätigte sie lächelnd.

„Im Grunde sitzt man da oben eingepfercht auf engstem Raum, womöglich ein schwitzender Sitznachbar und mit Leib und Leben dem Talent eines Piloten ausgeliefert." Er schüttelte sich. „Meine Definition von Freiheit ist eine andere."

Betty reagierte nicht auf seinen Witz. Er schielte sie von der Seite an.

„Besteht die geringste Möglichkeit, dich zu überzeugen, nicht in diesen Flieger zu steigen?", fragte er hoffnungsvoll.

Sie legte ihre Stirn an seine Schulter. „Ich sitze seit Stunden hier und bastle an der Begründung, warum ich nachher bei dir aufgeschlagen wäre."

Ein befreites Lachen stieg aus seiner Kehle. „Du machst einen alten Mann sehr glücklich." Er zog sie in eine freudige Umarmung.

„Du bist nicht alt. Du hast durchaus noch Möglichkeiten." Er kicherte leise. Nach einiger Zeit löste sich Betty von ihm. „Allerdings kann ich dir nicht garantieren, dass ich in deiner Klinik arbeite."

„Wegen Eisenstein?", fragte er verwundert.

„Wir haben zu große Differenzen."

Hohner verkniff sich eine Bemerkung. Seiner Meinung nach waren die Probleme eher in den Gemeinsamkeiten zu suchen. „Könntet ihr nicht wieder zurückfinden auf eine kameradschaftliche Ebene?"

Sie schüttelte den Kopf. „Der freundliche Umgang war nur ein kurzes Intermezzo."

„Ich hätte gewettet, zwischen euch würden die Fetzen fliegen."

Betty schnaubte. „Du hast doch gesehen, wie er sich gestern mir gegenüber benommen hat. Wahrscheinlich freut er sich, mich endlich los zu sein. Und ich habe ihm weiß Gott genug Ärger bereitet."

Hohner seufzte. „Ich mache mir große Sorgen um den Jungen."

Sie spannte den Unterkiefer an. „Margo wird sich rührend um ihn kümmern."

„Die hat leider keinerlei medizinische Kompetenz", erwiderte er.

„Die sie nicht braucht, mit einer Koryphäe wie Eisenstein an ihrer Seite."

Nachdenklich strich er sich übers Kinn. „Das mag er sein, im Bezug auf seine Patienten. Aber so mancher Arzt ist blind für die eigenen Symptome."

Sie sah ihn scharf an. „Was für Symptome?"

Er hob die Augenbrauen. „Bei der Prügelei im Patientengarten hat er sich eine Nasenbeinprellung zugezogen. Das Veilchen war nicht zu übersehen."

Betty erschrak und kaute auf ihrer Unterlippe.

„Was mir allerdings mehr Sorgen bereitet", fügte er hinzu, „ist der Schlag auf den Kopf, der sehr heftig war. Und er weigert sich, eine Gehirnerschütterung in Betracht zu ziehen. Und anstatt zur Beobachtung im Krankenhaus zu bleiben, ist er dir durch die halbe Stadt nachgejagt."

Sie erblasste. „Und hat sich hier auf dem Flughafen ein zweites Mal mit Kent geschlagen", flüsterte sie schuldbewusst.

„Und dabei weitere Hiebe kassiert", bestätigte er.

Sie griff an seinen Arm. „Wo ist er jetzt?"

Er zuckte mit den Achseln. „Ich hoffe, er ist zuhause."

„Du weißt es nicht?", fragte sie schrill. Hastig sprang sie auf. „Du hast ihn alleine nach Hause gelassen? Hast du ihn noch einmal gecheckt?"

„Heute Morgen konnte er noch telefonieren", wiegelte er ab.

Sie warf die Arme in die Luft und griff nach ihrem Rucksack. „Was bist du nur für ein Arzt?" Sie zeigte mit dem Finger auf ihn. „Ich hoffe, du kannst das verantworten."

Sie war am Kopf der Treppe, da rief er ihr hinterher: „Weißt du denn, wo er wohnt?"

„Othmarscher Höfe, ich weiß!" Sie hastete die Stufen hinunter davon.

Hohner lächelte und zückte sein Telefon. Er tippte auf den Kontakt und hielt das Gerät ans Ohr.

„Karin?", sagte er triumphierend. „Ja. Und ich erwarte eine Hochzeit im kommenden Frühling."

Die Türglocke riss ihn aus dem Schlaf, kaum dass er die Augen geschlossen hatte. Er schielte auf seinen Wecker und stellte verwundert fest, dass Stunden vergangen waren, seit er sich hingelegt hatte. Mühsam erhob er sich und schlurfte zur Tür.

Ein Blick in den Garderobenspiegel offenbarte seinen desaströsen Zustand. Er trug Hemd und Anzughose vom Vortag. Beides war zerknittert und verschwitzt. Das Gesicht zierte ein dunkler Bartschatten. Er überlegte, wann er seit der Pubertät jemals einen Bartschatten zugelassen hatte. Ihm fiel keine Begebenheit ein. Das Hämatom unter dem linken Auge hatte ein sattes Violett angenommen. Es ließ ihn wie einen Preisboxer aussehen. Oder einen Piraten. Er beschloss, dass ihm das verwegene Äußere gefiel.

Der Mundgeruch war ein Problem. Er schluckte, der Geschmack blieb. Abermals läutete es forsch. Wer immer dort draußen stand und ihn nervte, hatte damit zurechtzukommen.

Mit einem Ruck öffnete er die Wohnungstür. Sturmgraue Augen sahen ihm mit tödlicher Mordlust entgegen.

„Du spinnst sowas von komplett!" Tom drängte sich mit seinem Rollstuhl an ihm vorbei. Er sprach mit atemloser Stimme. „Ich bin mit Heiner in Rostock. Dann komme ich nachts um zwei in mein Hotelzimmer. Und weil ich nicht schlafen kann, schau ich im Internet die News. Da lese ich was von einer Schießerei mit mehreren beteiligten Ärzten der Seleniusklinik, an der mein Bruder arbeitet. Der Bruder, der seit fucking gestern Nacht nicht mehr erreichbar ist. Weißt du, was ich für eine Scheißangst hatte?"

Er war Tom in sein Wohnzimmer gefolgt und setzte sich auf die Lehne seiner Couch. Die Hände des Bruders zitterten in dessen Schoß.

„Ich hatte vergessen, dass ihr auf diesem Termin wart", sagte Eisenstein abwesend.

„Warum, zum Geier, hast du gestern nicht gesagt, dass Betty ernsthaft in Gefahr war?", blaffte Tom ihn an.

„Es ging alles zu schnell", verteidigte er sich. Tom stieß die Luft aus und fuhr sich zitternd über die Augen. „Es tut mir leid", sagte Eisenstein.

„Sag das Heiner! Ich hab ihm vier Stunden Schlaf gegeben, bis ich ihn rausgeklingelt habe. Dann hatten wir noch eine Panne mit diesem Scheiß Mietwagen. Weißt du, wie bescheuert das ist, mit diesen fahrenden Drecksrobotern? Du wartest Stunden auf einen Fuzzi, der dich wieder ankurbelt." Aufgewühlt zog er die Luft ein. „Verdammt nochmal, Jan!"

Eisenstein stand auf und beugte sich zu ihm hinunter, um ihn in den Arm zu nehmen.

Tom schniefte leise. „Sie haben was von Verletzen und Verhafteten gesagt."

„Ich hab den Kerl fertig gemacht", grinste er seinen Bruder an.

Tom lachte widerwillig und schlug ihm auf die Schulter. „Geh weg von mir. Du stinkst wie eine ganze Hafenspelunke."

Eisenstein richtete sich auf und trat von Tom zurück. Dieser sah sich im Zimmer um.

„Hast du deinen Sieg gefeiert?" Er deutete auf den halb leeren Whisky.

„Eher meinen Frust ersäuft." Er griff nach der Flasche. „Willst du einen Schluck davon? Solange noch was da ist?"

Angewidert schüttelte Tom den Kopf. Eisenstein öffnete den Verschluss und hob das Getränk an den Mund. Der Geruch des Whiskys ließ ihn würgen. Er stellte die Flasche zurück auf den Tisch und begegnete Toms mitfühlenden Blick.

„Sie ist weg", krächzte er. Tom presste die Lippen zusammen und nickte.

Die Türglocke läutete.

Seufzend schlurfte Eisenstein zur Wohnungstür und öffnete sie. Hildegard stand davor. In ihrem geblümten Sommerkleid und der gelben Sonnenbrille, die sie in Haare geschoben hatte, wirkte sie wie eine der Sommertouristen an den Landungsbrücken.

„Da ich annehme, dass du heute noch nichts gegessen hast, habe ich dir Kuchen mitgebracht." Sie trat an ihm vorbei in die Wohnung. Ein Duft von Sonnencreme unterstrich die heitere Aura, die sie umgab. In den Händen hielt sie einen scheinbar selbst gebackenen Schokoladenkuchen.

„Und um frischen Kaffee aufzubrühen", erklärte sie.

Überrumpelt nickte er. Sie drehte sich um und schritt den Flur hinunter. An der Wohnzimmertür blieb sie stehen und bemerkte Tom darin.

„Wie ich sehe, kann auch dir eine Tasse Kaffee nicht schaden."

„Wenn du nicht schon verheiratet wärst, Hildegard, würde ich dich sofort zum Standesamt schleppen", erklang die Stimme seines Bruders aus dem Raum.

Die Oberschwester errötete. „Du Schlingel", drohte sie ihm spielerisch mit dem Finger. Eisenstein schloss die Wohnungstür.

„Ich bin Teetrinker", informierte er Hildegard.

Diese grinste ihn spitzbübisch an. „Das weiß ich doch." Sie griff in ihre große Umhängetasche und fischte einen Kaffeebereiter und ein Päckchen Kaffeepulver hervor. „Manchmal muss es aber Kaffee sein." Sie spitzte durch die nächste Tür und verschwand mit einem leisen Juchzen in der Küche.

Zurück im Wohnzimmer lachte Tom ihm entgegen.

„Wenn unsere Mutter nur halbwegs so wäre", sagte er sehnsüchtig.

„Dafür haben wir ja jetzt Hildegard", schmunzelte Eisenstein.

Tom wurde ernst. „Mach das nie wieder, ja?"

„Der Kerl hatte gar keine Waffe bei sich."

„Was war überhaupt los?"

In knappen Zügen erzählte er ihm von SAMDA und Kents Drogenring in Südafrika.

„Scheiße, Mann", keuchte Tom. „Der Kerl war wirklich ein Verbrecher. Und du bist auf ihn losgegangen? Was hast du dir dabei gedacht?"

Eisenstein seufzte. „Mir ist mein Denken vor Wochen abhandengekommen."

„Und wie geht das jetzt weiter?"

Der Stich in seinem Brustkorb nahm im kurzzeitig den Atem. „Ich werde morgen wieder in die Klinik gehen", sagte er, „und wie bisher weiterarbeiten." Und er würde an jeder Ecke den Duft von Maiglöckchen erwarten. Der Schmerz würde mit der Zeit nachlassen.

Die Türglocke schellte.

„Bei dir ist ja mehr Betrieb als auf der Reeperbahn", grinste Tom.

Abermals schlurfte Eisenstein zur Tür und öffnete sie. Katja rauschte an ihm vorbei und schenkte ihm einen bitterbösen Blick. Mit einem lauten Knall warf er die Tür hinter ihr ins Schloss.

„Guten Tag, Schwester Katja. Kommen Sie doch bitte herein", ätzte er.

Sie zeigte mit dem Finger auf ihn. „Sie sind schuld! Ich erreiche weder Betty noch meinen Onkel."

Ein Déjà-vu überkam ihn. Er stöhnte kopfschüttelnd. „Ich bin weder gewillt, noch in der Lage, heute irgendjemanden zu retten."

Sie musterte ihn von oben bis unten und rümpfte die Nase. „Sie sehen aus wie ein Penner."

„Ich bin hier zuhause", rief er erbost.

Sie fixierte ihn mit einem wütenden Blick. „Sie sind ein Vollidiot, Eisenstein. Hätten Sie gestern den Mund aufgemacht, wäre Betty nicht weggeflogen. Ich hab auf sie eingeredet, was das Zeug hielt. Sie waren der Einzige, der sie hätte aufhalten können." Die Wut in ihrem Blick verschwamm. Ihre Unterlippe zitterte.

Er schaute zur Decke und blinzelte, um seine eigenen Emotionen in den Griff zu bekommen. Dann sah er sie wieder an.

„Ich bin ihr gefolgt", sagte er erstickt. Ihre Augen wurden groß. Langsam schüttelte er den Kopf. „Sie hat sich nicht einmal umgedreht."

Sie trat einen Schritt auf ihn zu und hob die Arme. Dann besann sie sich und ließ die Schultern hängen.

„Wollt ihr beiden nicht ins Wohnzimmer kommen?" Tom lugte vorsichtig um den Türrahmen herum in den Flur. „Aber legt die Waffen bitte an der Garderobe ab, bevor es ernsthaft Verletzte gibt."

Katjas Gesicht erhellte sich. „Hi, Tom." Sie sah durch die Wohnzimmertür in den Raum und lachte laut.

„Ja. Es ist grau!", flappte der Oberarzt.

Die Türglocke schellte. Eisenstein warf die Hände in die Luft. „Jetzt noch Professor Hohner und mein Glück ist perfekt", stöhnte er.

Hildegard trat aus der Küche in den Flur. „Das ist jetzt aber dumm. Ich habe nur acht Tassen gekocht."

Abermals schellte die Glocke, etwas penetranter diesmal.

Eine heftige Bemerkung auf den Lippen, riss er die Tür auf. Im gleichen Moment wankte die Welt. Seine geschundene Nase inhalierte gierig den Hauch von Maiglöckchen. Betty rauschte an ihm vorbei in die Wohnung.

„Du bist so ein Idiot, Eisenstein", schimpfte sie.

Ohne sich umzusehen, ließ ihren Rucksack auf den Boden fallen. Hektisch kramte sie darin herum.

Wie in Trance betrachte er die Situation: Betty, Katja, Tom und Hildegard in dem Flur seiner Wohnung. Das alles erschien ihm surreal. In einer Fachzeitschrift hatte er gelesen, dass Leute, die einen lieben Menschen verloren, zu plastischen Träumen neigten. Träumte er? Wenn ja, dann wollte er nie wieder aufwachen.

Sie zog einen Stift hervor, erhob sich und sah ihm ins Gesicht. „Heiliges Kanonenrohr!", entfuhr es ihr. Erschrocken hob sie eine Hand vor den Mund. „Entschuldige."

„Das sieht schlimmer aus, als es ist", beruhigte er sie.

Sie trat auf ihn zu. Ihre Nähe ließ ihn schwindeln. „Hast du Schmerzen?", fragte sie sanft.

„Jetzt nicht mehr", hauchte er.

Vorsichtig griff sie an sein Gesicht. Ihre Finger waren angenehm kühl. Der Lichtblitz traf ihn unvorbereitet. Er zuckte zurück.

„Pupillen normal", flüsterte sie leise und stieß die Luft aus.

Nachdem er das Flimmern aus seinen Augen geblinzelt hatte, rechnete er fast damit, alleine im Raum zu stehen. Sie stand vor ihm. Ihr Blick verriet tiefe Besorgnis.

„Ich habe keine Gehirnerschütterung!", attestierte er zum wiederholten Mal in den letzten vierundzwanzig Stunden.

Sie zuckte zurück. „Hast du getrunken?" Trotzig presste er die Lippen aufeinander.

Ein leises Räuspern ließ Betty aufmerken. Sie drehte sich um. Drei Augenpaare sahen sie abwartend an. Sie wandte sich wieder Eisenstein zu und schluckte.

„Wie ich sehe, bist du gar nicht alleine. Da kann ich-" Sie unterbrach sich, denn Katjas Arme schlossen sich fest um ihren Hals.

„Du wirst uns nie wieder so einen Schrecken einjagen. Ich dachte, du wärst schon wieder entführt worden." Die Stimme der Freundin sprach von unterdrückten Tränen.

„Ich war am Flughafen. Ein Triebwerkschaden", stammelte Betty.

Hildegard deutete in die Küche. „Schön, dass du wieder da bist, Betty. Ich habe Kaffee gekocht und Kuchen mitgebracht."

Tom rollte vollends in den Flur. „Ich bin dafür, wir geben Betty und Jan Zeit, um hier ein paar Dinge zu klären. Warum kommt ihr nicht mit runter und wir schneiden da Tante Hildegards Kuchen an?"

Die ältere Frau lächelte breit. „Tante Hildegard. Das gefällt mir. Katja, hilf mir mit dem Kuchen."

Katja folgte ihr in die Küche. Kurze Zeit später kehrten sie zurück. Die Oberschwester trug den gefüllten Kaffeebereiter, Katja die Kuchenplatte.

Eisenstein öffnete die Tür und ließ die Prozession an sich vorbei ziehen. Bettys Freundin war die Letzte, die seine Wohnung verließ. Im Vorbeigehen warf sie ihm einen warnenden Blick zu.

Er ließ die Tür ins Schloss fallen und betrachtete seine Traumfrau. Sie trug die schwarze Lederjacke von gestern. Die Jeans hatte sie gegen einen geblümten Sommerrock getauscht. Durch die weiße Bluse hindurch schimmerte etwas. Scheinbar trug sie darunter ein Shirt mit einem Aufdruck.

Sie stieß einen tiefen Seufzer aus. „Wann hast du zuletzt gegessen?", fragte sie.

Er fuhr sich mit der Hand über den Nacken. „Ich bin gerade erst aufgewacht." Sie schnappte nach Luft, um ihn zu tadeln. Er kam ihr zuvor. „Ich habe geschlafen! Und ich war nie bewusstlos", sagte er mit Nachdruck. Sie nickte.

„Was hältst du davon, wenn ich dir was zurecht mache, während du..." Sie ließ den Rest des Satzes offen und deutete auf sein Äußeres. Er bejahte kopfnickend. Suchend schritt sie den Flur hinunter, entdeckte seine Küche und verschwand darin.

Er legte den Kopf in den Nacken und lächelte. Ein Gefühl von Euphorie floss wohltuend durch seinen Körper und ließ ihn für einen Moment wanken. Sie war zu ihm zurückgekommen. Und er würde sie so schnell nicht wieder gehen lassen.

Betty stand in Eisensteins Küche und starrte auf die Arbeitsfläche aus Granitstein. Eine Farbe, die so perfekt zu ihm passte.

Solide, verlässlich, beständig.

Aber im Gegensatz zu dem Stein nicht unzerstörbar. Verzweifelt kämpfte sie gegen das Zittern in ihrem Körper und zwang sich zu gleichmäßigen Atemzügen .

Hinter ihr schlug eine Tür. Er ging duschen. Das würde ihr Zeit verschaffen, sich zu sammeln.

Getrieben von ihrer Angst war sie mit einem Taxi hierher gefahren. Bei jeder Ampel, jeder Verkehrsstauung verkrampften ihre Nerven mehr und mehr. Im Geiste hatte sie sich die Feuerwehr rufen sehen. Hünenhafte Männer hatten die Tür zu Eisensteins Wohnung aufgebrochen. Zunächst fand man ihn nicht. Sie hatte verzweifelt nach ihm gesucht und ihn entdeckt. Kalkweiß, auf dem Boden neben seinem Bett. Keine Vitalzeichen. Tod durch Gehirnschlag.

„Stopp!", rief sie energisch. Sie sah sich um. Aus dem Badezimmer tönte Wasserrauschen. Bebend rieb sie sich über den Brustkorb. Nur allmählich beruhigte sich ihr Herzschlag.

Einen winzigen Augenblick lang sah sie sich die Wohnung verlassen. Die Standardreaktion, wann immer eine Situation zu eng wurde. Deshalb war sie bei Kent geblieben. Das hatte sie in der Nacht des Wartens erkannt. Weil sie diese Beziehung gefühlsmäßig niemals in Bedrängnis gebracht hatte. Die letzten Wochen hatte sie wiedergefunden, was ihr vor langer Zeit genommen worden war. Hamburg. Onkel Stefan. Katja. Ihre Heimat. Und Eisenstein war ein unverzichtbarer Teil davon. Tränen kitzelten ihre Wangen.

Das Wasserrauschen verstummte. Schnell wischte sie mit den Händen ihr Gesicht trocken. Im Kühlschrank fand sie Eier, Speck und frisches Gemüse. Sie suchte in den Schränken nach einer Pfanne und stellte sie auf den Herd. Aus dem Brotkasten holte sie Toast und röstete ihn. Ihr fiel ein, dass sie im Duty-free-Shop einen Pinotage-Wein entdeckt, und ihn in einem Anflug von Melancholie gekauft hatte.

Sie lief in den Flur und fischte die Flasche aus dem Rucksack.

Zurück am Herd kontrollierte sie das Rührei. Wenn das hier nicht funktionierte, würde sie den Alkohol brauchen. Allein der Gedanke daran fraß ihr ein Loch in den Magen.

In Windeseile duschte Eisenstein und rasierte sich mit der klammen Sorge, seine Phantasie habe ihm doch einen gemeinen Streich gespielt. Er wickelte ein Handtuch um die Hüften und öffnete die Badezimmertür. Der Duft von gebratenem Speck lag in der Luft.

Er schlich in den Flur und sah in die Küche. Betty stand am Herd und rührte in einer Pfanne. Erleichtert huschte er auf Zehenspitzen zur Wohnungstüre und schloss ab. Den Schlüssel legte er auf die oberste Ablage seiner Garderobe. Er würde sie erst aus der Wohnung lassen, wenn alles zwischen ihnen geklärt war. Zu seinen Gunsten, wohlgemerkt.

Auf Zehenspitzen ging er zurück ins Schlafzimmer und stieg in seine einzige Jeans. Ein unwilliges Knurren entfuhr ihm, als er seine ausschließlich in Grautönen gehaltenen Shirts betrachtete. Aus dem hintersten Winkel zog er ein hellgrünes Poloshirt heraus, das Tom ihm bei einer Ostseeregatta aufgeschwatzt hatte, und zog es über den Kopf.

Er betrat die Küche. An den Türrahmen gelehnt musterte er die Frau seiner Träume. Betty drapierte das Rührei auf einem Teller. Sie hatte die Schuhe ausgezogen und war barfuß wie er.

Die Nägel ihrer winzigen Zehen hatte sie in unterschiedlichen Farben lackiert. Clownnägel. Er gluckste.

Sie fuhr herum. Einen Moment sah sie ihn erschrocken an. Dann drehte sie sich um, nahm den Teller und trug ihn an den Tisch.

„Kohlenhydrate und Proteine. Und eine gehörige Portion Omega-6-Fettsäuren." Sie lächelte spitzbübisch. Sein Herz schwoll an.

Er vertrieb den verfrühten Siegestaumel und beschloss, die Sache rationell anzugehen. Sie war hier bei ihm, ein Pluspunkt. Ihr Verhalten verriet Sorge, zweiter Pluspunkt. Hatte sie Schuldgefühle? Weil er ihretwegen Prügel bezogen hatte? Halber Minuspunkt. Er knirschte mit den Zähnen.

„Hör auf zu grübeln und iss etwas", sagte sie neckend.

Er setzte sich an den Tisch. Auf dem Teller waren Rührei mit Speck, geschnittene Tomaten und Gurkenstücke sowie eine Scheibe Toast mit Butter bestrichen drapiert. Es schmeckte köstlich. Allmählich beruhigte sich sein Magen und sein Kopf wurde klarer. Beim Anblick des Rotweins, den Betty vor ihn stellte, verzog er das Gesicht.

„Nur keinen Alkohol", stöhnte er.

„Das ist Pinotage aus Südafrika. Man riecht die Sonne und die Herzlichkeit der Leute."

Ihr nostalgischer Ton ließ ihn aufhorchen. Hatte sie Heimweh? Ein Minuspunkt. Den er umgehend stornierte. Ihr Pech. Sie würde so schnell kein Flugzeug besteigen. Und wenn, dann nur in seiner Begleitung. Sie nippte an ihrem Wein. Ihre Blicke trafen sich, versanken ineinander. Sie unterbrach den Kontakt und stellte ihr Glas zurück auf den Tisch. Ihre Hand zitterte. Er triumphierte innerlich. Ein fetter Pluspunkt.

Er legte das Besteck beiseite und probierte den Wein. Die erdige Note kombiniert mit dem Geschmack von fruchtigen Bonbons entspannten ihn ein wenig.

„Das war sehr gut. Du hast mich gerettet", sagte er.

Der Nebel in seinem Kopf hatte sich endgültig verzogen. Bettys Wangen waren gerötet, ob vom Wein oder dem Kompliment vermochte er nicht zu sagen. Egal, ein Pluspunkt. Er verschränkte die Arme vor der Brust und musterte sie aus zusammengekniffenen Augen. Die Sitzung war eröffnet.

„Warum bist du hier?", fragte er.

Sie stand auf und stellte seinen Teller in das Spülbecken. Dann drehte sie sich um und lehnte sich an die Arbeitsfläche.

„Der Spätflug wurde aufgrund eines Triebwerkschadens gestrichen."

Sie wich aus. Ein Minuspunkt. Mürrisch hob er die Augenbraue. „Das hast du vorhin bereits erwähnt."

„Ich habe die Nacht am Flughafen verbracht", fügte sie hinzu. Sie hatte die Jacke abgelegt und nestelte nervös an dem Saum der weißen Bluse, die weich über ihre Taille fiel. Sie begegnete seinem Blick, stockte, wie um die richtigen Worte zu finden. Dann kehrte sie ihm den Rücken zu und sah durch das Fenster hinaus auf die umliegenden Dächer.

„Ich war auf der Flucht, als ich nach Deutschland kam", eröffnete sie.

Er wartete.

Zögernd fuhr sie fort: „Ich suchte Unterschlupf. Wollte meine Wunden lecken. Hoffte, es würde sich alles von alleine regeln." Sie holte einen tiefen Atemzug. „Dann bist du wie ein Bulldozer in mein Leben gedonnert."

„Soweit ich mich erinnern kann, bin ich es, der seit Jahren in dieser Klinik arbeitet."

Sie fuhr zu ihm um. „Aber wir sollten uns gar nicht begegnen. Dein Urlaub wäre erst nach meinem Praktikum beendet gewesen."

„Hohner wusste, dass die Veranstaltung vorverlegt war", erwiderte er achselzuckend.

Sie lachte trocken. „Er hatte seinen Spaß daran, uns beide aufeinander loszulassen."

„Hohner steckt zu gerne seine Nase in anderer Leute Angelegenheiten", bestätigte er.

Ihre Miene verfinsterte sich. „Onkel Stefan wusste nichts von der Sache mit Kent. Es sollten so wenige Menschen wie möglich eingeweiht sein. Die Behörden waren sich nicht sicher, welche Kreise das Netzwerk zog und wie weit die Beteiligten bereit waren, zu gehen."

Ein eisiger Schauer lief ihm über den Rücken. Erneut rief er sich in Gedächtnis, in welcher Gefahr sie geschwebt hatte.

„Nie im Leben wäre ich auf die Idee gekommen, Kent könne der Kopf dieser Organisation sein", sagte sie verzweifelt. Sie schlang die Arme um sich. Eisensteins Rachsucht gegenüber diesem Kerl kehrte zurück. Er würde ihn umbringen, sollte er sich Betty jemals wieder nähern.

„Es liegt dir nicht im Blut", sagte er milde. Sie sah ihn verwundert an. „Du suchst immer nach den guten Seiten der Menschen. Du lachst über das Schlechte und stärkst das Gute. Damit das Schlechte von selbst schwindet."

Gerührt sah sie zu Boden. „Ich bin der Clown", bestätigte sie.

‚Du bist so viel mehr', ergänzte er stumm.

Sie straffte die Schultern und holte tief Luft. „Ich möchte bleiben", sagte sie fest, die Augenbrauen kämpferisch zusammengezogen.

Sein Herz machte einen Satz. Pluspunkt hoch zehn!

„Das Team, die Menschen sind mir ans Herz gewachsen."

Sofort durchzuckte ihn tiefer Frust. Wen interessierte das Team? Warum spannte sie ihn unnötig auf die Folter? Allmählich wurde er ungeduldig.

„Wir sind Ihnen also ans Herz gewachsen, Frau Kollegin? Und wer genau befindet sich in diesem Kreis der Erlauchten?", fragte er mit sarkastischem Unterton. Die Frage war reichlich plump. Doch von einer Charmeoffensive war er Lichtjahre entfernt.

„Der eine mehr, der andere weniger", kam die ausweichende Antwort.

Er stand auf. Der Stuhl schrammte über den Boden und stieß gegen das Regal dahinter. Fordernd baute er sich in der Mitte des Raumes auf und stemmte die Hände in die Hüften. „Wie kann ich mir das in Zukunft vorstellen, Frau Dr. Krüger?" Er versuchte nicht, seinen Tonfall abzumildern. Und er hasste es, dass Betty die Finger in die Arbeitsfläche der Küchenzeile krallte.

„Ich weiß, meine Therapieansätze sind unkonventionell-"

„Zur Hölle mit der Klinik!", unterbrach er sie und warf ungeduldig die Arme in die Luft. Sie zuckte zusammen.

Er wandte sich ab, um sich an der gegenüberliegenden Seite der Küche an den Kühlschrank zu lehnen. Aus schmalen Augen musterte er sie. Ihre Wangen hatten einen hochroten Ton angenommen. Die Lippen waren zu einer Linie zusammengepresst. Die Locken vibrierten um ihr Gesicht. Den Blick fest auf den Fußboden gerichtet, stand sie da. Kurz vor der Explosion, wie er mit Genugtuung feststellte.

Trotzdem gelang es ihr, in beherrschtem Ton zu fragen: „Könnten wir nicht wieder auf eine kollegiale Ebene zurückfinden?"

„Nein", entgegnete er entschieden und maß sie mit der Unnachgiebigkeit des Jägers.

Ihre Augen feuerten blaue Blitze. „Warum nicht? Ich liebe diese Klinik. Ich liebe diese Menschen. Ich liebe Hamburg." Sie unterbrach sich und sah zur Decke.

Er seufzte. „Wir können nicht auf eine kollegiale Ebene zurück, weil wir diese weit überschritten haben."

Wehmütig schüttelte sie den Kopf. „Margo", bemerkte sie schlicht.

„Was hat Margo damit zu tun?"

„Ihr seid zusammen, und -" Sein kehliges Lachen brachte sie zum Schweigen.

„Warum habe ich mich deiner Meinung nach gestern zwei Mal mit deinem Exfreund geprügelt?", fragte er leise.

„Wegen der Klinik", folgerte sie lahm.

Er schnaubte. „Die Klinik war das Letzte, woran ich in diesem Moment dachte."

„Aber -" Er hob die Hand.

„Die Klinik interessiert mich nicht! Ebenso wenig wie Margo, mit der mich allenfalls eine geschäftliche Beziehung verbindet. Obwohl ich mir im Moment nicht mehr sicher bin, ob sie das will." Er holte tief Luft. Dann sagte er, fest in ihre Augen blickend: „Jetzt, da sie weiß, dass sie nicht die Frau ist, die ich liebe."

Betty hielt seinem Blick stand. Ihre Unterlippe zitterte.

„Was willst du von mir, Schwester Einfach-nur-Betty?", fragte er leise.

„Finde es heraus", hauchte sie.

Langsam stieß er sich vom Kühlschrank ab und tigerte auf sie zu. Ihre Augen weiteten sich. Vor ihr stehend, hüllte ihn die vertraute Anziehung ein. Seine Knie gaben leicht nach. Er stützte die Hände rechts und links von ihr auf die Arbeitsfläche und hielt sie umfangen. Sein Blick glitt forschend in ihre Augen.

„Was genau willst du, Betty?", wiederholte er.

Sie wich wieder aus und sah auf ihre Füße. „Als ich ein Teenager war, wurde mein Vater bei einem Flugzeugabsturz getötet." Sie blinzelte. „Onkel Stefan kam mit Katja nach Kapstadt. Ich war drei Jahre alt, als ich ihn das letzte Mal gesehen hatte. Sie halfen uns durch die Trauerzeit und blieben ein Jahr bei uns."

Er nahm sie tröstend in den Arm. Sie schniefte leise, entspannte sich dann in seiner Umarmung.

„Als sie nach einem Jahr wieder nach Deutschland zurückgingen, war der Schmerz um ein Vielfaches schlimmer, als ich ihn beim Tod meines Vaters empfunden hatte." Sie löste sich von ihm und wischte die Tränen aus ihrem Gesicht.

„Ich entwickelte eine Anorexia und magerte gefährlich ab. Die Psychologin diagnostizierte, es wäre die verschleppte Trauer nach Dads Unfall."

Sein Herz krampfte. Sie brauchte ihm nichts zu erklären. Er verstand. Dennoch ließ er sie fortfahren.

„Aber das stimmte nicht. Ich hatte Schuldgefühle, weil mich die Abreise Onkel Stefans so viel heftiger traf. Erst als ich nach Hamburg kam, wurde mir bewusst, dass mein Trauma viel tiefer verwurzelt war." Ihr Atem bebte. „Ich will nicht mehr davonlaufen, Jan. Ich bin zuhause." Sie sah ihn an. Das schwimmende Blau ihrer Augen sandte Wellen des Lichts durch seinen Körper. Sein Herz jubelte. Jackpot!

„Was genau willst du?"

„Ich will dich", flüsterte sie. „Heute, morgen und wer weiß wie lange. Du gibst mir Kraft. Du holst mich zurück, wenn ich mich verzettle. Du machst meine Heimat komplett."

Das Gefühl von Triumph ließ ihn schwindeln. „Gut", sagte er.

Er fasste sie an den Hüften und hob sie auf die Arbeitsfläche.

„Dann werde ich sagen, was ich will", eröffnete er. „Ich will Mary Poppins, die mich mit ihrem Zeigefinger zurechtstutzt, wenn ich mir den Mantel der Rechtschaffenheit über den Kopf stülpe."

Er gab ihr einen leichten Kuss auf den Hals. Sie erschauderte. Zufrieden inhalierte er ihren Maiglöckchenduft. Seine Lippen wanderten an ihr Ohr. „Ich will Peter Pan, der mir mit seinen Späßen ins Gewissen ruft, dass wir immer Kinder bleiben sollten." Er knöpfte ihre Bluse auf und wäre fast in die Knie gegangen, als er den Aufdruck erkannte. Sie blitzte ihn schelmisch an.

„Ich nehme an, Sie verfolgen Hintergedanken mit Ihrer Kleiderwahl, Frau Kollegin?"

„Ich hegte gewisse Hoffnungen", antwortete sie leise.

Sanft strich er mit den Fingerknöcheln über die Enden des Hot Dogs auf ihrem Shirt. Sie bewegten sich, wie er vermutet hatte. Er griff in ihre Kniekehlen und legte sich ihre Beine um die Hüften. Begierig kam sie ihm entgegen, drückte sich an ihn und umgab seine Mitte mit verheißungsvoller Hitze.

„Ich will Han Solo sein", keuchte er, „der jeden aus dem Weg schießt, der Prinzessin Leia Böses will." Sie lachte leise.

„Was ist so lustig?", knurrte er.

Ihr heißer Blick schoss direkt in seine Mitte. „Vielleicht will ich Darth Vader, mit dem großen Leuchtschwert." Sie griff an den Bund seiner Jeans.

Er stöhnte und legte die Stirn auf ihrer Schulter ab. „Du hast ja keine Ahnung." Sie kicherte.

Dann hob er den Kopf und senkte den Blick in ihren. Und da war sie. Mit verschmitzt funkelnder Miene und humorvollem Trotz in den veilchenblauen Augen: Seine Schwester Betty.

„Irgendwelche Einwände", fragte er leise.

Sie schüttelte den Kopf und zog das Shirt aus seiner Hose.

„Passen Sie auf, Schwester Betty", japste er rau. Ungeniert befreite sie seine Männlichkeit.

„Ich wüsste nicht, warum ich das tun sollte." Er griff in die Tasche seiner Jeans und fischte ein Kondompäckchen hervor. Sie nahm es ihm aus der Hand.

„Für alles vorbereitet, Herr Oberarzt."

Er schüttelte den Kopf. „Nur grenzenlos optimistisch."

Ihre Augen schwammen vor Emotionen. Sie legte eine Hand an seine Wange. „Wenn du dich wieder in Lebensgefahr begibst, so wie gestern, dann schwöre ich dir, wird dein Gegner dein geringeres Problem sein."

Er grinste schief. „Erzähle mir nicht, wie meine Chancen stehen", zitierte er Han Solos bekannten Spruch.

Sie lachte und riss das Kondompäckchen mit den Zähnen auf. Er krallte die Hände in ihre Knie, als sie es ihm überzog. Dann hob er sie leicht an, schob ihren Slip beiseite und drückte sich in ihre feuchte Wärme.

„Wir bekommen nicht das, was wir uns wünschen", raunte er.

„Sondern das, was wir brauchen", vervollständigte sie Professor Hohners Spruch. Mit einem festen Ruck drang er in sie ein. Sie keuchten auf.

„Heimat", flüsterte er.

Sie lächelte an seinen Lippen. „Heimat", wiederholte sie sanft.

Einige Stunden später traf auf vier Smartphones gleichzeitig die erlösende Textnachricht ein:

Jan und ich erscheinen morgen pünktlich um acht Uhr zum Dienst. Kuss, Betty. Herz, Herz, Zwinkersmiley.

Epilog

Katja entkorkte die Flasche Prosecco und legte den Korken auf der Arbeitsfläche ab. Mit flinken Schritten hastete sie durch die Tür hinaus auf die Terrasse.

Alle ihre Freunde saßen um den Tisch herum. Tilly, Tom, sogar Lola hatte sich aus ihrem Zimmer losgeeist und nahm an dem Sonntagsbrunch der WG teil. Neben Tom saß Eisenstein, dicht gedrängt an Betty. Auf seinem Gesicht lag dieser dümmlich verliebte Ausdruck, den er mit sich herumtrug, seit Bettys Flug vor zwei Monaten wie durch ein Wunder gecancelt worden war.

Katja hatte im Internet recherchiert. Der Flieger war planmäßig vom Airport Hamburg gestartet. Aber sie hatte es sich verkniffen, dem liebestollen Mediziner von Bettys Notlüge zu erzählen. Wenn er es nicht ohnehin ahnte.

Das ganze Team war ihrer Freundin dankbar, dass jetzt eine bedeutend erträglichere Version des Oberarztes in der Seleniusklinik Dienst tat. Obwohl Katja Eisenstein weiterhin für einen Langweiler hielt. Aber Betty war glücklich und somit alles andere Nebensache. Die grauen Anzüge gehörten der Vergangenheit an. Sie hatten einem sportlich legeren Look Platz gemacht. Entgegen den Befürchtungen hatte die Klinik statt eines Patientenschwundes, einen regen Zulauf erfahren. Katja stellte den Prosecco auf den Tisch und setzte sich.

„Wann genau wollt ihr nach Afrika fliegen?", fragte Tilly.

Betty antwortete: „In zwei Monaten. Sofern es die Schwangerschaft zulässt." Sie legte eine Hand auf ihren Bauch.

Katja war aus allen Wolken gefallen, als sie die Nachricht des unverhofften Nachwuchses erhalten hatte.

„Wir verbringen Weihnachten in Kapstadt", sagte die werdende Mutter.

Eisenstein ergriff ihre Hand und streichelte sie. „Ich bin schon sehr gespannt auf die Einrichtungen der SAMDA, die Karin mir vorstellen möchte."

„Wisst ihr, wie der Prozess ausgegangen ist?", fragte Tilly.

Der Oberarzt schnaubte. „O'Brady wurde zu drei Jahren verurteilt. Lächerlich."

Betty lehnte sich an ihn. „Afrikanischer Knast, Sweety." Er lachte breit und gab ihr einen Kuss auf die Wange. Ihre Miene wurde ernster. „Gott sei Dank hat der Ruf der SAMDA nicht gelitten. Das hätte Mom nicht verkraftet."

„Kommt sie nicht nächste Woche nach Hamburg?", fragte Katja.

Tillys Augen glänzten. „Ich habe etwas empfangen", flötete sie.

Am Tisch entstand ein allgemeines Stöhnen. Tilly rümpfte die Nase und zeigte auf die Frischverliebten. „Bei euch lag ich auch richtig."

Tom lachte am lautesten und boxte seinem Bruder in den Arm. „Siehst du? Es geht doch nichts über die große und ganze Allmacht."

Tilly fixierte den jungen Mann. „Für dich wird es auch Zeit, weiterzugehen." Der Angesprochene wurde ernst, bevor er sagte: „No way!"

„Du weißt genau, was ich meine", merkte sie ungerührt und biss in ein Baguettebrötchen. Tom kniff ungehalten die Zähne zusammen.

Betty griente. „Du meinst doch nicht etwa meine Mutter und Onkel Stefan? Die beiden sind bestenfalls Freunde."

„Ich sage nur: Das Acht der Münzen", erwiderte das Medium.

Katja legte Tilly eine Hand auf die Schulter. „Bei Onkel Stefan zieht kein Tarot. Da hilft nicht einmal ein Bulldozer."

Das Fenster der Wohnung nebenan öffnete sich.

Tilly rief: „Möchte noch jemand Rührei mit Schinken?"

Das Fenster knallte wieder zu. Alle Anwesenden lachten. Betty strahlte Katja an. „Du denkst doch an nächsten Samstag?"

Die Frischverliebten hatten sie eingeladen zu einem Wochenende in den Harz. Die Aussicht auf ausgedehnte Wanderungen durch den deutschen Märchenwald kam für sie gleichbedeutend mit einer Zahnextraktion. Aber Katja brachte es nicht übers Herz, ihrer Freundin diesen Wunsch abzuschlagen. War sie eben wieder einmal das fünfte Rad am Wagen.

„Und es kommt noch jemand mit", fügte Betty hinzu.

„Wer?", fragte sie alarmiert.

„Das wird eine Überraschung. Du kennst ihn nicht wirklich", antwortete die Freundin und sah ihren Liebsten vergnügt an.

Katja rollte die Augen. Betty hatte ihr gegenüber angedeutet, dieses Wochenende würde ein besonderes werden. Rechnete sie womöglich mit Eisensteins Antrag und wollte ihre Schwester im Geist an ihrer Seite haben? Seufzend ergab sie sich.

„Ich bin dabei", murmelte sie. Innerlich bezweifelte sie, diesem Ausflug etwas abzugewinnen.

Aber, wie sagte Onkel Stefan so treffend?

‚Wenn dir das Leben Zitronen schenkt, mach Limonade daraus.'

ENDE

Leseempfehlung

Wie es weiter geht in Hamburg...

„Der Mann ist genau das, was man sieht, ein Koalabär: süß, knuddelig und ein Gehirn von der Größe einer Walnuss". So die vernichtende Meinung der Fitnesstrainerin Katja über Heiner „Heibutt" Buttowski. Seit Monaten vermeidet sie jede Begegnung mit dem geschiedenen Computerfachmann und Kunden ihres Fitnessstudios, um dessen anfänglichen Avancen zu entgehen. Bei einem Wochenendausflug in den Harz, den ihre gemeinsamen Freunde organisierten, sieht sie sich unverhofft zu einer Schnitzeljagd im Team mit dem Verhassten. Doch, oh Wunder, steht ihr keinesfalls der Typ mit Meerschweinchencharme gegenüber. Heiners Training hat Früchte getragen und bringt Katjas Hormone in ein empfindliches Ungleichgewicht.

Als Bo, der Leiter des Fitnessstudios und Freund der beiden Kampfhähne, in dubiose Machenschaften. verstrickt scheint, ist statt Kleinkrieg Teamwork angesagt.

Weiter zur Leseprobe.....

Prolog

Er saß auf der steinernen Mauer, die er hasste wie den wöchentlichen Teller Linseneintopf mit Mettwurst, und sehnte sich an seinen Lieblingsplatz. Den neuen Computer hatte er von dem Geld gekauft, das er gespart hatte von Opa Heins Weihnachtsgeld und den Besorgungsgängen für die Senioren der Wohnsiedlung. Dort war er glücklich. Dort war er sicher. Doch sie hatte ihn hinausgeworfen.

„Geh an die frische Luft!" Die immer gleiche Leier, begleitet durch einen Schwall Zigarettendunst, der aus ihren Nasenlöchern waberte. Daher hatte er ihr den Spitznamen gegeben: Drachenlady.

Um ihr ein halbwegs ansprechendes Attribut zu verleihen, denn in seinen Augen war sie hässlich, innen wie außen. Zunächst hatte sie ihn nur angekeift. Dann war sie zum Sicherungskasten gegangen und hatte den Strom für sein Zimmer abgedreht. Beim Hinausgehen hatte er ihr eine üble Beleidigung an den Hals geworfen, für die er sich jetzt schämte.

Er verzog den Mund zu einem gequälten Grinsen und gab dem Hustenreiz nach, schmeckte kalten Rauch. Um besser Luft zu bekommen, klopfte er sich auf den Brustkorb. Schweiß trat ihm auf die Stirn.

In der Tasche seiner Jeans ertastete er das Spray. Er zog es heraus, nahm einen tiefen Zug und hielt ihn für eine Weile in seiner Lunge, wie er es gelernt hatte. Die lindernde Wirkung abwartend betrachtete er die verhasste Umgebung.

Der Spielplatz! Der Kriegsschauplatz!

Er war alleine. Niemand schickte sein Kind bei 40 Grad im Schatten hinaus. Die umliegenden Fassaden der Wohnsiedlung reflektierten die Hitze und ließ seine Wangen brennen.

Wer genug Geld hatte, war im Freibad. Seine Familie krebste immer so am Limit. Ohnehin legte er keinen Wert darauf, seine empfindliche Haut – und davon gab es jede Menge auf seinem Körper – der Julisonne und den tadelnden Blicken der anderen Badegäste auszuliefern.

Lautes Gegröle ließ ihn zusammenzucken. Aus der Ecke unter den Bäumen pirschten sie auf ihn zu. Ole, Jens, Maik und Sven. Der Schlägertrupp der Wohnsiedlung. Alarmiert versteifte er die Schultern.

„Schau man an, wer da sitzt. Kannst wohl nicht mehr stehen auf deinen Füßen", sagte Sven, der Anführer der Bande. Dessen Vater war Werksfeuerwehrmann und nicht nur ein Arbeitskollege, sondern ein Kumpel seines alten Herrn.

„Hey, Kartoffelfriedhof", ätzte Ole. Die Kumpane grinsten und bauten sich im Halbkreis um ihn auf.

Im Grunde gingen ihm die vier sonst wo vorbei. Er würde nächstes Jahr aufs Gymnasium wechseln und blieb von der Gegenwart dieser Dumpfbacken zumindest am Vormittag verschont. „Haut ab", erwiderte er leise.

Die vier lachten. „Hoho", sagte Sven. „Habt ihr gehört? Es spricht."

„Es kann also nicht nur Mathe klugscheissen", setzte Ole hinterher.

Der Kreis um ihn zog sich zusammen. Sein Magen reagierte gleichermaßen. Er umriss seine Fluchtmöglichkeiten. Um wegzulaufen, war er nicht wendig genug. Das verhinderte die familiäre Veranlagung väterlicherseits, in der es keinen einzigen schlanken Körperbau gab. Andererseits war morgen der Tag des Schuljahres, an dem die Bundesjugendspiele ausgetragen wurden, sein alljährliches Waterloo. Er musterte seinen Fanclub abschätzend. Wenn sie ihn verprügelten, hätte er die Chance, dem morgigen Martyrium zu entgehen. Nur sportunfähig machen, aber nicht vollständig ausknocken. Er überschlug seine Aussichten.

Gefasst stand er auf und reckte seinen Brustkorb. Dann drängte er sich zwischen Ole und Maik hindurch, stolperte absichtlich über Oles Schuhspitze und krachte auf den Boden. Ein dumpfer Schmerz durchzuckte seine Schulter. Kugelstoßen war schon mal erledigt.

„Jetzt kann er nicht mal mehr laufen vor lauter schlau", spottete Ole.

„Und liegt am Boden wie ein Fettfisch", kommentierte Maik.

Die vier lachten dreckig. Sven beugte sich zu ihm herunter. „Der Platz passt zu dir, Heiner Buttowski. Ein Heilbutt auf dem Trockenen." Er grinste und ließ die Zahnlücken seiner Eckzähne sehen.

Die anderen sangen im Hintergrund: „Heibutt, Heibutt."

Heiner beugte das Knie und trat gegen Svens Schienbein.

„Du Pisser!", jaulte dieser auf und rieb sich das Bein. Dann warf er sich mit voller Wucht auf Heiners Bauch. Kräftige Hände schlossen sich um seinen Hals und drückten ihm die Luft ab. „Ich verpass dir jetzt was, das du nie mehr vergisst."

Maik und Jens ergriffen Heiners Arme und hielten sie am Boden fest. Ole fixierte seine Beine. Er saß in der Patsche. Scheiße. Wenn sie ihm das Bein brachen, hätte sich nicht nur der morgige Schultag, sondern der Rest des Schuljahres erledigt. Vielleicht sogar die drei Wochen Sommerferien, die er auf Opa Heins Bauernhof verbringen wollte.

„Ihr seid ja vier tolle Typen", ertönte eine Mädchenstimme. Er drehte den Kopf, aber sie stand außerhalb seines Blickfeldes.

„Was willst du denn?", fauchte Sven ohne den Druck auf Heiners Hals zu lockern.

„Vier gegen einen? Ganz groß.", spottete sie.

„Verzieh dich", schnappte Maik.

„Ich hab alles hier drauf. Also mach ruhig weiter."

Der Griff um seinen Hals löste sich rapide. Erleichtert sog er frische Luft in seine Lungen. „Nehmt ihr das Ding weg", rief Sven.

„Ups", kicherte sie. „Jetzt bin ich auf den Button gekommen und hab's meiner Mama geschickt."

„Scheiße!" Sven stand auf und gab Heiner beiläufig einen Tritt in die Seite. Es würde ein beachtliches Hämatom geben. Bundesjugendspiele ade! Er rappelte sich auf und drehte sich um. Vor Scham zog sich sein Magen zusammen, als er erkannte, wer ihn gerettet hatte.

Es war sie! Das Mädchen, das seit zwei Wochen seine Blicke auf dem Schulhof einfing. Sie war neu und ging in die Parallelklasse. Da er sich nicht traute zu fragen, kannte er ihren Namen nicht.

Sven hielt ihr Handy in seinen Pranken und starrte mit großen Augen darauf. „Sie hat tatsächlich ein Foto verschickt. Hör mal -" Sie unterbrach ihn.

„Du gibst mir jetzt das Handy zurück und dann verzieht ihr euch. Meiner Mutter sage ich, wir hätten fürs Schultheater geprobt und was ihr für großartige Schauspieler seid."

Sie sprach ein klares Hochdeutsch. Kam sie aus Niedersachsen? Oder Hamburg? Die Jeans und das T-Shirt sahen kaum getragen aus und teuer. Was machte sie hier in dieser Leverkusener Arbeitersiedlung?

Die vier berieten sich mit stummen Blicken. Dann sah Sven Heiner giftig an und warf dem Mädchen ihr Handy zu. Sie fing es mit einer Hand sicher auf. Der Schläger hob er den Zeigefinger und deutete drohend auf Heiner, ehe er wütend davonging. Die anderen folgten ihm widerstrebend.

Erleichtert atmete Heiner auf und keuchte unter dem Schmerz, der in seine Seite fuhr. Mist, das tat weh. Er hielt sich eine Hand darauf.

„Bist du verletzt?", fragte sie leise.

Er traute sich nicht, sie anzusehen. Sein Herz pochte wild, als wäre er kurz davor, den Schulbus zu verpassen. Sie trat zu ihm. Seine Nase registrierte den Duft von Orangen. Eine kleine Hand schob sich unter seine.

„Lass mich mal sehen. Mein Onkel ist Arzt", forderte sie leise.

Er sah auf seinen Bauch und beobachtete, wie sie die Finger seitlich an seinen Brustkorb legte. Behutsam tastete sie über seine Speckrollen.

„Jetzt atme mal ganz tief ein und aus." Er befolgte ihre Anweisung. „Geht das?", fragte sie.

Aus Angst, sein Atem könne nach Zigarettenrauch stinken, nickte er und ließ die Luft langsam zur Seite entweichen. Sie drückte in seine rechte Flanke. Ein dumpfer Schmerz durchfuhr ihn. Er stöhnte. Sofort nahm sie die Hände weg und wich einen Schritt zurück.

„Entschuldige", sagte sie leise. „Aber ich schätze, es ist nichts gebrochen. Das wird nur ein fetter blauer Fleck."

Er nickte und wusste, er sollte sich bei ihr bedanken, doch sein Mund gehorchte ihm nicht.

„Ich habe euch doch nicht bei irgendwas gestört, oder? Sonst könnte man meinen, ein kleines ‚Danke' wäre das mindeste. Obwohl ich keinen Grund gehabt hätte, dir zu helfen. Du hast mir den ersten Platz bei der Mathe-Olympiade weggeschnappt."

Sein Blick ruckte nach oben und traf ihre hellbraunen Augen, die ihn aus einem puppengleichen Gesicht anlächelten. Die blonde Mähne glänzte in der Nachmittagssonne wie Honig. Schlagartig fiel ihm ein, an wen sie ihn erinnerte. An Nala, Simbas Freundin aus König der Löwen.

„Danke", presste er erstickt heraus.

„Geht doch." Sie lächelte ihn schief an. „Lass dich von diesen Idioten nicht so unterbuttern."

Er räusperte sich und schüttelte den Kopf. „Ich gehe bald aufs Gymnasium. Du auch?", fragte er hoffnungsvoll.

Sie verneinte lächelnd. „Ich bin leider nur in Mathe richtig gut. In Deutsch bin ich ein hoffnungsloser Fall."

Enttäuscht senkte er den Blick. Da fiel ihm ein, was er ihr zum Dank schenken konnte. Er griff in seine Hosentasche und holte den Glückskeks heraus, den seine Mutter heute mit der Bestellung vom Chinesen mitgebracht hatte.

Er hatte ihn aus dem Müll gefischt, denn er liebte die Lebensweisheiten darin und klebte die Zettel in sein heimliches Tagebuch. Zögernd hielt er ihr die goldene Packung hin.

Sie lächelte. „Diese Kekse schmecken widerlich."

Er grinste zurück. „Die esse nicht mal ich. Aber ich mag die Sprüche."

Sie nahm das Päckchen aus seiner Hand und trat zum Mülleimer, der ein paar Schritte entfernt stand. Dort riss sie die Packung auf, brach den Keks und fischte den kleinen weißen Zettel heraus. Den Rest ließ sie in den Eimer fallen.

Sie lachte und las. „Wenn dir das Leben Zitronen schenkt, mach Limonade draus."

„Ich mag Limonade", grinste er.

„Ich trinke lieber Wasser." Sie zwinkerte ihm zu. „Aber vielleicht kannst du den Spruch besser gebrauchen." Seine Hand kribbelte wie wild, als sie ihm den Zettel hineindrückte. „Aber ich werde mir den Spruch auf jeden Fall merken." Sie winkte ihm kurz zu und ließ ihn in der Hitze des Spielplatzes stehen.

Er bewegte sich erst, als mit lautem Geheul die Sirene der nahegelegenen Chemiefabrik ansprang. Mist! Wieder ein Laborunfall. Und sein Vater war im Dienst.

„Und jetzt auch noch Stau!"

Genervt betätigte er die Schnellwahltaste des externen Bordcomputers seines 1980er Opel Ascona B. B, wie Buttowski, grinste er jedes Mal, wenn er nach dem Modell des Oldtimers gefragt wurde. Heiner hatte ‚Tante Käthe', wie er den Wagen liebevoll nannte, selbst mit den neuesten Features eines modernen Mittelklassewagens nachgerüstet.

Die von Ihnen gewählte Nummer ist im Moment nicht erreichbar.

Fuck! Er sollte vor einer halben Stunde auf dem Wanderparkplatz Vorsteig an der Grenze zum Nationalpark Harz eintreffen. Wenn eben nicht jener Stau vor ihm, der Stau am Frühstücksbüffet, der Stau an der Tankstelle. Ach was, jeder einzelne vermaledeite Stau am heutigen Morgen gewesen wäre.

Erneut tippte er die Taste und hörte über die Freisprecheinrichtung ein Rufzeichen. Wenigstens etwas.

„Jep. Was gibt's?", ertönte Toms launige Stimme aus der Box.

„Was habe ich zu befürchten, wenn ich mich eine Dreiviertelstunde verspäte?"

„Schwer zu sagen", brummte Tom nach einer kurzen Bedenkpause. „Unter normalen Umständen vielleicht einen eisigen Blick. Aber seit Betty schwanger ist und sie nun auf dich warten muss, würde ich sagen, Jan läuft auf Hochtouren. Also, schnall mal lieber deine Eier an."

Heiner stieß einen Fluch aus, den Tom mit einem Kichern quittierte. Die beiden Männer arbeiteten und wohnten seit sieben Jahren zusammen. Sie hatten sich während des Informatikstudiums angefreundet und nebenher ein kleines Vermögen mit der Programmierung diverser Apps gemacht. Tom hatte eine langjährige Diagnose einer neuronalen

Autoimmunerkrankung, die ihn an den Rollstuhl band. Daher bewohnten sie eine Wohnung in einer barrierefreien Wohnanlage in Hamburg.

„Was machst du gerade?", fragte Heiner.

„Bin bei Bo im Studio", kam die keuchende Antwort, was ihm sagte, dass Tom Gewichte stemmte, um seinen Oberkörper fit zu halten.

„Hat sich heute beim Frühstück noch was Neues ergeben in Frankfurt?", fragte Tom.

Heiner seufzte und rieb sich den Nacken. „Nichts Genaues. Den Rest hast du ja gestern in der Schalte mitbekommen. Die Typen haben wirklich was drauf. Aber ob sie den Amis gut genug sind. Die haben ihre eigenen Nerds."

„Aber deutsche Nerds sind was Besonderes", entgegnete Tom und Heiner vernahm ein deutliches Grinsen in seiner Stimme.

„Ich hab kein gutes Gefühl, Tom. Wenn die Features nicht kompatibel sind, könnte sich das schnell verselbstständigen", gab er zu bedenken.

Buttstone, die Computerfirma der beiden, schrieb an einer Funktionsapp zur Koordination von Nanobots im menschlichen Körper. Zwar hatte die US-amerikanische Herstellerfirma die Beta-Version eines Programmes entwickelt, nur war diese in den bisherigen Studienreihen immer durchgefallen. Sie zu verbessern, sodass die Technik gefahrlos im Köper angewendet werden konnte, hatte Buttstone sich zum Ziel gemacht.

Tom lieferte hierzu einen entscheidenden Einfall, den sie gestern mit ehemaligen Studienkollegen durchgesprochen hatten. Da Heiner im Anschluss direkt zu einer Wandertour in den Harz aufbrach, war Tom in Hamburg geblieben.

„Mach nicht so einen Affen. Dich betrifft das ja nur indirekt", sagte Tom.

„Blödmann!", schimpfte Heiner, was Tom ein weiteres Kichern entlockte. „Ich könnte heute noch deinen Bruder einweihen."

„Mach das und deine Möbel stehen morgen vor der Tür."

„Jetzt ohne Scheiß, Tom. Wenn Eisenstein erfährt, dass wir ihn außen vor gelassen haben, sind unsere Eier das geringste Problem."

„Mach dir nicht ins Hemd und überlass meinen Bruder mir."

Der Verkehr kam wieder in Bewegung und Heiner folgte dem langsamen Fluss der Fahrzeuge. Gott sei Dank war es Oktober. Obwohl der Wagen mit einer Klimaanlage ausgestattet war, wollte er nicht verschwitzt am Treffpunkt erscheinen.

„Wir fahren wieder. Fürs erste behalte ich wohl meine Eier", witzelte er.

„Da kann man sich bei Jan nicht sicher sein."

Heiner grinste unweigerlich. Dr. Jan Peter Eisenstein-Benz war bekannt für seine stoische Ruhe, was seine Arbeit als Kinderarzt betraf. Und für seine unkontrollierten Gefühlsausbrüche, was seine zukünftige Frau anbelangte. Niemand außer Tom und ihm wussten von Eisensteins Plänen, seiner Liebsten an diesem Wochenende einen Antrag zu machen. Zumal die Zeit drängte und Schritt vier, das Dessert, oder besser der Nachwuchs, bereits in Produktion war.

„Ich konzentrier mich mal wieder auf die Straße", sagte Heiner. „Wir sehen uns morgen Abend."

Tom verabschiedete sich mit einem kurzen Gruß und unterbrach die Verbindung.

Kaum, dass er aufgelegt hatte, klingelte das Telefon erneut. Heiner sah auf das Display und seufzte. Kurz erwog er, den Anruf zu ignorieren. Dann drückte er doch die Annahmetaste.

„Hallo, Vater", begrüßte er seinen alten Herrn, der ein raues Lachen hören ließ.

„Nimm den Stock aus deinem Hintern. Seit Jahren sag ich dir, du sollst mich Rolf nennen."

Heiner seufzte. „Also, Vater Rolf. Was verschafft mir die Ehre deines Anrufes?"

„Mir wär es ja egal, wie es dir geht. Aber deine Mutter macht sich Sorgen."

Er verzog die Mundwinkel. Anita Buttowski war vor vier Jahren an einem Lungenkarzinom verstorben. Als Kettenraucherin war die Wahrscheinlichkeit einer Erkrankung relativ hoch gewesen, zumal es in Heiners Familie gehäuft Fälle der heimtückischen Krebserkrankung gab. Statistisch gesehen wies Rolf, der Werksfeuermann einer Chemiefabrik in Leverkusen war, ein höheres Risiko für Schädigungen der Atemwege auf, erfreute sich jedoch bester Gesundheit. Der kurze und heftige Krankheitsverlauf der Mutter hatte die beiden Männer schockiert.

Daher ließ er dem Vater dieses kleine Stück Vermeidung, so zu tun, als würde sie noch unter ihnen weilen und sich womöglich um den Sohn sorgen. Denn schon zu ihren Lebzeiten war es in erster Linie der Vater, der sich hin und wieder nach ihm erkundigte. Dabei schob er jedes Mal die Mutter vor.

„Ich fahre gerade zum Wandern in den Harz", informierte Heiner.

„Heieiei, ist das nicht zu viel frische Luft für einen Schreibtischhengst wie dich." Er vervollständigte seinen Witz mit einem rauen Lachen.

Heiner schnaubte. „Du hast mich seit Weihnachten nicht gesehen. Du würdest staunen."

Sein Vater schwieg einen Moment. „Wann bist du mal wieder in NRW?"

„Ich arbeite an einem wichtigen Projekt. Warum?"

„Es ist September und über ein halbes Jahr her. Es gäbe da das ein oder andere zu besprechen."

„Muss ich mir Sorgen machen?", fragte Heiner alarmiert.

„Nein", ertönte die beschwichtigende Antwort. „Aber jetzt halte ich dich nicht länger auf, mein Junge. Fahr vorsichtig. Und viel Spaß beim Wandern."

Heiner verabschiedete sich und stieß einen tiefen Seufzer aus. Die Worte des Vater hatten ihn beunruhigt. Hoffentlich handelte es sich nicht um Opa Hein, der mit seinen achtzig Jahren einen Hof in Friesland bewirtschaftete und einen Umzug in eine bequemere Umgebung vehement verweigerte. Heiner beschloss, demnächst ein Wochenende für einen Kurzbesuch abzuzwacken.

Er konzentrierte sich auf die vor ihm liegenden Stunden. Gemeinsam mit Eisenstein hatten sie sich eine kleine Überraschung für die Mädels ausgedacht. Ein Schauer rann ihm über den Rücken, wenn er an die Vierte im Bunde dachte, Katja.

Die Pilates-Trainerin und Teilhaberin von Bos Fitnessstudio ging ihm seit ihrem ersten Treffen unter die Haut. Und verfolgte ihn durch viele, meist nicht jugendfreie Träume. Idiot, schalt er sich. Bei dem Gedanken an Katjas kleinen, knackigen Körper, registrierte er eine heftige Reaktion in seiner Spaßregion. Wenn das so weiter ging, musste er das Shirt über seiner Cargo-hose tragen. Und besser vor Katja herlaufen.

Bei der Vorstellung, den ganzen Tag ihren niedlichen Po vor Augen zu haben, mutierte sein Mund zur Wüstenregion.

„Wir machen eine Schnitzeljagd!"

Betty grinste bis über beide Ohren. Nachdem die anfängliche Übelkeit der ersten Schwangerschaftswochen vorüber war, strahlte Katjas Freundin von innen heraus mit der Sonne um die Wette. Ihre blonden Locken flirrten wild um ihren Kopf und die veilchenblauen Augen sahen ihr spitzbübisch entgegen.

Katja stöhnte. Sie war müde und ohnehin wenig erpicht auf diese Wandertour. Obwohl der Herbsttag von den Temperaturen gemäßigt war, standen sie im Schatten eines Wanderparkplatzes vor den Toren des Nationalparks Harz. Von hier aus startete ein Wanderweg, den sich Betty und ihr Lebensgefährte für dieses Wochenende vorgenommen hatten. Der ominöse Vierte, den die Freunde freudestrahlend angekündigt hatten, ließ auf sich warten.

„Du wirst sehen: das wird ein Riesenspaß", versprach Betty.

Katja betrachtete die Freundin. Betty, beziehungsweise Dr. Bethany Krüger, war in Südafrika aufgewachsen. Die Mädchen waren Teenager, als Dr. Simon Krüger durch einen

Flugzeugabsturz ums Leben kam. Katja und Onkel Stefan, gleichzeitig Bettys Patenonkel, hatten daraufhin ein ganzes Jahr bei Betty und ihrer Mutter verbracht, was sie alle fester zusammengeschweißt hatte. Einige Zeit zuvor hatte Katja ihre Eltern durch einen Unfall verloren.

„Wo bleibt er nur?", monierte Eisensteins tiefer Bariton. Er trug den Wanderrucksack geschultert und wippte nervös auf seinen Schuhsohlen. Betrachtete man heute das legere sportliche Outfit und den eher gelösten Gesichtsausdruck des Oberarztes, konnte man sich kaum vorstellen, dass Dr. Jan Peter Eisenstein-Benz vor Monaten ein wahrer Eisklotz war.

Die beiden Ärzte hatten sich verliebt, nachdem Betty von einem Skandal getrieben nach Hamburg geflohen war, an der ihr Onkel Stefan Chef des ärztlichen Dienstes war. Damals arbeitete Katja als Krankenschwester auf der dortigen Kinderstation. Doch vor vier Wochen hatte sie sich einen Traum erfüllt und war Teilhaberin von Bo's Fitnessstudio Hamview geworden. Katjas Meinung nach ein bescheuerter Name, Schinkenschau. Aber Bo bezog ihn auf den kolossalen Ausblick auf die Elbphilharmonie und wich nicht davon ab.

„Vielleicht steht er im Stau auf der Autobahn", überlegte Betty. „Ruf ihn doch an."

Eisenstein zog sein Handy aus der Tasche und wählte eine Nummer auf dem Display. Betty schmiegte sich an ihn. Katjas Herz zuckte. Sie freute sich für das Glück der Freundin, obwohl sie Eisenstein nach wie vor für einen Langweiler hielt.

„Er geht nicht dran", seufzte der Arzt und steckte das Telefon zurück in die Tasche seiner Cargoshorts. Wie auf Kommando fuhr ein uralter froschgrüner Opel Ascona auf den Parkplatz. Das Knattern des Dieselmotors störte die idyllische Ruhe der abgelegenen Gegend.

„Fuck!", entfuhr es Katja leise.

„Und du bildest ein Zweierteam mit Heiner!", verkündete Betty erfreut.

Katja rollte die Augen. „Das ist nicht euer Ernst!"

Es war die Krönung eines beschissenen Morgens. Um vier Uhr nachts hatten die Freunde sie aus dem Bett geklingelt, da Katjas Wecker beschlossen hatte, sich für diesen Samstag frei zu nehmen. In Überschallgeschwindigkeit hatte sie sich gewaschen und ohne Kaffee das Haus verlassen. Zum Glück war Betty genauso kaffeesüchtig wie sie, und hatte eine Thermoskanne voll des herben Getränks im Auto. Zwar koffeinfrei, aber die Synapsen in Katjas Gehirn hatten auf den Geruch reagiert und sie erfrischt.

„Jetzt freu dich nicht so!", lachte die Freundin. „Der Mann ist unschlagbar im Lösen von Rätseln."

Und Nummer 1 im Anöden von Leuten! Dabei schlug er sogar Eisenstein um Längen. Vor ein paar Monaten war Heiner mit seinem Mitbewohner Tom im Studio aufgetaucht. Seit diesem ersten Aufeinandertreffen ging sie dem Computernerd aus dem Weg. Er sah sie immer mit diesen kaffeebraunen Augen an, als würden sie sich ewig kennen. Doch Katja war sich sicher, ihm nie zuvor begegnet zu sein.

Und nun sollte sie mit Mr. Koalabär im Zweierteam durch den deutschen Märchenwald wandern? No way!

„Könnten wir nicht lieber Jungs gegen Mädels laufen?", versuchte Katja ihr Unheil abzuwenden.

Betty verneinte. „Eisenstein und ich gehen eine andere Tour. Sie haben das alles geplant. Du weißt doch, wie er ist, wenn er kurzfristig umdisponieren muss."

„Dann holen wir uns mal den Pokal", keuchte die verhasst sonore Stimme in Katjas Rücken.

Eine schnippische Bemerkung auf den Lippen fuhr sie herum zu Heiner, der seinen Rucksack schulterte. Ihr Mundwerk kapitulierte. Verblüfft blinzelte sie zu ihm auf. Bei seinem Anblick blieb ihr die Spucke weg!

Vor ihr stand eine Mischung aus Camelmann und Davidoff-Model. Zwar hatte sie ihn nie für hässlich befunden, eher niedlich mit dem kleinen Rettungsring und den Zottelhaaren. Beides war einem phänomenalen Makeover zum Opfer gefallen.

Die dunkelbraunen Haare trug er zu einem gepflegten Fassonschnitt gekürzt, der Bart war auf Minimalmaß gestutzt, sodass harmonisch geschwungene Lippen zum Vorschein traten. Weiche Lippen, dunkelrosa, trocken, nicht zu schmal, nicht zu breit. Perfekt. Ein Kribbeln lief ihr über den Rücken. Sie liebte Lippen. Nur gehörte dieses makellose Paar eindeutig zu dem falschen Mann.

Zweifelnd deutete er auf Katjas Shoulderbag. „Boutiquen gibt's im Nationalpark eher selten."

Und wieder brachte er sie innerhalb kürzester Zeit auf die Palme. „Samira hat alles, was ich für zwei Tage brauche", schoss sie hochmütig zurück.

Heiner runzelte fragend die Stirn.

„Sie gibt ihren Taschen Namen", erklärte Betty.

Katja schnaubte. Samira war nicht irgendeine Tasche. Die Kreation aus Leder und orientalischen Stoffen stammte aus dem Erstbestand des Taschenlagers, das aktuell fast die ganze Wand ihres Zimmers einnahm. Sie war ihr teuer wie eine alte Freundin.

Heiners hinreißende Mundwinkel zuckten. Dann sah er zu Eisenstein. „Wollen wir?", fragte er.

Der Oberarzt nickte. Er zog einen Umschlag aus der Tasche und reichte ihn Heiner. Dieser wiederum gab ihm einen Brief.

„Klärt mich jemand auf?", verlangte Katja.

Betty grinste. „Das ist ein Rundweg. Wir laufen in entgegengesetzter Richtung und treffen uns in der Mitte. Eisenstein hat eure Tour und Heiner unsere organisiert. In der Ferienhütte bei Braunlage verbringen wir die Nacht."

Katja zischte Betty zu: „Eine Nacht mit ihm unter einem Dach und du kannst mich oder ihn als Großbrief nach Hamburg zurückschicken." Betty lächelte und strich ihr über den Arm.

„Bitte, spiel mir zuliebe mit", sagte Betty und sah sie mit ihren veilchenblauen Augen flehend an. Katja stieß einen tiefen Seufzer aus und nickte ergeben.

„Brechen wir auf, Gnädigste?", näselte der Verhasste und stapfte energisch in Richtung Wanderpfad.

„Viel Spaß und bis später", rief Betty Heiner hinterher und gab Katja einen Kuss auf die Wange. Dann wanderte sie Hand in Hand mit Eisenstein den entgegengesetzten Pfad davon.

Widerwillig musterte sie den Teamkollegen, der am Wanderweg auf sie wartete. Heiner trug Gore-Tex-Stiefel und Cargo-Shorts. Normalerweise fand Katja diese Wanderuniformen niveaulos. Doch das cremefarbene Karohemd schmeichelte seinen dunkelbraunen Locken. Locken, die zum Herumwühlen einluden. Mit hörbarem Magengrummeln fügte sie sich in ihr Schicksal.

Der zweite Teil der Beziehungsweise-Reihe erscheint im Herbst 2021.

Eine gelbe Rose erhält Schauspielerin und Romanautorin Lola zu jeder Premiere ihrer Schauspieltruppe. Der dazugehörige Verehrer hält sich geschickt verdeckt.

Niemals käme Lola auf den Gedanken, ihr Arbeitskollege Dirk Uwe Peters könne hinter der romantischen Geste stecken.

Der Einsneunzig-Anzug-mit-Krawatte-Mann ist Buchhalter der Medienagentur, für die Lola nebenbei als Texterin arbeitete, und entspricht so ganz und gar nicht den Standards der Heldenfiguren, die Lola in ihren Romanen zeichnet.

Als Lolas Verlag sein Programm auffrischt, muss sie mit der Zeit gehen und ihre Geschichten upleveln, denn die neue Devise lautet: Sex matters.

Doch wie schreibt man glaubwürdig, wenn man mit Ende Zwanzig auf diesem Gebiet lediglich theoretische Kenntnisse besitzt? Da könnte der schnöde Anzugtyp mit den italienischen Wurzeln in Sachen Crashkurs Amore genau der Richtige sein.

„Vertippt und zugenölt" erscheint Anfang 2022.

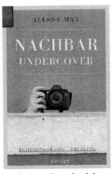

„Lästig wie ein Pickel in der Gesäßfalte."
Wohnungseigentümerin und Medium Tilly hasst den Besitzer ihrer Nachbarwohnung in Hamburg, St. Pauli, bis aufs Bein. Hugo Leclerc ist Veganer, erklärter Narziss und größte Klatschbase Hamburgs. Mehr als einmal hat er Tilly mit seiner Indiskretion in Verruf gebracht. Denn das Haus ist alt und die Wände dünn.

Als Leclerc eines Tages ein Transspeaking durch ominöse Geräusche empfindlich stört, will die feurige Rothaarige dem Franzosen an der Wohnungstür gehörig den Marsch blasen. Stattdessen öffnet ihr ein Typ mit dem Aussehen eines polynesischen Gottes, Leclercs Cousin Magnus.

Er ist Journalist und schreibt aktuell an einem speziellen Reiseführer für die Stadt.

Doch entpuppt sich Magnus nicht nur als heißes Lustobjekt. Er birgt gefährliche Geheimnisse, die Tilly bald am eigenen Leib zu spüren bekommt.

Der turbulente Abschluss der Hamburg-Serie „Nachbar undercover" erscheint im Frühjahr 2022.